# 悬爱

美女变大树

著

作家出版社

## 图书在版编目（CIP）数据

悬爱 / 美女变大树著. -- 北京：作家出版社，2019.7（2019.8 重印）
ISBN 978-7-5212-0604-3

Ⅰ. ①悬… Ⅱ. ①美… Ⅲ. ①长篇小说 - 中国 - 当代
Ⅳ. ①I247.5

中国版本图书馆CIP数据核字（2019）第124296号


## 悬　爱

作　　者：美女变大树
责任编辑：省登宇
装帧设计：琥珀视觉
出版发行：作家出版社有限公司
社　　址：北京农展馆南里10号　　　　邮　　编：100125
电话传真：86-10-65067186（发行中心及邮购部）
　　　　　86-10-65004079（总编室）
E-mail:zuojia@zuojia.net.cn
http://www.zuojiachubanshe.com
印　　刷：河北画中画印刷科技有限公司
成品尺寸：160×230
字　　数：310千
印　　张：19
版　　次：2019年7月第1版
印　　次：2019年8月第2次印刷
ISBN 978-7-5212-0604-3
定　　价：48.00元

# 前　言

这一生，我们都被欲望所累。

名、利、权、爱、恨、性……若能做到无欲无求、宠辱不惊的，大抵也不是凡人。

当欲望如火般焚燃着所有人的内心，我们甚至懒得去掩饰，就让它们那么明目张胆地挂在脸上。

于是，春去秋来，一年四季，各种各样的故事在繁华的大都市上演着，永无停歇。

多少爱，正如悬崖边盛放的罂粟花，诱惑着我们一步步挨近，直到眼前出现万丈深渊。

而内心的恐惧，除了脚下的危险，还有未知的前路。

以及那些，流逝的青春岁月和再也回不去的过往。

悬崖上的爱，血红夺目，噬心腐骨。

自2017年出版《黑红梅方——北京风云十二年》之后，本想写续集，但在一个深夜，我忽然披衣而起，打开电脑，这一次，我要写女人，我要写欲望，我要写悬崖边上的爱。

没有大纲，没有框架，只有四个女人的名字——梅、燕、方、菲。

第一次用女人的视角、女人的口吻。

她们和他们，或许就是你身边的人。

她们和他们，或许身上都会有你的影子。

人性和欲望的碰撞，让本应简单的生活变得复杂又曲折，命运的走向，取决于自己的性格和周遭的人。

所谓的是非报应，不过是由因及果的循环而已。

很多人说，美女变大树的小说太虐心，说我写东西太狠，下手太重。但人生不如意事十之八九，如果没有极致的爱和恨、醒和怨，隔靴搔痒一般的故事如何能撼动到我们坚强甚至沧桑的内心？

这个世界上，幸福和痛苦总是结伴同行，见过了那么多的分分合合、大喜大悲，当阅历日厚，我想用文字讲述不一样的人生。

历时半年，若不是世界杯及各种假期，估计《悬爱》会更早完成，虽不算一气呵成，但也顺畅。

感谢我生命中遇到的每一个人，所有人都是我的灵感缪斯，正是你们，让我看到了这个世界的异彩纷呈、爱恨情仇。

也正是你们的支持和包容，让我一次又一次写出成功的小说，我还是那个十几年前悠悠讲述着《给我一支烟》的作者，我还是美女变大树，决心把都市现实题材进行到底。

稳、准、狠。

一下一下，不留余地，直击内心。

# 目 录

# 第一章　惊变

北京的冬日是极长的。

风硬、霾多，万树萧索。

燕子坐在我对面的沙发上，长长的睫毛抖动了一下、两下、三下，她甚至不敢抬起脸来接触我的目光。

我面色阴沉，重重地叹了口气："至少你也得跟人家叶凡说一声吧？你失踪的这段日子里，他真是天天往我这儿跑，人瘦了一圈儿，天天急得跟什么似的，就差赖在我这儿了……"

"我……唉……我是身不由己……其实，亚奇真的对我用心良苦，这两个人无论怎么选总会伤一个……"

"那你就忍心去伤害叶凡吗？你当时可是当着几百上千口子答应了人家的，这叫背弃婚约知道吗？这么久了，我们怎么都联系不上你，就差报警了！报警还得失踪二十四小时呢，张亚奇是掐好了点儿才把照片发上来的吧？本来一直好好的……明天就元旦了，你、你这叫办的什么事儿啊……"

她依然低着头，顺滑的长发遮住半张俏脸，敛眉不语。

我狠狠地白了她一眼："燕子，这不是儿戏！我问你确实、确定想好了吗？"

"就他吧……亲爱的，我……怀孕了。"

"啊？"我一愣，这似乎是她第一次怀孕。

"真的，我怀孕了。"她终于抬起头，眼神中泛起一丝掩饰不住的喜悦。

"那你怎么就这么肯定孩子是张亚奇的？"

"当然是他的，刚查出来的。我心里有数。"

"答应求婚的是你，现在要跟别人结婚的也是你……"我尽量让自己的语气缓和下来，"你这失踪啊，本身就莫名其妙，我们这么好的关系，你不声不响走了小两个月，有什么话、什么想法也应该通知我一声，现在弄得大家措手不及。说得好像你自愿似的，可在我们看来你就是被软禁了呀……你看看叶凡和张亚奇有可比性吗？咱能不能不冲动？叶凡虽说处理事情也有问题，可谁见了你俩不说是天造地设的一对儿？"

"梅兰……这不是怀孕了嘛……"

"早不怀晚不怀！那既然现在能怀，以后也能啊……"

"不等了，既然来了，就让这个小生命在我肚子里安安稳稳的吧。"母爱的光芒笼罩着燕子，连眉梢眼角都是藏不住的满足，"而且，我一直没告诉你，其实跟叶凡好了以后我去医院查过，你知道我从来没怀过孕，心里也有点担心，大夫说主要是单侧输卵管堵塞，再加上内分泌长年失调，虽然能治，但是且得费功夫呢。可现在偏偏就有了，你说这不是天意是什么？"

"我倒是宁可相信老天爷给你安排了个叶凡，你当时亲口跟我说爱情就是这么神奇，自己活到三十多其实就是为了等他出现，现在倒好，像泼废水一样说泼就泼……"

"往好处想想嘛，亚奇也是真心爱我的，真的，他特宠我。"

"难道叶凡不宠你吗？都快把你宠到天上去了。你用脑子想想，自己这么漂亮，又是个小富婆，叶凡图不着你什么，可张亚奇呢？他就是一个光脚的，人心隔肚皮，你能看得到他心里是怎么想的吗？"

"我承认亚奇各方面条件是都不如叶凡，但他爱我爱得发狂，所以才会……"

"所以才会绑架你、软禁你对吗？正常人都干不出来的事儿，怎么到你这儿就成了真心爱你了？而且脚长在你身上，还用我明说吗？"

"这也是没办法的办法，难道亚奇要眼睁睁地看着我跟别人结婚吗？"

"我看你是被洗脑了，处处帮他说话。反正我还是希望你再郑重地考虑考虑，重点是——你到底爱谁？"

"梅兰，我如果说两个人都爱，你信吗？"

"信，我信，感情这东西只有自己心里最明白，但总有一个偏倚吧？"

"以前没拿张亚奇当回事儿，叶凡呢，那时候真是爱他的，没准儿现在可能也爱，只不过有些事情……心里别别扭扭的，有点失望……现在已然这样了，"她挪到我身边来，用肩膀亲昵地蹭着我，"亲爱的，我都要做妈妈了，你是孩子干妈呀。既然老天爷都安排好了，那我就不为难了！"

"燕子，你听我说，咱们这么多年了，其实你做什么决定我都应该支持，可我们一直都认为叶凡才是你的真命天子，张亚奇的情况你是清楚的，别因为怀了孩子就把自己一辈子搁进去，婚姻不是闹着玩的。这些话我必须得说，这是做朋友的本分。"

"我知道你们是为我好，我懂。"

"还是再好好想想吧，千万别草率。"

"梅兰，我真的已经决定了。"

"既然你确实想好了，于情于理你也应该自己去面对叶凡。"

"可你让我怎么说嘛……我没法儿面对他，求你了，"她轻轻摇晃着我的胳膊，"帮我告诉叶凡吧，他什么事情都没做错过……"

"可我也不敢跟他说呀，这段日子他都快疯了，我要是告诉他你要结婚了，新郎还不是他，那他估计连死的心都有了。"

"不会的，不会的，梅兰，他对我的感情不至于那么深吧……"

"不至于那么深？当初可是一个非君不嫁，一个非卿莫娶。"

"我当初说的也是真心话，唉，就当是缘分不到吧。"

"行了，你也别找借口了，嫁给张亚奇，你会幸福吗？他拿什么养你？"

"他发过誓的。"

"发誓？男人都会发誓！"

"只要他对我好就够了，钱不钱的……"

"燕子，别小看了这些实际存在的问题。没错，为了爱情，我们可以迁就很多事，但你得明白，你的钱并不等于他赚来的。如果两个人你都爱，两个人也都爱你，就更应该选一个条件好的。我不是不明白你的想法，只希望你以后别后悔。就算你决定了，婚后自己也得留个心眼儿，经济方面千万不能放手，懂吗？"

"懂，懂，其实亚奇从来没有花过我一分钱，这个我会注意的，"说着她从包里拿出一个缎面锦盒塞到我手上，"这是叶凡奶奶当初给我的见面礼，你替我还给他吧。"

锦盒里是一只翡翠镯子，散发着年代久远的冰凉寒气，我正欲说什么，燕子手机响了，她温柔地答道："马上，马上啊老公，再等一下。"

"催催催，到我这儿也不放心，难道我还能把你拐跑了呀？"我有些生气，"失踪了这么长时间，天天担着心，你还没给我道歉呢……还有方沁、菲儿那边儿，你自己解释去。"

"都是我的错，都是我不好，我一定好好解释，乖……"她抱住我，"我这不怀孕了亚奇担心嘛。你先跟方沁和菲儿说一声，咱们回头再约，我真得走了，他一直在楼下等着呢。"

"燕子……"我忧心忡忡，欲言又止。

"相信我，宝贝儿，相信天意。"她捏了捏我的脸。

"那天意也让你爱他吗？"我依然不甘心地最后努力着。

"爱吧……真的，爱！"她犹豫片刻又毫不迟疑地回答着，"好了，我真得走了，叶凡的事儿就拜托你了，你最心疼我了对吧？"她轻轻嘟起嘴巴作势"么"了一下，拿起包向门口走去。

"哎——你能不能……如果真的要嫁，别在那一天？"

"这个……我和亚奇商量商量。"

"难道连这个你也做不了主吗？别太绝情了！"

"知道了。"

"燕子！你要是不怀孕还不回来呢吧？"

"可能吧。"

"易燕子，我恨你！"

"我爱你。"她挤了挤眼睛，随手把门带上。

窗外，零星地响起了几声爆竹，2013年的元旦即将到来，而几天之后的1月4日，就是燕子和叶凡原本计划登记结婚的好日子。

# 第二章　梅兰

我是烟台人，父亲做些小生意，母亲以前是部队文工团的舞蹈演员。我和小两岁的妹妹梅云从小就学习跳舞，但妹妹吃不了苦，很早就放弃了，十八岁那年我考到北京舞蹈学院，和方沁睡上下铺。

上大二的时候我交了初恋男朋友，是我学长，叫陈正，高高瘦瘦白白净净的，专业也不错。其实倒真谈不上谁追谁，那时年龄小也不懂什么叫爱情，反正在校园里老能碰到他，慢慢就走到一起了，后来才知道他都是故意出现在我面前的。

易燕子就是后来通过他的发小儿冯奕认识的。

我跟陈正一谈就是七年，也正是他帮我在毕业时把关系落到了东方歌舞团，直到前两年团里整编我才辞职。

我们本来是讨论过结婚的，他父母也都很喜欢我，但是七年之痒却把我和陈正都拖疲了，就连做爱都变得索然无味。

分手这件事其实两个人大概都想过，但谁都不愿意先说，似乎一开口就会成为千古罪人。我们就这么僵持着，直到有一天因为一点鸡毛蒜皮的小事儿争吵不休，拉扯中我的胳膊猛然脱臼，这本是以前练功所致的旧伤，没想到陈正脸都白了，慌慌张张地把我送到医院，医生给我治疗的时候我忍着疼突然抬头对他说："咱俩分手吧。"

没有吵闹，没有解释，没有哭泣，风平浪静。

我们只带走了彼此的祝福。

陈正在我生命中停留了七年，照顾我、疼爱我，但他不是我的真命天子。

后来我也谈过两个男朋友，其中有一个是做金融的，他到现在还帮我打理着一部分股票，也是他帮我顺利地掘到了第一桶金，并加入北京有房有车的行列。

我的人生一直都很顺利，在遇到洛然之前，我就是那个开了挂的、被所有遇到的男人宠爱着的小公主。

2009年，我准备用手里的闲钱再买套房用作投资，那时买房还不像现在一样有资质要求，而且动辄就要数百万，虽然房价刚经过了几番轮涨，但首付有几十万也就够了，算是一个不错的时机。

新楼盘看了一个又一个，跑得我腿都细了，不是太贵就是地理位置偏，总之都不太理想，倒是最后在中介看上了山水文园一套一百七十多平方米的二手房。

房主是洛然。

进门时他一怔，女人的美貌往往可以成为很多事情的通行证，我自信地想。

洛然剑眉朗目，身材魁梧，衣着相当考究，从他和中介的对话中听得出之前客户看房都是别人来盯，今天他正好在附近办事儿所以就过来了。

"缘分缘分……"他笑着对我点头。

房子布局、楼层、设施我都很满意，连装修都还很新，可我想压价，就各处胡乱地挑着毛病，洛然始终微笑着，笑容甚于北京秋日西照的阳光。

最终房子比报价便宜了足足八万，我心里美坏了，因为房价一直在持续上涨，还发生过不少房主不惜毁约抬高市价的情况。

当天签约的时候，我撇见他眼中一抹淡淡的温柔。

网签之后是过户。

大厅里满满的人，洛然拿着号紧挨着我坐下，随便聊着家常，一听说我在东方歌舞团，他马上报出了我们团长的名字。我说你交际面还真广啊，他说："嘻，在社会上久了，各方各面倒认识不少人。"

洛然比我大六岁多，幼时在沈阳跟着爷爷奶奶一起生活，小学毕业以后才来到北京与父母定居，毕业于名牌大学，现在主要做文化传播、影视投资，还参股了一个4S店、一家网络公司和一家典当行……他以前交过几个女朋友，有一个现在还成了明星，但他目前单身。

那明星我知道，大名如雷贯耳。

他滔滔不绝地介绍着自己，但于我，却充满了极力推荐和炫耀的味道。

一个把所有成功履历急于和盘托出的男人，必是想把眼前的女人骗上床。

这种感觉立刻让我多了一份戒心。

末了他问我："等以后有时间，我能请你吃饭吗？"

"你不是只请大明星吃饭吗？"我淡淡地问。

"明星又怎样？也不见得能跟你比……而且，跟我在一起你会发现新大陆的。"洛然温暖地一笑，上扬的嘴角满是自信。

他的这种自信，把刚才的世俗肤浅冲洗得一干二净，充满了无法抵御的成熟魅力。

可我只是礼貌地回了一句："再约。"

第二天我接到了洛然的邀约，推掉了。

第三天、第四天、第五天……他每天都会打电话来，我每天都会说："今天有事，改天吧。"

第六天，我收到一束粉色的玫瑰，上面的笔迹简直可以媲美钢笔字帖。

梅兰：

　　如果你相信缘分，那就应该相信我。

——洛然

我打电话问他怎么会知道我的地址，他说，傻姑娘，别说买房协议上有，就算没有，地址这东西也不难查。我问那为什么你不亲自送来，他说如果你愿意见我自然会见，如果不愿意何必徒添烦恼呢？

从这天开始，我每天都会收到玫瑰，或红或粉，或红粉相间。那时尚无微信这么方便，晚上他一定会打来电话聊天，但不再约我见面，渐渐的，我习惯了他的陪伴，甚至天一黑就会不自觉地看表，盯着手机屏幕发呆。

他很健谈，成熟又幽默，他会叮嘱我天凉了加衣，更会逗我开心，每每临睡之前，他阳光般温暖的笑容就会浮上脑海，心里有一丝细微的情愫渐渐如小草噌噌生长，越长越快，越长越疯。

半个月以后，当他再次提出见面，我想也没想就同意了。

一下楼就看见门口停了一辆绛红色的玛莎拉蒂，洛然手捧一束粉红相间的玫瑰倚在车身旁，远远看去像极了某个电视剧里的情景。见到我，他把副驾驶的门打开，绅士地做了一个"请"的动作，我笑着接过鲜花："拍戏啊？"

他一愣，随即笑道："帅吗？"

"今天这一幕叫'霸道总裁约会灰姑娘'吗？"

"不是，是叫'梦想照进现实'。"

"什么梦想？"

"我的梦想，终于见到你了。"

"真会聊天儿……开这么好的车来，太高调了。"

"那我总不能打车来接你吧？"

"下次别这么扎眼，开得起'粪叉子'的人总不会只有这一辆吧？"

"你管这叫'粪叉子'？"他笑道。

"可不就是嘛，你看那标志，像不像？"

"不喜欢这车？"

"不喜欢高调。"

"嗯，我喜欢你。"洛然忽然抓住我的手。

我的心怦怦直跳，那是一种久违的心动感觉。但矜持让我的手在他掌心里只停留了片刻就抽了出来。

他扭头看我一眼："七系总不算高调了吧？"

"凑合吧……还有什么车啊？给你机会好好向我显摆一下，过了这个村儿可就没这个店了。"

"嗯，还有一辆路虎……"他又看看我，"梅兰，你真的……挺有意思的。"

"只是有意思吗？"

"还很美。"

"嗯，以后择重点说，只需要告诉我我很美就够了……"

"好好好……"他笑着把车驶入国贸地下停车场。

那天晚上吃完饭我们又去酒吧小坐了一会儿，到我楼下后他问是否要送我上楼，我摇摇头。于是他轻轻在我额头上一吻："梅兰，不要想太多，也许你和我，注定是要在一起的。"

我回味着他的话，内心被宠爱的喜悦填满，也许他曾经让我心怀戒备，但此刻，我却只想在他怀里撒娇。

爱情，总是发生得这么让人猝不及防。

到家之后我们又打电话聊了许久，"我希望成为每天临睡前跟你说晚安的人，更希望每个早晨能跟你说早安。"他的表白不再拖泥带水，我一时不知如何接话，内心却已如波澜翻涌。

但世间一切，似乎越是完美便愈加危险，即使我的人生真开了挂，什么好事儿都能遇上，可是什么使这个如此成功的男人至今还孤身一人呢？疑惑让我心下一沉，起身去客厅倒了杯红酒。

镜子里的自己黛眉红唇，肌肤胜雪，黑发如瀑。

别低估了自己，梅兰，遇见你才是他的幸运。我对自己说。

二十八岁的我在那个夜里辗转反侧，弹指间，岁月蹉跎了华年，猛然想起自己在三年前许的愿望，希望三十岁前可以嫁给自己最爱的男人。

# 第三章　我愿意

其实根本无须担心，我和洛然的爱情进行得无比顺利，在合适的时候遇到了一个合适的人，两情相悦，似乎所有的波折和不足都在绕道而行。

他有一颗柔软的心，体贴入微地呵护着我，每次有他在身边，我都感觉此生足矣。

秋天已过，冬天好冷，我躲进了洛然的怀里。也在这一天，我成为他的女人。

洛然的腿上有一道长长的疤痕，我问他怎么了，他说小的时候太皮，从山上摔下来把腿摔断了，不过现在啥事儿也没有了，好人儿一个。

"洛然，你告诉告诉我，你这么玉树临风、英俊潇洒，为什么都三十多了还不结婚呢？"我抚摸着他宽厚的胸膛，调皮地问。

"哈哈，真会聊天儿……不是大致都给你汇报了吗，宁缺毋滥呗。"他笑着轻吻我的头发。

"就是要求高呗。"

"是缘分，我第一次去房子见买家就碰到了你……"

"你这么相信缘分吗？"

"缘属天定，分是人为。"

"是，还真把我为到床上来了……"

"傻姑娘……你知道吗？其实很多事情冥冥中自有天意。看到你的第一眼，我就觉得春天来了。"

"春天……那还有冬天呢？"

"只要你愿意跟我在一起，我们的世界里永远没有冬天，"他温柔地把嘴唇贴近我的耳边，"我们一直走下去，走它个地老天荒。"

"这算是山盟海誓吗?"

"山盟海誓都是骗人的,真心才是最重要的。"

"那你喜欢我什么呢?"

"自然、不装、懂事儿、会聊天儿,还有……美。"

"择重点!"

"美。"


我尽情地呼吸着热恋的空气,尽管这空气经常让我幸福到眩晕。他的情史并不复杂,也没我想象的那么多情,谈过的几个女朋友早已成为简单的过往。

2010年过完春节,我和洛然飞往泰国度假,在曼谷四面佛前我悄悄许了心愿:希望能够嫁给洛然。

我爱他。

他说的每一句话,他的一颦一笑,他的举手投足……我愿意像只小鸟一样依偎在他怀里,静静地看他一辈子。


夏天临近,我真的发现自己怀孕了,其实这本不意外,毕竟我身心健康最近又没采取任何避孕措施,但真正看到那两条红线时却还是难以抑制内心的喜悦和忐忑,我不知道他的想法,更怕因此而影响他对我们爱情的定夺。

有时候男人逼得紧了,会跑。

何况我们满打满算才热恋了半年。

没想到洛然知道后居然比我还开心,他抱着我转了一大圈儿,"好好好……我有儿子了哈哈……我有儿子了……"他把我轻轻放在沙发上,捧起我的脸,"看,我说咱俩是一对吧?现在咱俩谁也别想跑,拴到一块儿了,你只能嫁给我了对不对?"

"德性……"我嗔笑着推了他一把,"你怎么知道就是儿子?"

"什么都行,闺女也成,反正要生一大堆的。"

"哼,连求婚都没有,我才不要嫁给你。"

"生活真的需要那么多仪式吗?"洛然笑嘻嘻地问,转头从钱包里取出一张黑卡，单腿跪到我面前："亲爱的梅兰女士，你愿意嫁给我吗？"

"讨厌，我不要卡！"我紧紧捂住胸口，那颗疯狂的心脏，只怕一松手就会跳出来。

"我这不是还没准备戒指呢吗？随后补上好不好？卡都是你的，人也是你的，愿意吗亲爱的？"

"真的不是因为怀孕才求婚的吗？"

"有什么区别呢？反正你都是我的人了。"

"当然有区别！如果奉子成婚，爱情就要打折扣了。"

"小傻瓜，不爱你还娶你，我洛然是在给自己找虐吗？嫁给我，真的，我爱你梅兰，真的爱你。"那炙热的眼神，瞬间融化了我的心。

洛然，我愿意。

真的，我愿意。

这么顺利地恋爱和结婚，只怕是电影里才有的美好结局，愿望达成如此之快，快得让我简直不敢相信。

我美滋滋地跟远在烟台的父母汇报，父母大概了解了一下洛然的情况，嘱咐我既然怀孕了就不要乱跑，他们会坐明天的快车来北京。

我说你们先别急，我明天要去见洛然爸妈，你们过两天再来。

我分别又跟方沁、燕子、菲儿汇报了情况，那仨丫头一个个比我还兴奋，她们之前也是见过洛然的，自是为我高兴不已。

第二天我们驱车前往洛然父母家，车驶进西四环外一处别墅区，我不由得暗自一怔，北京的别墅在顺义的居多，我都不知道临近市区居然有这么豪华的所在。

"哇……你是不是有什么没告诉我的？这房子……"我把车窗摇下来，望着眼前穿梭而过的美景，狐疑地问。

"这是我父母的，跟我没关系，我名下的公司是靠自己奋斗得来的，跟他们没关系。"洛然淡淡地解释了一句，脸上的表情阴晴莫测，我也不好再问什么。

洛然的父亲满头白发，不怒自威，洛母看上去却年轻得很，多年的养尊处优让他们的气质和举动颇有派头，但似乎对我们的到来并没有过多喜悦，我心下不免惴惴不安起来。

保姆刚端上茶就被洛然一把摁住："去换一杯鲜榨橙汁来。"他转头对父母说："梅兰怀孕了。"

"哦？"两位老人对视一眼，洛父脸上波澜不惊，洛母对保姆吩咐道："去换吧。"

拘谨的空气在偌大的客厅里弥漫开来，还是洛然的母亲打破了僵局，问我哪儿人，什么大学毕业，在哪儿工作，现在户口在北京还是在原籍，等等等等，我恭敬地一一作答，洛然一直紧紧握着我的手，待我都回答完毕，他坦诚地说："我们准备结婚了。"

洛母转头去看了洛父的表情，后者眉头微蹙，却未开口，我敛眉低首，感觉到洛父自是一家权威，但跟儿子之间的关系好像又较平常家庭微妙一些，心里正在打鼓，保姆过来说可以吃午饭了。

这顿饭是我有生以来吃过的最别扭的一顿，几乎全程四个人都沉默不语，甚至连个笑脸也没有，洛然更是一言不发，等把饭碗一推，就说下午还要带我去医院检查，起身告辞了。

从别墅出来我吐出一口长气，洛然揽住我的腰："是不是觉得很压抑？"

"他们是不是不喜欢我？"

"他们谁都不喜欢。"

"那我们的婚事……"

"是我娶你又不是我们家娶你。"

"可我还是不明白……他们怎么也不表个态呀？"

"我俩的事他们今天才知道，我之前也没提过，我爸就是那样的人，这两年都不太爱说话。"

"那阿姨呢？"

"呵呵，阿姨……其实我也叫'阿姨'。"

"啊？"

"亲爹后妈。我妈老早就过世了。"

"你都没跟我说过。"

"其实，梅兰……有些话，总需要有讲出来的契机，比如今天……"

"那我听着。"

"我说过的，从第一眼看见你我就知道我们之间一定会发生什么，就像老天爷安排好的一样……咱俩认识这么久了，我越来越觉得你就是我想要找的那个人，漂亮、懂事、有教养、不贪财……我其实也已经准备向你求婚了，本来求婚前是想让你见见我爸的，但一知道你怀孕我就觉得这事儿不能拖了，所以今天来也没事先跟我爸打招呼，可能唐突了一些，他们也没有思想准备。我呢，跟家里的关系一直不太好，所以也没有跟你提及过，而且我也不想让你……怎么说呢？总之我希望我爱的人是真心想嫁给我，而不是嫁给我们家。"

"你的意思是说你不想让我太早知道你们家的……实力？因为你怕我贪图虚荣爱上的是钱，这个理解对吗？"

"你呀，就是太聪明了。可这理解也对也不对，一来我不想让我们的爱情掺杂太多别的东西，我的事业跟家里比起来，实在是九牛一毛；二来嘛，这关系……我们真的跟别的家庭不太一样。"

"既然是这样，那我问你，洛然，你记不记得，你一开始给我的印象其实就是很成功，非常成功，你告诉我自己名下有很多产业，前女友是明星，第一次约会你开着豪车来接我……如果你不想找一个奔着你钱来的，为什么要让我觉得你就是一个有钱人呢？"

"那是因为第一眼后，我实在太喜欢你了，也太想引起你的注意，所以有点儿用力过猛……也正是因为如此你才对我不冷不热了好久吧？也因为你的不冷不热我更相信你是个不贪图虚荣的好女孩儿，才更坚定了追求你的决心……所以这世上的事儿啊，都是一环扣一环，有因才有果。"

"也就是说我经过了你对我的考验？"

"你呀……"他戳了戳我的额头，"我都说了冥冥中自有天意，你和我，注定是要成为夫妻的。"

"可你们家现在的态度……"

"好啦，乖……"他笑着攥了攥我的手，"反正你这个人我是娶定了，我过年都三十五了，好不容易碰到有结婚冲动的人，我怎么舍得弄丢了呢？再说了，你这肚子里可是姓洛的。"

"那你得给我讲讲你们家的事儿，我可不想这么糊里糊涂的。"

"好，一会儿回家以后咱们坐下来慢慢聊，因为要说的还挺多的。"
他温柔地一笑，"都告诉你，好吗？"

第三章　我愿意

# 第四章　洛家恩怨

洛然的父亲叫洛伟德，他和妻子是二十世纪七十年代末八十年代初最早一批响应改革开放的个体户，当年他们带着年仅四岁半的大女儿来到北京奋斗，把还不会走路的洛然留给沈阳的父母，三十年来从一间餐馆做到后来逐渐崛起的商业集团，涉足金融、零售、餐饮、网络媒体等多个行业，近来正打算进军房地产。

洛然小学毕业后被接到北京，当时洛伟德夫妇已经成立了餐饮连锁集团，生意蒸蒸日上，摊子也越铺越大，洛母却由于长年操心劳累身染重疾，正在住院治疗。

由于洛然十几年未在父母膝下，男孩子又比较调皮，刚到北京时的确给父母惹了不少麻烦，洛伟德顾不上教育他，因为除了生意和照顾住院的妻子，他外面还有一个秘密情人。

洛然是在无意中发现的，但眼见母亲形容渐渐枯槁，也不忍心点破，只能用极端的行为来报复父亲，他逃学、约群架、打烂学校教务处玻璃、天天跑到那年轻女人家在门上偷偷粘一包狗屎，还把那女人的车胎扎了一次又一次……

父子关系急转直下，洛父棍棒相加，换来的却是洛然更肆无忌惮的折腾。

洛伟德烦了，更加宠爱自小在膝下的大女儿洛丽，如此恶性循环下来，两父子天天横眉立目、剑拔弩张。

洛伟德在妻子病逝后不到三个月就将那个年轻女人娶进了家门，他们的儿子洛辉那时都已经七岁了。

在洛然心里，母亲是父亲的糟糠之妻。洛家的商业帝国是他们联手打拼出来的，母亲生前没过多少舒心日子，病重时也鲜见父亲陪伴，现在母亲前脚仙逝，父亲后脚就接了小三和私生子过门。他可不能像洛丽一样冷静听话，怒火中烧的他把家里砸了一个遍，还把洛辉打得鼻青脸肿。当高大的洛伟德像头雄狮般堵在面前时，洛然把手背掐出了鲜血才控制住打向父亲的拳头，然后，刚上高中的洛然毅然住进了学校宿舍，从此以后，他再也没有主动向家里要过一分钱。

也从那天开始，洛然发奋读书，他知道，以后的人生，只能靠自己了。即便洛伟德有一天肯把家族企业交给他这个长子，他也不愿低三下四地站在父亲面前。

洛丽有时会跑到学校去看他，也会在书里夹上厚厚一沓钞票，她给他留字条说父亲很挂念你，但洛然一直没有回家。

之后洛氏集团给洛然所在的高中捐赠了一笔不小的款项，名义是改造图书馆和音乐教室，那天洛伟德在捐赠仪式上讲完话，傍晚便出现了洛然的宿舍。

洛然一言不发，甚至连眼睛都没有抬，洛伟德在他身边坐下，一起沉默了许久，然后说："孩子，有些事，也许等你真正长大了会理解爸爸的。爸爸总有一天会变老，也总有一天会到地下跟你妈解释……要是她泉下有知，也不希望咱们父子俩像仇人一样。多的话我也不说了，孩子，别恨爸爸，即使爸爸有错也总是有原因的，记住，你终究是我的儿子。"最后他在洛然肩上拍了拍，"爸爸等你回家。"

洛伟德走后，洛然躺在床上抱着胳膊发呆，他依然无法原谅父亲，但也无法抗拒血脉之情。

两人的关系似有松动，偶尔洛然也会回一趟家，但一看见后母和洛辉就气不打一处来。后来洛然刚考上大学没多久，洛伟德把部分产业交给洛丽打理，在父亲的帮助下洛丽管理得也算井井有条，再后来洛然大学毕业以后又因为一件事跟洛伟德闹得不可开交，洛然索性在外成立了自己的公司，而洛伟德似乎也对他丧失了信心，于是着力培养小儿子洛辉。

我插话问洛然那件让他们再次恼羞成怒的事件是什么，洛然只说好久以前的事了，算起来都十来年了我也记不太清了，大概还是因为母亲吧。我便没再追问下去。

天有不测风云，洛辉在两年前酒后驾驶法拉利殒命于三环的一场车祸，洛伟德和后母沉浸在巨大的悲痛之中一蹶不振，在做了一次心脏支架之后，洛伟德亲手把一直在集团兢兢业业的洛丽扶正，从此洛丽在集团一手遮天，并强势阻挡了洛然入驱的道路。

洛然对此倒豁达得很，多年来与家庭的不睦早已让他看清太多，即使他是洛家唯一的男丁，但由于没有过多希冀反而没有觊觎之心。

况且自己的公司一直顺风顺水，这一部分归功于洛家人天生的经商头脑，一部分归功于父母打拼多年贯通的人脉，更多的则是靠自己的勤奋努力。

家家有本难念的经，不论贫富、不道贵贱，即便血浓于水，亲情却有近有远，多年来的恩恩怨怨，又岂止是一次聊天就可以道尽了的。

"大概就是这样了。"洛然淡淡地说，似乎那是一个别人的故事。

我把手轻轻窝在他掌心里，不知道如何评判是非恩怨，倒是更倾慕眼前的这个男人了，不卑不亢、果敢睿智。

"想说什么吗？"

我摇摇头，靠在他怀里。

"难道你不觉得我应该去集团争取利益吗？再怎么说我也是长子，何况我现在是洛家唯一的儿子。"

"没有，我倒觉得现在不过得挺好的吗？要那么多钱干吗？广厦万间，不过卧眠七尺，珍馐美味，还不是日常三餐？"

"好宝贝儿，就爱听你说话，懂事儿。我没看错人，你跟别人真的不一样，好多身边的朋友替我抱不平，说我应该去争去抢，洛丽再能干也不应该一手遮天，而且我爸这么多年居然没有想过扶持我……有次一个朋友把我说急了，我说你再他妈叽叽叽就滚蛋……其实我也想过这些事儿，可我爸现在身体不好，洛辉没了以后他都开始吃斋念佛了，洛丽呢，又太过强势，虽然在我看来集团的发展已经在走下坡路了，但我没有发言权。有一次，我跟洛丽提了一些建议，结果她很警惕，她真的，她真的特别特别害怕我爸会把我安排进集团顶替她，毕竟我是儿子嘛，这些我都能理解，所以爱咋咋地吧，我只想顾好自己这一摊儿。但我确实得感谢洛家大公子这个名头，到哪儿都好使，这就是我妈留给我的遗产，她在天上保佑着我呢。"

"嗯，我懂，我明白。可是，咱俩的婚事还是应该再跟家里好好沟通一下吧？我也想得到他们的祝福。"

"话是这么说，可是……洛辉以前我都没正眼瞧过他，就是一个花花公子，玩车、泡妞儿，一天没点正事儿，但风华正茂的年纪说没就没了……那时我爸一夜之间老了好多，再也不是那个意气风发的人了，说实话我挺心疼的，虽然以前一直很少回家，但也有多陪陪他老人家的心，可洛丽呢？天天跟防贼一样防着我，我去一回她哆嗦一回，这一天天的，我都觉得可笑，所以平常也不回去。吃饭的时候你也看到了，像一家人吗？连句整话都没有。"

"唉，别顾虑太多，毕竟血浓于水，别人怎么想咱也控制不了，但自己应该做的还是要做，努力冰释前嫌吧。"

"冰释前嫌？冰冻三尺非一日之寒啊……说起来简单做起来难。我妈要是还在，也许什么都不一样了。"

"过去的就让它过去吧。你姐还不知道呢，我们要不要通知她一声？"

"通知她？呵呵。"洛然无奈地笑道，"她就更不用提了，除了她给我安排好的人，谁她都不会同意。"

"她给你安排了人？什么人？"

"好多年了，她一直想让我娶她同学，也是她闺蜜，人品倒还不错，说好听点呢是知根知底儿，说难听点就是想连我一块儿掌控了。她什么都想管，什么都想攥在手里，她都四十了，她同学跟她一边儿大，你想吧，都这岁数了就愣是一直听她的到现在都没结婚……这一点我还真佩服她。"

"你姐……总该结婚了吧？"

"早就离了。"

"有孩子吗？"

"一儿一女，俩孩子差一岁，小的明年都小学毕业了，洛丽呢，这些年对公司倒是兢兢业业，但也有些风言风语，这事儿也就我爸还不知道，她跟她那司机都好了好几年了。"

"你从来不叫她'姐'吗？"

"长大以后就不再叫了，有些矛盾是化解不了的。"

"真的……好复杂呀。"

"亲爱的，差不多就这些了，我也没瞒你。你听完了也别想那么多，好好养好身体，我们家的事儿是团乱麻，反正理不理都那样，索性就放那儿吧。现在最主要的是得把咱俩这婚礼赶快办了，不然再拖俩月你挺个大肚子穿婚纱也不方便。"

"婚礼还办吗？领个证得了。"

"那怎么行？我洛然的女人怎么能连个婚礼都没有？不光得办，还得办好，洛家的婚礼就是个关系网……不过，你什么也不用操心，我回头让人算算日子，你就乖乖地养好身体，给我生个儿子。"

"我想要女儿。"

"女儿更好啊，最好儿女双全，生三个最好了。"

"啊……真的要生三个那么多吗？"我撒起娇来。

"哈哈哈，你先把这个生下来再说，乖啦。"洛然拉过我的手放在他腿上，"我会让你幸福的，相信我。你和我，是注定要在一起的，从看见你的第一眼我就知道。"

"哎，你还好意思说？那你还收我买房的钱？干吗不直接送我得了？"

"我当时要直接送你一套房你敢要哇？现在所有的一切都是你的，所有的，永远。"

纵然世间万千诱惑，一个洛然，于我，足矣。

# 第五章　我要一百亿美金

团里打电话来说有演出任务让我去一趟，我想反正现在刚怀孕就别请假了，毕竟平常也是不用坐班的，而且我只是编舞，指导一下，也不用跳。

洛然要去公司开会，便让司机小刘送我。

排练中途休息，一个同事过来对我说："梅兰，有人找你。"我顺着她手指的方向看过去，心里"咯噔"一下，因为我相信站在不远处的就是洛丽。

那个女人和洛然一样都有着洛家典型的高挺鼻梁、略微凹陷的眼窝以及突出的眉骨，这种五官安在男人脸上自然充满了阳刚之气，但在女人脸上却过于硬朗，加上她一丝不乱的短发和一米七多的大个儿，瞬间让人感到压抑。

而更让我确信无疑的，还有那盛气凌人的气场。

找我干吗？听洛然对她的描述这绝对不会是一次善意的到访。我的第一反应是通知洛然，但转念一想，团里这么多人，她也不能对我怎么样。

"你好。"我走过去，礼貌地打着招呼。

"梅兰？"她上下打量着我，一双眸子似乎要盯到我的骨头里。

"对，请问找我有什么事吗？"

"真……"她似乎说了两个字，但后一个我实在没听清。

"什么？"我不明白她的话。

"你应该知道我是谁吧？"她也不重复，面无表情地问道。

"对不起，您不说我怎么会知道呢？"

"我是洛然的姐姐。"

"哦，您好，姐。"

"别叫我'姐'，我需要跟你谈谈。"

"那去小会议室吧，应该没人。"

我倒了杯水递给洛丽，她昂起高傲的头，严肃地用手一挡："我时间很宝贵的，直说吧，你要多少钱能离开洛然？"

"我为什么要离开洛然？"我喝了口水，微笑着问道。

"呵呵，你这种女人我见多了，洛然之前交的女朋友哪个不是你们这些戏子？最后还不都是个个拿了钱走人。"

"对不起，我不是戏子。我是团里的编舞老师。"

"只要演出就都一样，都是戏子。"

"我看我们两个认识有分歧呀，如果洛然交的每个女朋友都被你以这种方式结束的话，我只能说她们并不爱他。"

"别说得这么冠冕堂皇，世界上所有的一切都可以用金钱来交换。说吧，要多少？"

"在你的世界里就是这样的吧？一切都可以用金钱解决？"

"我再说一遍，我时间很宝贵，废话少说。"

"我怀孕了。"

"OK呀，"她似乎如释重负，轻蔑地一笑，"我可以多给你一些，开价吧。"

"嗯，好，既然你提了我就不藏着掖着了，那就……"我停顿了一下，观察着她的表情，"一百个亿吧，美金。"

"神经病！你以为你是什么东西？"洛丽一愣，眼神里的不屑变为恼怒，她左手一挥，把纸杯的水碰洒了一地。

我看着杯子骨碌碌滚出去好远，莞尔一笑："你让我开口我也开口了，你让我要钱我也要钱了，可现在你又发脾气，洛然在我心里就值这个价，一百亿美金，一分都不能少……"

"你成心是吧？"

"既然你给不了这么多，对不起，那我这辈子就跟定他了。"

"我看你是不想在东方歌舞团混了吧？"

"哟，可别这么说，一个月两千多块钱工资，还真养不活我，要不是我喜欢舞蹈可能早就辞职了。我也是有房有车有事业的人，跟洛然谈恋爱的时候压根儿不知道你们家什么背景，两情相悦然后结婚不是很正常吗？你要非把我想成要挤进豪门的女人我也没办法。"我站起身来，"要是没什么事我就先回去了，舞还没排完呢。"走到门口，我又回头说道，"如果你认我这个弟妹，我也认你这个姐，如果你真心看不上我，悉听尊便。"

走出小会议室，我浑身起了一层鸡皮疙瘩。

我打电话告诉洛然刚刚发生的事，洛然"哼"了一声："我就知道得有这一出，你撅她撅得好，特别棒！省得让她觉得全天下的女人都能用钱打发了。你哪儿也别去，现在在团里乖乖等我，我这就去接你。"

接上我之后，他叮嘱我以后出门不管去哪儿必须让司机跟着，我问他有那么严重吗，他说小心无大错，现在你可是重点保护对象。

洛丽冷冷的眼神出现在脑海里，我不禁打了个寒战。

"冷吗亲爱的？我把空调关小点儿。"

"没事儿，我是被你说冷了。"

"嘻，其实都是一家人，但万一磕着碰着的不是也糟心嘛……对了，我下午在公司查了查日子，下个月7号是六月初六，咱俩去把证领了，婚礼呢其实9月份办最好，不冷不热的，9月5号是七月二十七，适合嫁娶，也正好周日，但就怕那时候你显怀了……"

"都听你的，9月初……才四个月，我瘦，显也显不到哪儿去。"

"嗯，团里要不辞职吧？"

"不用，到时休产假就行，我喜欢舞蹈，现在还不想辞。"

"也好，你爸妈什么时候来？"

"明天就到。"

"哎呀，头回见岳父母，没有经验啊。"

"该怎么见就怎么见呗，你这么大个人了还犯怵呀！"我笑起来，"我爸妈很疼我的，人也好，放心吧，我选的人，他们会喜欢你的。"

"那是啊，我一表人才，要啥有啥……"

"得了吧你，说你胖你还喘上了。"

我在他胳膊上掐了一下，他夸张地大叫："你这恶婆娘，看我晚上怎么收拾你……哎呀，还真收拾不了了，这孕怀的，你说你还能干点什么？"

"我现在可真是啥也干不了了，谁让你天天不歇着，这下踏实了吧，让你一气儿歇十个月。"

"人大夫说了，过了三个月就可以了。"

"哎哟喂讨厌……"

"好好好好，不闹了……我平常去公司，你要是闷了就叫方沁她们来陪你，等稳定了偶尔打打麻将也行……你跟她们都说了吗？"

"当然说了呀，她们听得哇哇直叫。"

"估计今天回去你们又有的聊了吧？"

"我们天天聊呀，都多少年闺蜜了，也没什么藏着掖着的。我今天想把她们叫到家里来吃饭，左骁你还没见过呢吧？菲儿男朋友，说是比她小七岁呢，巨帅。"

"小这么多？菲儿多大？"

"我们四个都同一年的，月份大小而已，那男孩儿应该二十二吧。"

"小得有点多了。"

"那我还小你六岁呢。"

"男人大六岁跟女人大七岁能一样吗？二十二，也太年轻了。"

"你管呢，人家菲儿开心着呢，她又不是奔着结婚去的。"

"为什么？不结婚谈什么恋爱？"

"她说结婚没意思，一直在恋爱中才有激情。你又不是没见过菲儿，要钱有钱要貌有貌，嫁人肯定是不愁的，也许等过了三十自己就着急了。"

"不马上就三十了吗？"

"还差点儿呢。"

"这是还没碰上一心想嫁的人，没结婚冲动。"

"嗯，应该是，不用替她操心。不过话说回来，连菲儿自己都说，头一回谈这么长的恋爱，她每回都谈不超过半年，这左骁可谈了不少日子了。"

"那也不靠谱。"

"你观念还挺旧。"

"傻丫头，光有爱情是不够的，柴米油盐酱醋茶，真要是找个小这么多的，以后有菲儿受的。"

"嘁，比我们还操心……哎，对了，有件事我还没问你呢，你姐说你交的女朋友都是拿钱走人的，是真的吗？"

"啊……算是吧，"洛然神色一黯，"一个被她撵到美国去了，还有一个就是跟你说过的那个明星，当年还是个小角色，洛丽看我好像认真了，就去找她谈，最后给了她三百万。"

"三百万？"

"前些年的事儿了，当时三百万不少了，那女孩儿心里也没谱最后会跟我怎么样，所以还不如拿现成的。"

"你姐是不是对演艺圈儿有成见？"

"不是对演艺圈儿，是对所有靠近我的女人。"

"亲姐弟搞成这样也少见。"

"嘻，亲姐弟亲姐弟，但从小不在一块儿感情也不深。说不定在她心里，巴不得没有我这个人呢。唉，不说这些，都是过去的事儿了，翻篇儿了，以后咱俩恩恩爱爱的，甜到让别人没话说。"

"恩爱是给别人看的吗？"

"当然不是了老婆，恩爱是在彼此心里。"

当晚我和方沁、菲儿、燕子四个人叽叽喳喳地聊了好几个小时，她们对我即将嫁入豪门无比兴奋，若不是因为我怀了孕需要早睡，恐怕要穿着睡衣聊上一宿了。

左骁几乎帅到无可挑剔，五官精致，宽肩长腿，一口标准的京腔儿，偶尔说句话也挺逗的。他吃完饭就走了，菲儿看他关上门捂嘴笑道，你们看不出来吧，他可正经有八块腹肌呢。方沁说你这个小骚货，是不是因为人家年轻力壮，把你伺候舒服了？菲儿眉毛一挑，低声说："那必须的。"

你一言我一语地笑闹了半天，大家又聊回我的婚礼，方沁已经结婚有了，丁是菲儿和燕子做我的伴娘，这两天她们仨先去几个婚纱店跑跑腿，等选得差不多了再接我一块儿去试。

那夜，我做了一个奇怪的梦。

我身着白裙站在蓝天下，绿草萋萋，膝边是大片大片盛开的红色花朵，美得让人心碎，我循着洛然的声音向前走，却猛然发现站在了悬崖边，眼前已是万丈深渊。回过头，洛然如同川剧中变脸般抬手抹了一下就变成了另外一个人，他抹了一下又一下，面目越来越狰狞，巨大的恐惧笼罩着周身，我想跑，脚底却像灌了铅般动弹不得，眼前的男人伸出一双指节枯大的手向我推来，只一碰我就跌落了悬崖。

"啊——"白色的裙裳在风中翻飞，坠落的感觉如此真实，我惶恐大叫，声音震破了夜晚的寂静。

"亲爱的亲爱的，你是不是做梦了？你做梦了！"洛然温暖的声音在耳畔响起，我在他怀里兀自剧烈地喘息着。

"好多红花儿，红色的，好多……悬崖……"

"都是梦，是梦，是假的，老公在，我在呢，睡吧乖。"他不住地吻着我的额头，我渐渐安静下来。

是，不过是一个梦，从高空坠落的梦。

而已。

# 第六章　风波似过，万里晴空

第二天，洛然和我一起去接了我爸妈，他们自然对这桩婚事十分满意，我只字未提洛家的背景，也省得他们多想。

洛伟德打电话让洛然回家一趟，他出门前在我脸上轻轻一吻，我拽着他的胳膊不撒手，他微笑地贴近我耳边："放心吧亲爱的，谁也左右不了我，你，我是娶定了。"

洛然刚把车停到门前，看似久等的洛丽就大步迎上来："洛然，咱俩先聊聊。"洛然也不回避，随她到后院坐下，见桌子上已经摆好了水果和茶。

"梅兰我见过了，我不喜欢。"多年商场上的呼风唤雨养成了洛丽说一不二的个性，她连一丁点儿的客套话都没有，张嘴就开门见山。

"你喜不喜欢关我什么事儿？"洛然慢条斯理地吐出一枚樱桃核，连眼皮都没有抬。

"戏子怎么能进我们洛家门儿？"

"至少我没跟司机谈恋爱。"

"洛然！你说话放尊重点儿！你这种态度我们没法儿谈！"洛丽斥责道。

"要谈的人是你，又不是我。"

"洛然，姐姐是为你好，那女孩儿看着就不靠谱，水蛇腰，长得跟个妖精似的。我同学多好哇，又懂事儿又知根知底儿的，嫁过来咱们也能过到一块儿去……"

"哎，打住，你同学这岁数嫁给我，不成心让咱洛家断后吗？你得清楚一件事儿，我那外甥和外甥女可不姓洛。"

"他们早都改姓了，你又不是不知道！"

"有意思吗洛丽？改了姓就行了？你心里那点儿小九九能瞒得了谁？"

"我没别的意思……总之，你不用这么着急结婚吧？！"

"我过年就三十五了，现在不结什么时候结？来来来，那您给我批个日子。"

"我找人算过了，你跟那女孩儿八字不合！"

"你既然找人算过就应该知道，我75年水命，梅兰81年的木命，那一年又称金鸡年，金生水，水生木，是绝配，懂吗？"

洛丽脸色愠怒，却依然不依不饶："山东人，艮得很，有什么好的？也就你能看上！"

"千万别这么说，你忘了当年咱祖上可是打山东闯关东去的沈阳。我就直接告诉你吧洛丽，这婚我是结定了，反正老爷子现在基本什么事儿也不管了，你呢就好好地把着公司，我没想跟你抢，"他顿了顿，"但你最好保佑梅兰母子平安，因为不论出现什么意外我都会算在你头上！明白吗？"洛然说完站起身来。

"你给我坐下！别人不知道难道我还不知道吗？你当我看不出来吗？你心里清楚到底为什么要娶她！"

洛然回过头来，眼里寒光一闪，突然像变了一个人，恶狠狠地逼近洛丽："你说为什么？"

"洛然，都那么多年了，家里人哪个不是为了你好……"

"你他妈给我住嘴！"洛然额头青筋暴起，鼻子几乎快贴到了洛丽脸上。

"洛然，我可是你亲姐！"洛丽本能地向后退了一步。

"我也是你亲弟！"洛然从牙缝里挤出几个字，转过身头也不回向房门走去。

客厅里只有洛伟德一个人。

不出所料，他也明确表示并不同意这门婚事，说两人恋爱谈的时间还短，根基尚浅，而且身在演艺圈的女孩儿不踏实，怕以后闹出什么不堪。

"梅兰只是在歌舞团负责编舞工作，她是个踏实的女孩儿，心地善良，从不乱来，她来咱家之前根本不知道家里什么情况，我也没提过，她不贪钱，这点您放心。"

"你们是奉子成婚对吗？那她有没有用这个来逼你？"

"从来没有，是我主动求婚的。我都三十五了，不是小孩子，好人坏人我分得清。除了……"洛然忽然不再说下去，"总之我要娶她。"

"你要考虑清楚，结婚是件大事，我们洛家是不允许有什么丑闻出来的。"

"我非常肯定。"

"但我听洛丽说……"

"爸，不论洛丽跟您说了什么都不是真的，婚姻不是儿戏，我也很谨慎，梅兰是这些年我最有结婚冲动的人。"

"没有别的原因吗？"

"您什么意思？结婚就是结婚，还能有什么原因？"

"那……"洛伟德停顿了一下，"我希望你们能签个婚前协议。"

"爸，现在的情况您是知道的，我没进集团，我的公司是我自己奋斗来的，我不会离婚，梅兰也不会，如果现在做婚前协议的话只会让我们的感情出现裂痕。"

洛伟德盯着洛然的眼睛好大一会儿，然后端起了桌上的茶杯："你们都长大了，既然你心意已决，我就不说什么了，好自为之吧，如果出现任何问题我都不希望牵扯到洛家和洛家的名誉。"他把身体向沙发上靠去，"结婚也好，终于要有一个姓洛的孙子了。"

"我明白，我相信自己要娶的女人。"

"爸爸老了，只想清清静静地在家里待着……那就把婚礼好好办办吧，名单到时拿给我看一下，毕竟好多关系不能落了。"

"这个您放心。"

"爸爸也没送过你什么，等你们结婚了，我会在这院里给你们准备一套房子，装修完你们就可以搬过来住了。"

"那就不用了，爸，您的心意我们领了，您身体重要，这点儿小事就别操劳了，我们现在住东边挺好的，房子也挺大，主要是工作、生活都方便，等过几年孩子大一点儿再搬过来跟您一起住。"

"嗯，也好吧……等你们想搬过来提前说一声。让梅兰注意身体，最好这一胎是个孙子，需要用钱你就跟洛丽要，现在都是她在管。"

"知道了，爸。"

"然儿，"洛伟德放下手中的杯子，停顿良久，"这么多年，其实我一直想咱们父子俩坐下好好聊一聊。我知道你心里有气，也知道你怨我，但过去的都过去了，谁都有年轻的时候，其实你亲妈在的时候我们感情就已经非常不好了……婚姻，不只是两个人凑在一起过日子，有些事洛丽是看在眼里的，所以她才不像你一样恨我……唉，都是过去的事了，你妈人也走了这么多年了，再说也没有什么太大意义……集团确实有你妈的功劳，可爸爸不是个坏人……我这身体现在是一天不如一天了，只想踏踏实实地含饴弄孙，人老了就把一切都看淡了，钱、名利、权力都不如有个美满的家庭，我只希望你们都好好的。你是个好孩子，这些年的成绩爸爸也是看在眼里的，但自从小辉出事……唉……"说到这儿洛伟德不禁眼圈泛红，"你姐姐再怎么说对集团也是有功无过，她正在忙着上市，其实上市不上市的我倒没什么，以后的天下都是你们的。孩子，我只是希望你明白，再怎么样你都是我儿子……"洛伟德伸出手来重重拍了拍洛然的肩膀，平日威严的目光变得慈爱和沧桑。

"我懂，爸，别说了，我都懂……您只要好好的，心情、身体都好就行……我脾气倔，但我心里什么都懂……"

骨子里流淌着父亲的血，虽然多年积怨不是几句话就可以烤化了的，但终会有冰释的一天，也许这一天很快就要来了。

从家里出来洛然如鲠在喉，刚才的温情谈话让他感触良多，也许正如父亲所说，人老了就会把一切都看淡了。

自己同父异母的弟弟洛辉，即使满身的纨绔气息，但依然是他们心底最最疼爱的小儿子。

而后母自打嫁进洛家，起码对父亲知冷知热，也许一切的怨恨都应该就此飘散了。

我的婚纱已经选好，无名指也戴上了一颗硕大的梨形钻戒，除了那一点点的小阻碍，我的人生依旧是一本开了挂的教科书。

2010年9月5日，我和洛然举办了盛大的婚礼，喜宴足有七十余桌，还有不少明星到场，方沁她们说我那天穿上婚纱宛如仙女，美得惊人。

这一生一世，一世一生，我都是你洛然的女人。

管他岁月流逝，我只要地老天荒。

第六章 风波似过，万里晴空

# 第七章　方沁

　　方沁是我舞蹈学院的同班同学，比我大十个月，来自哈尔滨一个普通家庭。她和我睡上下铺，天天三点一线在一起，算起来，我俩已经做了差不多二十年闺蜜了。

　　方沁眉目清秀，皓齿玉肌，还有一对儿人见人爱的小酒窝，一头乌黑顺滑的长发直达腰际，性格大大咧咧，说话总是带着一股天生的幽默。

　　刚入校没多久，学校有场汇报演出，方沁跳了一曲张国荣的《虹》，那支独舞完全可以用惊艳来形容，自此她在学校里名声大噪，风光一时无两，无论走到哪儿都会有男生投来青睐的目光，而方沁总是小腰儿挺直，目不斜视。

　　"咱们学校的男生我才看不上呢，幼稚。"方沁悄悄对我说，眼神亮若星辰，熠熠发光。

　　大三暑假我和方沁去炒更，所谓炒更，就是去夜店演出挣外快，这种情况在艺术院校并不少见，勤工俭学而已，我和方沁当时还商量着攒工资好买最新款的手机呢。

　　蒋菲儿就是我们在炒更时认识的，她当时是歌手，刚从北京戏曲学校毕业，本身学的是花旦，正准备去北京电影学院导演系进修。

　　菲儿浑身上下总是透着一股媚惑的女人味儿，瓜子脸，眼睛不大却明媚得像是里面藏了个春天，她当时的男朋友是北京人，又酷又帅，每天都会开车接送她。

　　二十一世纪初的北京夜场已经相当奢华，灯红酒绿，纸醉金迷，我那时和陈正刚刚同居，也没有乱七八糟的心思，只想在赚点零用钱的同时见识见识外面的世界。

就在这段嘈杂的经历里，陆青平适时出现了。

陆青平是浙商，年近不惑，其貌不扬，膝下两女，离婚后大女儿归了前妻，他带着十二岁的小女儿来到北京，供其在一家私立中学上初一，平日寄宿在学校里。

他平日的生活很循规蹈矩，工作、吃饭、睡觉……单调得不像是一个离异的成功商人，今天第一次踏进这家位于工体的夜店，不过是因为跟合作伙伴在隔壁吃完饭的一时兴起而已。

陆青平坐在吧台边，手上端着一听打开的啤酒，他的目光始终追随着正在台上伴舞的方沁，想起了自己情窦初开那年内心仰望的女神。

一曲终了，舞者隐回后台，陆青平若有所思地举起啤酒，才发现罐里早就空了。

此后的每个晚上，他都会在这个时间到这家夜店小坐一会儿，他在穿着、打扮雷同的舞者中搜寻着方沁，每每看到她才露出笑容。

这天我和方沁刚演出完走出大门，陆青平从对面迎上来跟方沁撞了个满怀，手中的那听可乐便洒了方沁满满一胸口。

"哎呀妈呀……"方沁猝不及防，低头一看自己黑色文胸湿答答地紧贴在薄薄的绿色连衣裙上，一下子就恼了，"哎，你走路怎么不看着点儿？"她盯着来人，忙不迭地把包挡在胸前。

"对不起对不起对不起……真是对不起。"陆青平连声道着歉，"真不是故意的，太不好意思了……真是不好意思……我赔我赔。"

"你赔什么呀你，你看看这一身……我怎么走啊？"方沁抖着裙子，连裙摆上都是褐色的液体。

"是没法儿走，你们俩去哪儿我送你们行吗？"

方沁看看我，那时陈正已经毕业，当天正好在外地拍戏，方沁就住在我家。

"别别，我们打车。"我摆摆手，防人之心不可无，现在已近午夜，让一个陌生男人送我们回家并不是一个明智的选择。

"我真没有别的意思，我不是坏人，真的，那儿呢……那就是我的车，"陆青平指了指不远处的黑色奔驰，"你们要是不放心……要不你们开我车回去？我打车。明天再打电话把车还我，我陪你去买衣服，你看这样行不行？"陆青平满脸真诚。

"啊？那叫什么事儿啊？亏你想得出来，再说我们也不会开车。唉，算了算了，算我倒霉，你走吧，反正你也不是故意的。"方沁的面色缓和下来。

这时菲儿赶到，大概听了几句就说："不用麻烦了，坐我男朋友的车，我送你们。"

"可你又不顺路……"方沁直性子，我用胳膊肘捅了她一下，她吐吐舌头，把后面的话硬生生咽了回去。

"行行，坐你车，我正想找你呢。"我接过菲儿的话。

"那请你们稍等一下，先别急着走，稍等一下，马上。"陆青平转身快步跑向奔驰，从车里拿出一件西装，又一溜小跑回来，殷勤地把衣服披到方沁肩上，然后递给她一张名片，"上头有我电话，你明天……哪天都行啊……只要有时间就打电话给我好吗？我必须得赔你一件衣服，真的，真是太过意不去了。"

方沁伸手欲拦，但看看对方期待的表情又不好推辞，说声"好吧"，就同我随菲儿向不远处的红色马自达走去。


"威立得企业发展有限公司总裁陆青平。"方沁打开头顶上的照明灯念着名片上的字。

"我看看！"菲儿从副驾驶座回过身来，一把把名片抢了过去。

"总裁……还有点来头嘛，把他那西装递我看看。"方沁把身上的西装拿下来递给菲儿。

"哟，阿玛尼啊，有钱人。"

"啊什么？啊啥？"方沁问道。

"西装牌子，名牌儿。"我说。

"阿玛尼！可贵了，一套西装好几万呢。"菲儿说。

"好几万？疯了。穿身上能长金子是咋地呀？"方沁边说边把衣服拿回来好奇地端详着。

我也有点吃惊，平时看时尚杂志是知道这个牌子的，但没想到这么贵。翻来覆去间，手指触到一个硬硬的东西，往口袋里一掏，居然是一沓还未拆封的百元钞票。

"什么情况？这口袋里有一万块钱！"我叫道。

"啊？"她们异口同声，连正在开车的菲儿男友都惊讶地回了一下头。

"不小心落口袋里的吧……"方沁说。

"这整一万呢，谁能这么粗心啊，天哪，这里有事儿吧？"

"方沁，你要不要现在打电话问问他？别是中了什么圈套。"菲儿的话让我也有点疑惑，我推了方沁一把。

方沁赶紧拨通了对方的电话。

"你西装口袋里有一万块钱。"方沁开门见山地说。

"哦哦，"对方恍然大悟般，"刚才怕你走了，急着给你衣服，可能是落在里头了，这样吧，如果你有空咱们就约个时间我去陪你买条裙子，要是你没空的话，那这钱就当是我赔你的……"

"什么裙子要一万？镶金边儿的吗？神经病。"不容对方说完，方沁生气地回应道。

"不是不是，我把你裙子弄得那么脏实在是过意不去，赔你一条也是应该的，只是怕你讨厌我。"

"我没说讨厌你啊。"

"那我能陪你去买条裙子吗？"

"再说吧，早知道不让你把西装披我身上了，这么麻烦，现在好了，怎么也得见你还你衣服和钱啊……"

"嘻，真是落在口袋里的……反正听你的安排，我等你电话？这个号码是你的吗？请问怎么称呼呢？"

"我叫方沁，天圆地方的方，《沁园春·雪》的沁。"

"方沁，真好听……好的好的，我记住了，我等你电话，什么时候都行。"

"啊，我想起来了！"菲儿一拍大腿，把我们都吓了一跳，"这男的我见过，老坐在吧台。"

她这么一说我似乎也有点印象："方沁，我看今天这事儿不是凑巧吧？要真有什么你可得留个心眼儿。"

"我就一穷学生，光脚的不怕他穿鞋的，能把我怎么样？"

"你可不穷，年轻貌美是最大的资本，他要是想追你倒不怕，只要不是什么别的事儿。"我说。

"方沁这小脸儿呀就是招人喜欢，这个世界是看颜值的……公司总裁……应该不会有什么别的事儿了，无非就是看上我们方沁了。明天你就打电话给他，看他怎么说。哎呀，这要真是蓄谋已久……都可以载入史册了。亲爱的，"菲儿掐了一把正在开车的男友，"你看看人家，学着点儿。"

"得，等我到了他那岁数当上总裁，我也去泡小姑娘。"菲儿的男友调侃道。

"你敢！"菲儿又掐了他胳膊一下，说话间，车已到楼下。

晚上我俩聊了半宿，方沁说看他那岁数肯定是结婚了，真要是追我，说出大天儿去我也不会给人家当小三。这点我相信，身在艺术院校，要想被包养也不用等到现在。

聊到困了，方沁说明天再说吧，也许人家就没有那心呢。

"要是真有那心呢？而且真就没结婚呢？"

"岁数太大了，长得也一般。"

"说不定人家就长得显老呢，要是没到三十你应不应？"

"就算三十也大我不少呢……我可没看上，你喜欢送给你得了。"

"拉倒吧，那陈正回来还不把我腿给掰折？这一款不适合我，你不是天天说咱们学校男生幼稚吗？这次来一个成熟的，你是不是有点动心了？"

"滚犊子。"方沁笑骂道，伸手挠了我一把，本来已经困了，被她一挠又精神起来，闹了半天方才各自睡去。

第二天方沁给陆青平打电话，对方说如果不堵车二十分钟准到楼下。出门的时候，方沁从衣柜里挑了件我的衣服穿上，又特意去厨房拣了个看上去干净高档的纸袋把叠好的西装和钱放进去。

她把纸袋递给陆青平："钱也在里面。"

陆青平微笑着接过来，看也不看，绅士地把车门打开："方小姐，请。"

"'小姐'可不是什么好词儿，别这么叫。"

"那叫什么呢？叫'女士'太老了吧？"

"就叫'方沁'！"

"好的，方沁，方沁。"陆青平一脸笑意，同时把纸袋随手放在后座。

"你也不看看钱少了没有。"方沁白了他一眼。

"怎么可能少呢？你肯出来见我就说明钱一分都不会少，对吗？"

方沁张了张嘴，不再辩驳，顺从地坐到了副驾驶的位子上。

谁都不曾想到过，这个其貌不扬的男人就这么忽然出现在方沁的人生里，也正是他，改变了方沁的一生。

原罪。

# 第八章　爱情，本就无关年龄

陆青平请方沁在国贸吃午饭，席间大致说了自身的一些情况，方沁起初只是静静地听着，忽然问了句："可乐是你故意洒的还是真的碰巧了？"

陆青平一愣，继而微笑着说："缘分虽然重要，但有时也需要努力一下。"

"那就是安排好的对吗？"

"如果我说已经在我心里演练了一百遍，你会原谅我吗？"

"干吗这么做？"

"只是想为我们的相识创造一个契机。"

"你来后台找我也可以认识啊！"

"但那样的话你是不会给我一起吃饭的机会的，如果没有这次机会，你如何能了解我呢？"

"我对了解你并没有太大的兴趣。"

"精诚所至，金石为开，所有的相知都是从相识开始的。"

"你可真会说。"方沁嘟哝了一句，低下头吃着面前的沙拉，也不再深究。

吃完饭，陆青平在她身边一路聊着，方沁不知不觉跟随他走进了一家GUCCI店，"你看看有没有喜欢的裙子好吗？"他笑意盈盈。

旁边的售货员一听，赶紧殷勤地拿来好几件衣服，方沁翻了翻没看到价签，便指着其中一件问："这个多少钱？"

"你先试试看合不合适。"陆青平说。

"多少钱？"方沁没理，继续问。

"六千九百八。"

方沁一怔，对售货员摆摆手："不试了，你放回去吧。"不等陆青平说话就径直走出了店门。

"怎么不试了？"陆青平追上来小心翼翼地问。

"那么贵，我不要。"

"是我应该赔你的。"

"那也不用那么贵啊，"方沁停住脚步转过身来，"我的裙子才多少钱？"

"你要是不喜欢，那去别家看看好吗？"陆青平指了指其他店铺，几乎所有的一线品牌在国贸都有专柜，它们静悄悄地矗立在那儿，似乎在等待着方沁的光临。

"不去了，这里头的衣服都太贵了。"方沁连连摆手。

"那你说去哪儿？我都听你的。"

"你要是真心想赔我，就去我常去的小店吧。"

"好好好，都行，都行。"陆青平舒了一口气，并肩和方沁走进下地库的电梯。

"干吗一直看我？"方沁嗔怪地白了他一眼。

"你……是我见过的最美的女孩儿。真的，真心话。"陆青平由衷地说。

这句赞美让方沁年轻的脸上闪现出一丝骄傲的笑意："鬼话连篇。"

方沁在学校附近一家临街的小服装店里挑了条两百多块钱的裙子，陆青平问还有没有别的看上眼的一起买了，方沁说不用。

送她回去的路上陆青平问："饭也请你吃了，裙子也买了，罪也赔了，就是……我以后还能见到你吗？"语气里满是忐忑。

"见我这么重要吗？"

"目前是我人生中最重要的事，这正是我特别想跟你说的。"陆青平扭头看着她，一脸真挚。

"你是不是想……"方沁没看他，含含糊糊地问。

"你也说了现在没交男朋友对吗？你这么聪明的女孩子，应该知道我的心思。"

"那你这么聪明的男人，也应该知道我没有那意思。"

"也许现在没有，但至少给我点时间和机会，只要你不拒绝见我就行，就这一点请求，可以吗？"

方沁低下头，一抹红晕飞上脸颊："你倒是挺直接的。"

"我不是小男生了，不拐那么多弯。我的情况中午吃饭时都给你汇报了，都是真的，我对天发誓，没有一句假话。"

"可我还在上学呢，不想想这些，而且，咱俩岁数也差太多了。"

"年龄永远都不是问题……总之你不讨厌我对吗？"

"咱俩才刚认识，谈不到什么讨厌不讨厌的。"

"那就当我是你普通朋友可以吗？我不会烦你的，以后不论你有什么事我都随叫随到，能保护你、照顾你、看着你长大就好。"

"这话说得，难道我还没长大吗？"

"在我眼里你还没有。"陆青平温柔地凝视着她，方沁心头一热，不知所措地扭过头去望着窗外。

"别那么多顾虑，方方，我不是坏人，永远不会强迫你做任何事，希望你相信我。你在我心里就是一朵美丽洁白的莲花，哪怕只能远远看着我也会心满意足。虽然这才是我们第二次见面，但你并不知道，之前我一直在舞台下静静地望着你，从你一出现我就觉得，这个女孩儿我必须去保护。"

"那么多人，为什么单单想要保护我？"

"就是内心一种强烈的愿望，甚至没有理由。感谢你现在就在我身边，即使你从此以后都不再见我，我也至少努力过了。"

"所以你一开始就在口袋里放了一万块钱，是想用钱砸我喽？"

"我是个商人，钱是生活中必不可少的东西，但你给我上了一课，我现在起码知道芳心是用钱买不到的，尤其是你。"


方沁回家之后跟我描述了见面的全过程，我说这人套路挺深啊，你还是小心点好。

"可这不也正说明他用心良苦吗？"方沁反问我。

"你呀，就是直肠子，人家几句好话就把你哄高兴了，现在反而替他说话了。"

"那倒不是，反正觉得他不烦人，说话也挺真诚的，比学校里那些小男生成熟多了。"

"废话，他都三十八了，还能像小男生一样追你呀……真当朋友倒也没什么，重要的是他有没有骗你，而且你对他有感觉吗？"

"骗我应该不会，再说我也没准备跟他怎么样，就觉得这人倒是挺有素质的，会聊天儿，听他说话心里挺得劲儿。"

"唉，女人哪，是不是说了特别多赞美你的话啊？"

"也没说多少。"方沁美滋滋地笑着，似乎还在回味着他们的谈话。

"傻样儿，这就算给你灌迷魂汤了……这个姓陆的，还真有两下子，才刚约了一次，你态度都变了，之前还说大太多，现在又说人家稳重成熟啦？"

"我什么也没答应他呀。"

"我看你都动心了。春心萌动，一脸的思春……"

"梅兰，你就埋汰我吧，你倒是有陈正，天天在这床上滚来滚去，我呸！"方沁抓过一个枕头扔到我身上，笑着说。

"行行行行行……你呀，万一吃亏怎么办？再说了，你都没谈过恋爱，这一上来找这么大的也太亏了。"

"我可没说谈恋爱，就当朋友嘛，他说了不会烦我的。"

"总之你要是有什么事儿可得告诉我，我好帮你参谋着。"

"管家婆……"

从那天开始，每天晚上炒更结束，陆青平都会绅士地为我们打开车门，然后一起去吃宵夜。

他举止儒雅，见识广博，那时我和方沁年纪尚轻，对外面的世界知之甚少，所以经常听得入神。

陆青平无微不至地呵护着方沁，也从未见他对方沁毛手毛脚过，一个暑假下来，我们都已经认可了他的存在。

开学之后，陆青平带着方沁来到学校附近一家公寓，宽敞明亮的两居室布置得温暖舒适，连色调都是方沁一向钟爱的淡绿色，陆青平问喜欢吗？给你租的，省得宿舍里挤。

方沁里里外外看着，掩饰不住满心的欢喜，但依然绷着脸说谁让你租的？我住宿舍挺好的，你都没问过我呢。

陆青平双手作揖一躬到地："微臣深知陛下圣意，乃是先斩后奏，还望我主念在微臣用心良苦，答允此事，微臣今生今世必当肝脑涂地护陛下周全。"

方沁"扑哧"一声笑出了声，清了清喉咙说道："允奏，跪安吧。"

搬到新居之后，陆青平跑得更勤了，除了周末陪陪女儿陆晓雨，几乎天天都出现在公寓里，他烧得一手好菜，不到半年，方沁被他照顾得珠圆玉润，愈发灵动照人。

陆青平从未急躁地要求留宿过，他最大限度也只是轻吻一下方沁的额头，时间一长，方沁反而在心里期盼着会发生点什么了。

习惯了他的存在，习惯了他身上淡淡的古龙水味道，方沁沉醉在他温柔的呵护里，若是一日不见便魂不守舍。

不知不觉中，虽然少女的矜持让骄傲的方沁依然停留在原地，但她知道，爱情早已占据了整个心扉。有时她会在阳台上发一会儿呆，想着陆青平温暖的微笑，感觉连北京的冬天都不再那么寒冷了。

# 第九章　自由的你为何不在我身边

一场大雪覆盖了京城，万物苍茫。

方沁倚在窗边，知道今天是周六，大概陆青平在家陪女儿不会来了，心下不免怅然。她给我打电话聊了会儿天，然后看着电视里无聊的节目，频繁地用手中的遥控器来回换着频道。

晚上十一点，当陆青平出现在门口时肩膀上还沾着未化的雪花，他说外面雪下得太大，家里暖气又足，我怕你不开加湿器上火，一上火嗓子又该肿起来了，所以晓雨一睡着我就来看看，见你一面我好放心。

方沁一下子扑到他怀里，额头紧紧贴着他寒气未散的脸，说傻瓜，这么大的雪你打个电话来不就完了吗？

陆青平冰凉的吻如雨点般落在方沁裸露的肌肤上："我爱你方方，我爱你。"

那晚陆青平没有走，他惊喜地发现自己居然是方沁的第一个男人。

第二天凌晨六点，陆青平做好了早饭，轻吻了一下还在睡梦中的爱人，他在枕边留了字条，告诉她要趁陆晓雨醒来之前回家，下午送女儿回学校后晚上接她一起吃饭。

落款是"爱你的平"。

从这一天开始，方沁全心全意地爱着陆青平，同时也享受着他带给自己的一切。他把她衣柜里的所有衣服都换成了名牌，帮她报了驾校，把雷克萨斯的车钥匙塞进她手里，最后用双手轻轻蒙上她的眼，把她带进了装修奢华的新房。

"这是给你买的房子，等你毕业了咱们就结婚。"陆青平松开手，拥吻着她。

那一刻，方沁是幸福的。

她接受了他的所有，无论年龄、无论相貌，也不管他离了婚还有一个十几岁的孩子。

只要相爱，一切都好。

临近毕业，陆青平在四十岁生日这天把方沁带回了家。

十四岁的陆晓雨用僵直的身体挡在门口，目光咄咄逼人。

陆青平拽了拽女儿的胳膊："晓雨，爸爸不是说要带个朋友回家吗？这是你方阿姨，叫阿姨。"

陆晓雨怒目而视："阿姨？凭什么叫她阿姨？她才多大？她是干吗的？我还以为你会带张叔叔回家吃饭呢！"

"晓雨！"

"我不认识她，你让她走！"

"别这么没礼貌！"

陆晓雨恶狠狠地瞪着方沁，半天才喘着粗气一转身闪进自己的房间，在用力关上房门的那一刻，她忽然大声骂了句："婊子！"

方沁脸上的微笑凝固了，继而变成震惊和懊恼，她甚至怀疑自己的耳朵，陆青平捏了捏她的手，低低在她耳边说："小孩子，不懂事儿，咱别计较。"说罢走过去拍了拍女儿的房门："晓雨，爸爸平时怎么教你的？怎么可以这么没教养？！把门打开！你必须马上向方阿姨道歉！"

"我为什么要向她道歉？"陆晓雨尖厉的声音破门而出，"她就是个不要脸的臭女人！你让她走！不许她进我们家的大门！"

"你把门给我开开！你这孩子怎么回事？！"

房门"呼"地打开，陆晓雨倔强地梗着脖子，眼底里充满了叛逆和仇恨。

陆青平抓住女儿的胳膊往外拉："你太没礼貌了，阿姨才第一次到咱们家，你是不是应该……"

"你弄疼我啦！"陆晓雨扳着门框大叫起来，眼泪顷刻漫上眼圈儿，

"爸，我是你女儿！你从来没对我发过脾气！"

陆青平条件反射般松开手，下意识地去擦拭女儿脸上的泪水。

"我不要你管我！你让这个女人走！我不要她进我们家门儿！"感受到父亲本能疼爱的陆晓雨更加有恃无恐，蛮横地继续大叫着。

方沁只觉得整个脑袋嗡嗡作响，她咬紧牙关逃一样飞奔下了楼，连电梯都没按。

还没跑出小区，陆青平从后面气喘吁吁地追上来拉住她："对不起对不起宝贝儿，小孩子不懂事，让我给惯坏了，你别生气，千万别生气……这样好不好，你先打车回家，我去跟她好好谈谈，晚一点再去家里找你。"也不等方沁回答，他抬手拦了一辆出租车。

被塞进车里的方沁哭了一路，她没有回家，当她出现在我面前时，眼睛都肿了。

刚哭着倾诉了没几句陆青平的电话就追了过来，方沁死活不理，我说你们这样也解决不了问题呀，看她还在气头上，我就接了起来。

陆青平一听是我，说她在你那儿我就放心了，然后一再恳求我好好劝劝方沁，说自打离了婚就总觉得亏欠了小女儿，平常真是放在手心里都怕化了，确实是给宠坏了，又加上晓雨正处于叛逆期，希望方沁别把那些话放在心上，他会好好做女儿思想工作，一定能解决的。

我说你也是，想把方沁介绍给孩子怎么也应该先打声招呼，陆青平说这事儿的确赖我，本来觉得跟她妈离婚这么久了，生日这天带女朋友回去孩子也不能说什么，方方那么好的人，她俩相处一下就都接受了，没想到晓雨这么抵触。

我也不好再劝，估计他本身也知道晓雨是道难关，所以才直接领方沁回家的，没想到自己女儿那么不懂事直接翻了脸。

对于陆青平而言，一边是以处女之身许了自己近两年的至爱，一边是自己视若掌上明珠的女儿，事情弄到这一步也是始料未及，现在方沁这边完全处于下风，我只好不住地安慰她，希望陆青平说到做到，那就皆大欢喜了。

晚上方沁被陆青平接回了家，自然是连哄带劝好话说尽，方沁虽然满腹委屈却也无可奈何。只想着毕竟两人风里雨里爱得情真意切，晓雨再拧也不过是要耍小孩子脾气，哄一哄、吓一吓、聊一聊也就没事了。

但一切远没有想象中那么顺利，无论陆青平如何努力，陆晓雨都铁了心不肯接受方沁，在她心里，父亲这么多年来都没有交过女朋友，那就和母亲有复婚的希望，如今方沁一出现，他们原本的一家四口就再也不能破镜重圆了。

于是寄宿在学校的她每天都会查岗一样给父亲打十几个电话。

陆青平和方沁一时间被闹得身心俱疲，方沁更是委屈，本来是正儿八经地谈恋爱，现在却要像当小三儿一样藏着掖着。

"你再忍忍好吗，亲爱的？等晓雨高中毕了业我就送她出国留学。"陆青平商量道。

"高中毕业？她现在才上初中，难不成你要我再等四年吗？就不能初中毕业把她送出国吗？"

"这怎么行呢？她还小，这么早出国我们也不放心，而且出国上大学是以前就决定了的，不能说改就改。"

"我们？'我们'是谁？是你和你前妻吗？"

"方方……"

"你替我想过吗？你放心我吗？"

"方方，你不是小孩子了，她多大你多大？你得懂事儿才行。"

"我还不懂事儿吗？她骂我骂得那么难听你质问过她吗？在你心里我是什么？你爱我吗？"

"如果我不爱你怎么会带你回家见女儿？"

"见了又怎么样？难道她不同意我就得这么干等着吗？那三四年以后她不同意出国呢？她要是永远都不同意我们在一起呢？那我们怎么办？你还娶我吗？你是当爹的，连自己女儿都管不了吗？"

"方方！过分了！"

"我过分什么？为什么我跟自己爱的人在一起要得到别人的许可？"

"她不是别人！她是我女儿！"

"那这一关要是过不去呢？难不成我们就要分手吗？""分手"两字一

冲出口，方沁自己心里"咯噔"一下，她转头去看陆青平，见他面色沉重，低头不语。

好久好久，他黯然地说："方方，要不，咱们就先缓一缓吧。"

方沁一愣，照陆青平胳膊上狠狠打了一巴掌："你把话说明白了，你什么意思？"

"你别动手呀！"一丝愠怒浮上陆青平的脸，他下意识地揉了揉胳膊，"我是说这么下去也不是办法，晓雨一天十几二十个电话你也知道，我公司最近压了一大堆事儿，这么闹下去怎么行，你先好好上学，我回去继续做她的思想工作，等你毕业了咱们再从长计议。"

"你的意思难道是说先分开一段时间？"

"我是说缓一缓。"

"缓不了！你当初追我的时候一千一万个承诺说爱我呵护我一辈子，现在我一心一意跟了你你跟我来这套？我到底哪儿做错了？为什么别人的想法要我来承担？"

"你别这么激动，我只是说缓一缓，并没有说分手……"

"你的'缓一缓'根本就是不见面！那不是分开是什么？"

"我没有！"

"那你明明白白地说，我和她之间选一个，你选谁？"

"方方，你怎么……你能不能别逼我！"

"我就逼你了陆青平，你早就离婚了，你是自由的，我没错！"

"我没说你有错！你听我说，方方，晓雨现在还不能接受你，她脾气倔，我怕这么闹下去会出什么事儿，她最近老说要离家出走，除非我不再见你……我心里真的害怕……不然咱们再低调点儿，来日方长，她是我女儿，总会有接受你的那一天。"

"我还不够低调吗？天哪……她来电话的时候我在旁边连大气都不敢出，你告诉我还想让我低调成什么样儿？"

正说着陆青平电话响了，方沁一看屏幕上显示的名字，再也忍不住心中的怒火，她摁下接听键用尽全力嘶吼道："对，你爸在我这儿呢，我们天天在一块儿！我让你查！让你查！"

陆青平见状夺过手机，情急之中狠狠推了方沁一把："你有病吧？你他妈给我闭嘴！"他对着手机轻声呼唤着："晓雨晓雨，你听爸爸解释……"

电话那头传来撕心裂肺的哭叫，紧接着是一片忙音。

陆青平慌了，他顾不上方沁，拿起外套就走，方沁恼怒地拽住他："你干吗？"

"快出人命了知道吗？你给我起开！我去看女儿，有错吗?!"他一反往日的温柔，恶狠狠地嚷道。

"我不许你走！"方沁死死抓住他的衣角，"你给我说清楚，陆青平！你吼我！你居然动手?!"

"方沁！你自己去照照镜子！你现在就像个泼妇一样！刚才不是你先动的手？晓雨只是个孩子，你干吗要去激怒她？她要是有什么三长两短……你、你自己冷静一下吧！"说罢他用力掰开方沁的手，急急忙忙离去。

房间恢复了安静，除了方沁断断续续的抽泣声，她不得不承认，在陆青平的心里，女儿比她重要多了。

多年后方沁跟我聊起这事，说那时年少急躁，现在想来，如果当初没那么激进的话，也许命运会大有不同。

那天陆青平没来电话，之后的第二天、第三天……他像是把方沁遗忘了，一开始方沁还强硬地说不会原谅他，但一个星期过去了，愈见消瘦的她每天守着电话，告诉自己只要他回来，她还是他的。

时间一天天过去，焦灼的盼望煎熬着内心，渴求变成了失望，由爱及恨，方沁钻进了牛角尖，她咬着牙跟我说："我算是看明白了，什么天长地久，什么永远呵护我……都是扯淡，他女儿一闹，所谓的爱情就消失了……我恨他，连这么小的事情他都不能保护我，哪来的一辈子？"

我劝她服个软，又说毕竟血浓于水，何必让陆青平这么为难呢？

"那我怎么办？他从来没有那样过，简直像个疯子一样，还骂我是泼妇……"

"可你也不想分手对吗？他不来电话你就打一个给他呀。"

"梅兰，你还不明白吗？如果他女儿不同意，我们还是没办法在一起。"

"那也不能亲手放弃啊。"

"爱情有时候就是一场战争，如果这一仗我输了，那就永远都输了。"

的确，他们的爱情已经演变为一场对峙，直到陆青平再次打来电话，方沁却盯着手机迟迟不接。

我说你不是盼着他吗？干吗不接？方沁说如果他真有心早就来了，这房子他又不是没钥匙，这么久以来只见发过一条短信，我就是要看看自己在他心里到底是个什么位置。

我无言以对，一向被宠惯了的方沁不肯低头，但如此僵持下去只会朝不利的方向发展。从方沁家出门之后我拨通了陆青平的电话，问他劝女儿劝得怎么样了，为什么不来找方沁，陆青平说最近公司正在竞标，特别忙，那天闹完以后晓雨就躲到同学家去了，连着找了两天才找着，现在又天天哭着连学都不肯上，他只能工作之余在家天天守着，前妻知道以后也来北京了，家里正闹得不可开交，他现在也顾不上别的，希望我这段时间能照顾好方沁。

"不管怎样，我一定会给她个交代的。"他说。

"我知道你是个有担当的人，不会辜负她的。"我重复着陆青平的意思，希望这句话能在他心上烙上深深的印记。

第九章　自由的你为何不在我身边

# 第十章　闪婚

时间过去了一个月，当陆青平的电话号码再次出现在手机屏幕上，一直处于煎熬之中的方沁终于按下了接听键。

"姓方的我告诉你，你给我听清楚了！我妈来北京快一个月了，她和我爸现在要复婚了，麻烦你要点×脸，不要再缠着我爸了听见没？！"陆晓雨的声音传来，恶毒的语气里充满了凯旋的味道。

方沁眼前一黑，只觉得天旋地转，片刻之后她疯了似的对着手机吼道："你他妈的给我搞清楚，是你爸死缠烂打追的我懂吗？是你爸！你个小崽子知道个屁！有本事叫你爸来！"

陆晓雨不甘示弱，两个人在电话两端对骂着，甚至谁都听不清对方骂的是什么，气得浑身发抖的方沁最后把手机狠狠摔了出去，台灯从桌上掉下来，两败俱伤。

陆青平赶来时我和菲儿刚到没一会儿，正陪着方沁掉眼泪。方沁一见就冲上去使劲把他往门外推，边推边嚷："我让你复婚让你复婚！你还来干什么？你走，去复你的婚吧！"菲儿把她拉回卧室，我问陆青平到底打算怎么处理。

他摇摇头，说你看方沁现在这个样子，你知道她在电话里怎么骂我女儿吗？骂得特难听，晓雨只是个孩子，难道她连个孩子都容不下吗？

我说陆青平你可得搞清楚，你当时在旁边吗？你听到你女儿是怎么骂她的吗？那方沁就得听着，回句嘴就不对了？你这么护犊子也太过了吧？谁谈个恋爱还得遭着骂？今天你要是来兴师问罪的麻烦现在就走人，当初追方沁的时候你怎么承诺的心里还没点儿数吗？

"我爱方方，一直都是，但晓雨是我的心尖儿，她骂你就让她骂两句呗，又不会少块肉，好歹也不至于弄到这么僵，现在我还能怎么办？"

"那你怎么不这么告诉你女儿？我知道这手心手背都是肉，可是你也不能这么偏心啊！方沁是有点小脾气，你毕竟是她谈的第一个男朋友，这点你心里有数对吧？你女儿岁数小，方沁岁数也不大啊，你自己承诺过会照顾方沁长大，现在出了问题也不能全怪她一个人啊！"

"我现在是真的没办法，晓雨要死要活的，她妈也不依不饶，现在我哪哪都去不了，你让我再怎么照顾方方？"

"你女儿说你们要复婚了？"

"没有，要想复还用等到现在吗？她是气方方的。"

"但也不排除复婚的可能对吧？"

"梅兰，你们都还年轻，我想告诉你，一个家庭牵扯的往往太多，即使我没有复婚的想法，也不是说散就能散利落了的，要是早知道晓雨反应这么大，我也不该这么仓促把方方带回家，可是你得明白，如果我不爱她会跟女儿摊牌吗？闹成现在这样我也始料未及……"

"如果你女儿除了她妈谁都不接受呢？"

"现在说这些都没什么用，最重要的是晓雨真要是出个什么三长两短……我要是……我要是连女儿都保护不了，那我还配当一个父亲吗？"

"你这话什么意思？"

"我想你明白，我不是一个背弃诺言的人，但我现在真的做不到……"

"陆青平，难道你来是说分手的吗？"

"我真的没办法，我无能为力。"

"无能为力？那你就不要大包大揽地给方沁希望！你是她的第一个男人！第一个！她很爱你，你现在……你怎么能……"我急了，不由得提高了声音。

"梅兰，你别急，我想给方沁一笔钱！我现在只能这么……"陆青平话还没说完，一个抱枕突然从卧室里扔了出来。

"钱钱钱！就知道钱！钱什么都可以买到吗？对，在你陆青平的世界里钱就是万能的，你可以用钱给我买衣服，买包，买房子买车！还可以买我对吗？！我他妈不卖！不卖！拿着你的破钱臭钱给我滚蛋！从我的世界里滚出去，有多远滚多远！我宁愿没有遇见过你！从来都没有遇见过！从来没有收过你的那些破钱买来的东西！"方沁疯狂地冲出来推搡着他，面色由于激动而变得通红，她又返回卧室打开柜子，把衣服、包包一把把拽出来扔到陆青平脚下，最后把车钥匙也扔向他，"拿走你的东西！全都拿走！全都拿走哇……"

我和菲儿抱住她，方沁涕泪满面，她瞪圆了一双大大的眼睛，用尽全身力气向陆青平愤怒地吼道："你走，走哇！走！走！我不要再见到你！不要你的破东西！走！"

陆青平沮丧地重重叹了口气："方方，对不起，对不起，真的对不起……我实在做不到……请你理解。"

他真的走了，除了这套还在还贷的房子和一辆雷克萨斯，就像从未在我们的世界里出现过，方沁那段时间天天蒙头大睡，蓬头垢面，偶尔起来上个厕所，连水都很少喝。我在学校给她请了病假，和菲儿经常过来陪她，她有时会有气无力地抬头看我们一眼，却什么也不愿意说。

陆青平后来又打过电话，想让方沁给个账号，我们也劝方沁既然已经这样了，不如把钱留下，也算是没白好一场。

方沁却死活不肯，说让他滚蛋，我永远都不想再听到这个名字，我要让他愧疚一辈子，一辈子都欠着我，还都还不清。

毕业以后方沁把房子卖了，用这笔钱在西单开了一家服装店，她用尽一切方式、想尽一切办法去抹除陆青平以及关于他的所有记忆。

除了在很多泪湿的夜里。

时光荏苒，方沁用两年多来舔舐伤口，岁月渐渐修复了大部分伤痕，我们从来不敢提起陆青平，而方沁身边走过的男人，却没有一个能让她停下来，哪怕只是片刻的驻足。

2007年的一次朋友聚会上，方沁认识了武警军官赵大维。

赵大维比方沁大五岁，来自山东巨野县，他目光炯炯有神，身材精干，腰板笔直，一看就是当过兵的人。

从初次见面到结婚，两个人只相处了短短四个月。

所有人都劝她应该再了解一段日子，方沁却有自己的想法："就这样吧，大维就算一个月挣三千块钱都会一分不少地交给我，光是这一点我就心里踏实，嫁人嫁人，还能图什么，对自己好就行了。"

见她心意已决，我们也不好再劝，这一路走来，一步一步，遇上谁，嫁给谁，似乎都不是自己说了算的。

领证那天，方沁发现赵大维的户口本上写的居然是离异，追问起来，才知道他有过一段极为短暂的婚史，那是多年前父母在老家给安排的，后因感情不和不到半年就离了，因为太过短暂又怕方沁嫌弃就没敢提。方沁沉默了两分钟，依然办了手续。

就这样，穿惯了名牌、看过了浮华世界的方沁，退却锋芒，嫁给了朴实无华的赵大维。

他们的人生观、世界观，甚至连一点点小事儿两个人都有各自固有的想法，这并行的平行线，甚至连个交点都没有。

本就不是同一个世界里的两个人，看似情投意合的闪婚却为以后的婚姻生活埋下了诸多隐患。

两年后方沁生了个儿子，初为父母让一切都很慌乱，赵大维就把农村的母亲接了过来，老太太在家里一直把儿子当成全村的骄傲，对从小练舞习惯了昂头挺胸的儿媳妇甚是挑剔，总觉得她在自己面前故意趾高气扬，更看不惯的是方沁每每出门前的精心打扮，加上带孙子用的又是土办法，婆媳间难免磕磕绊绊，时间久了，恶性循环，谁也不待见谁。

争争吵吵，小打小闹，日子也一天天磕磕绊绊地过来了，赵大维虽然工资不高，但待遇特别好，单位后来在三环边给分了套三居室，现在儿子已经上幼儿园了，方沁那颗骄傲的心早已磨去了棱角，除了照顾家庭，她把心思都扑在事业上，服装店的生意蒸蒸日上，店面扩大，她一个人忙不过来，就把老家正在待业的弟弟方亮接到北京来帮忙。

弟弟一来，方沁终于腾出来时间去巴黎和意大利参加国际时装周，还代理了一些独立设计师的小众品牌，俨然成了一个小有名气的时尚买手。

她偶尔会跟我们抱怨一下生活中的鸡毛蒜皮，我劝她婚也结了，孩子也生了，反正女人不论嫁给谁都会后悔，该过还得过，等孩子大点了婆婆一走也就清静了。

"我看你是站着说话不腰疼，还嫁谁都后悔……你后悔了吗？菲儿后悔了吗？我看你们是蜜里调油，一对儿比一对儿恩爱……"方沁白了我一眼，"我倒真想咱们上学的时候，多好。"

"哎哟，那我还能煽风点火啊？你是军婚，就好好过吧。"我搂了她一把，笑着说。

# 第十一章　蒋菲儿

蒋菲儿是成都人，皮肤白得发光，胸大腰细，前凸后翘，眉目标致，眼神魅惑，千年不变大波浪，万年不离小淡妆，休闲衣服从来不穿，永远的细高跟儿，也永远散发着极致的女人味儿，走在街上回头率一直都颇高。

十二岁那年，中国戏曲学校到当地招生，从小学习芭蕾的菲儿被选上，之后的整整七年都在北京上学，主攻花旦。

毕业之后，蒋菲儿被分配到中国京剧院，基本工资很低，于是在去炒更的过程中认识了我们。

有一次练功，下高时菲儿伤了腰，愣是躺了半个多月才下地，花旦是唱不了了，她又不想继续在夜店驻唱，就去电影学院导演系进修了一年，结业后在一家大型影视公司做幕后。

菲儿头脑清晰做事果断，几年后依靠工作积攒的人脉和经验成立了自己不大不小的公司，后来带艺人、做制片人，一路拼搏下来，慢慢跻身于女强人行列。

她在同一个小区买了两套房，父亲病故后就把母亲接到了北京，本想着让母亲享清福，但弟弟结婚生子后母亲就回老家去带孙子了。

蒋菲儿是个不折不扣的外貌控，也是我们之中唯一一个对颜值最为执着的人。

如水的岁月里，菲儿尽情享受着被男人追求的快乐，开心了就在一起，不开心了就分手，她不需要男人为她花钱，更不需要男人的承诺。

她常说，我只谈恋爱不结婚，恋爱让我有激情，婚姻只会束缚我的灵感，没有灵感，我什么也做不了。

"那你这辈子就一个人了？"我们问她。

"等四十岁吧，等我玩够了，在圈儿里成了一等一牛×的人物，我再考虑嫁人的事儿。"

"你可以嫁一个像梅兰一样的老公啊，就不用那么累了，天天买买买就行。"燕子笑着说。

"洛然啊，虽然不错，但不是我的菜，身高是够了，我要的那一款呢，五官必须三百六十度无死角，你们看看我交过的男朋友，要是能挑出来一个不好看的我跟你们姓。"菲儿自信地说。

"去你的，你那意思我老公不帅呗？"我问。

"洛然挺爷们的，但还不够我心里的标准……主要还得年轻。"她冲我挤了挤眼睛。

"好看的脸蛋儿能出大米呀？"我嗤之以鼻。

"大米我自己都有了，用得着别人出吗？"

"对对对，那句话怎么说来着，我不嫁豪门，因为我就是豪门！"燕子接话道。

"我没那么牛×，可是也不需要男人为我花钱。不好看连上床都没情绪对吧？"

"还情绪，你个小浪蹄子，关了灯都一样，就那点儿事呗。"方沁说。

"哎，我可不是关灯就睡的主儿，这一天天的，有性才能有灵感懂不？活儿好、盘儿靓、个儿高、有腹肌……这是基本四要素。"菲儿媚眼如丝，"其他的在我这儿都不打紧。"

"说白了就是能把你伺候好了呗……"我们笑成一团。


左骁的出现，终于打破了菲儿不婚的决定。

左骁四辈都是北京人，父亲是某医院的呼吸科主任，每星期有两天会在一家私立医院坐诊，母亲已经内退，姐姐比他大十岁，据说年轻时貌比天仙，如今早已嫁人生子，现在和老公共同经营一家科技公司，他大学毕业后没找工作，一直在社会上各种混，打打麻将，交交女朋友，偶尔会找父母或者姐姐要点零花钱。

虽非豪富之家，长久的宠爱却令左骁身上带着一股子与生俱来的优越感。

而他的五官，当真是无可挑剔，平日素爱健身的他皮肤光滑，线条也养眼，更难得的是，这张脸，不带一丝阴柔之气，满是男性才有的硬朗感觉。

这外在的一切，都异常符合菲儿的苛求。

两人相识于某"杀人吧俱乐部"。

"杀人游戏"是现在"狼人杀"的雏形，那天菲儿赶巧路过是去给朋友送东西的，眼神飘忽寻找之时接触到了左骁投来的明媚目光。

四目缠绕，菲儿低头盈盈一笑，如瀑的长卷发遮了半张媚脸，举手抬眼皆是万般风情，左骁走神之间，游戏愣是输了。

这一见似是命定，即使没有言语，也已暗自倾心。

菲儿见罢朋友从俱乐部出来，左骁倚在门口伸出了手："我叫左骁，左右的左，骁勇的骁。"

简短的交谈之后两人相互留了联系方式，没过多久就滚上了床。

此后一年，同居的日子如胶似漆，偶尔闹个别扭都算是感情生活中的小小调剂，时间越久，越是觉得彼此哪哪都合适。

除了他才二十二，她已二十九。

在菲儿的生活里，恋情若能超过三个月就已经非同小可，当初识的只道寻常渐渐成为根深蒂固的牵挂，菲儿恐惧地意识到，自己已经离不开他了。

这张情网，把在情欲里一向游刃有余的菲儿罩了个严严实实，容不得她有半分挣扎，当昔日所有的把控都变得绵软无力，菲儿如坐针毡，惶恐不已。

但左骁丝毫没有察觉她的内心，他一往情深地爱着她，没有工作的好处就是可以随时跟菲儿连体婴一样黏在一起，在他眼里心里，菲儿是完美的，完美到让他离不开、放不下。

我们每周的固定聚会两人经常会一起来，旁观者清，眼见他们之间任何一个细微的动作和眼神都焕发出爱的光芒，这一点任谁也装不出来。

有次我们在三里屯太古里吃完饭坐着喝东西，左骁有事先走，菲儿的目光一直追随着他的背影，"嗨，"我捅了她一下，"你跟他一块儿走得了，丢了魂了是不是？"

菲儿抿嘴一笑，说："我也不知道怎么了，一看不见他心里就不踏实。"

"完了，菲儿你完蛋了，陷进去了吧？你说你恋爱都谈了一筐了，现在被别人拿死了吧？"方沁调侃道。

"真是一物降一物。干脆结了得了。"燕子接了句。

"你快拉倒吧，我就是愿意嫁，人家还不见得愿意娶呢。"菲儿轻轻叹了口气。

"怎么可能呢？你有才有貌有事业，他有什么不同意的，你们说对吧？"燕子呷了口橙汁问我们。

"有什么都没用，我都快三十岁了，说什么都白搭，青春最重要，我大他七岁呢，唉，第一次希望自己找的是个年龄大的男人。"菲儿的语气颇为无奈。

"那你有没有试探过他？"

"试探什么呀，他岁数这么小，怎么可能想到结婚呢？要是问不等于自寻死路吗？我再把人吓跑了，还不如不提。"

"别想那么多了，走一步看一步吧，先享受爱情，反正你也不想离开他，只要别耽误了你。"

"我都一直说自己只恋爱不结婚的，没有什么耽误不耽误的。"

"你要这么想就好，别有负担，不过爱情这东西真不好说，好好经营呗，只要你开开心心的……要不我们找个机会问问他？"我对方沁和燕子使了个眼色。

"你可别，千万别。"菲儿慌忙摆摆手。

"好好好，不问……看来菲儿这次真是走心了，咱也别问了，再弄巧成拙，把人小孩儿吓着。"方沁说。

人生中意外的惊喜总是不期而来，正当菲儿在未卜的爱情道路上瞻前顾后时，谁也没想到左骁会在参加完我婚礼的当天晚上向她求婚，没有鲜花和钻戒，左骁就那么不经意地撩开菲儿的头发，轻声地说："结婚真好，可以跟自己爱的人在一起，菲儿，我也想结婚了，和你，你愿意吗？"

这突如其来的一句轻语让菲儿蒙了："你再说一遍好吗？你再说一遍……"她急切地盯着左骁。

"亲爱的，我想娶你，你愿意嫁给我吗？"左骁再次坚定地回答，一双眸子清澈如水，看化了菲儿的心。

"我还想听，我想再听一遍。"菲儿把头深深埋在他怀里，生怕让他看见自己的泪水。

"嫁给我吧，亲爱的，我不是开玩笑，我知道自己要什么，我也知道你爱我，相爱的两个人就应该在一起，对吗？如果我们这么相爱还不结婚，那天底下的人就没有应该结婚的了。答应我，真的，嫁给我。"左骁在她面前半跪下来，灯光下愈发显得英俊。

"我愿意我愿意我愿意……"她连声说着，双手捧起左骁的脸，一下又一下胡乱吻着，左骁捕捉到菲儿的嘴唇，深情地和她纠缠在一起。

愿天下有情人终成眷属，是前生注定事莫错姻缘。

如此劲爆的消息让我们三个大跌眼镜，虽然都知道这正是菲儿想要的，但心里还是隐约有些不安。

"他连个工作都没有，菲儿你要不要再考虑考虑？"燕子的疑问也是我想说的，可生活是多么讽刺，谁预料得到燕子后来嫁的张亚奇也没有正经工作。

"他还年轻，什么工作都可以找啊，实在不行都能来我公司。"菲儿不以为然。

"你见他们家里人了吗？他们家同意吗？别跟梅兰一样，到时候家里百般阻挠。"方沁看了我一眼。

"能有什么不同意的？他跟洛然不一样，洛然家是有背景的，他家就是一个……怎么说呢，可能比普通家庭好一点儿，但也没到挑我的份儿上。我现在这条件，除了比他大几岁，不样样都没得挑吗？"

"那你妈呢？能同意吗？"

"我妈高兴着呢，从两年前就开始催我结婚了，左骁平常对我挺好的，我妈也看在眼里，好歹他是个北京人，我没跟我妈说过他做什么工作，我妈还觉得他挺踏实的呢。"

"他怎么就突然求婚了？"

"这还得感谢你啊，"菲儿对我眨了眨眼睛，"你那婚礼办的，天哪，是个正常人都得被刺激一下。"

"我还被刺激了呢，可没人搭理我。"燕子说。

"你也快了，梅兰扔花的时候你跳那老高，你这大个儿老占优势了，手捧花一抢一个准儿，"方沁笑着推了燕子一把，"人家这不婚族都落听了，燕子你可必须得抓紧!"

"我倒是想抓紧呢，老天爷也不给个人儿呀，哎，你们有合适的介绍给我呗。"

"我给你介绍了呀，洛然身边合适的哥们儿你都见了一个遍了。"我说。

"可就是没有合适的，你说怪不怪……男人不是光看有没有钱，还得看人品，看眼缘儿。"

"我看你就是眼花了，再耽误下去只有别人挑你的份儿了。"

"不是眼花，是真没有觉得有想嫁的，要么这儿不合适要么那儿不合适，也不知道我将来那口子在哪儿。"燕子一张俏脸在灯光下半隐半现，目光里些许怅然。

我后来常想，在燕子一再蹉跎的年华里，命运只是为了安排叶凡和张亚奇的最终出现。

# 第十二章 愿天下有情人皆成眷属

菲儿错了，左家人根本就不同意这门婚事，当激动的左骁把婚讯告诉父母，他们先是一惊，说骁骁你才多大，这么早结婚干吗？而且得知菲儿比儿子大了整整七岁后，不论左骁再说什么也不听了。

在父母那儿碰了一鼻子灰，左骁给姐姐左茹打电话，姐姐一向很疼爱他，可这次却不赞同，说你现在太小了，别被老女人给骗了。

"什么老女人？姐，你说话别这么难听！菲儿一点儿都不老！她比你还小呢，再说我能被骗什么？我又没钱没房没工作。"

"骁骁，可你是北京人啊，咱'北京'这俩字就值钱知道吗？她一外地人，比你大那么多，还不上赶着啊？你快别傻了，玩儿一玩儿谈谈恋爱姐都不说你，结婚可不行。再说了，你这么年轻，大把的前程，以后什么女朋友找不到？"

"别人我不要，我就喜欢她，爱她！你们挑来挑去的不过是嫌她比我岁数大一点儿。"

"大一点儿？那是大一星半点儿吗？不行不行，说出大天儿去也不行，以后你就明白了。"

"我不明白，我就是想娶她，一天见不着她心里都不得劲儿。"

"你说你，鬼迷心窍了……你跟我说没用，跟咱爸咱妈说去。"

"那你劝劝咱爸咱妈呀。"

"我不管，我都没见过她长什么样儿，我就觉得大你那么多，指不定想占你什么便宜呢。你现在是没挣什么钱，可咱爸妈给你攒着呢，她有房有车，咱家没有哇？你好好的，等你过了这个劲儿就转过弯儿来了，现在是脑子一热，还不知道那女的怎么忽悠你的呢……"

"人家忽悠我什么呀，我求的婚好不好？"

"那你就是傻……都说你是鬼迷心窍了，就是岁数小，什么呀就结婚，结婚是大事儿，又不是过家家，你让她再耽误两年到时候后悔都来不及。"

"要耽误也是我耽误人家行吗？"

"骁骁，你听话，怎么还就扳不回来你了？再给你讲个道理，你说她事业有成，那事业成功的女人一定很强势，强势的女人肯定不服管，不服管的女人肯定爱生是非，到时嫁到咱家来再搅得鸡犬不宁的还让不让人活了？你就应该找个岁数小的、温柔点儿的北京姑娘，爸妈说点儿什么也能听进去，一家人和和气气比什么都强。"

"这哪儿跟哪儿啊？"

"你还别犟，咱家条件正经不错，你说打小到大什么时候让你缺过钱花？你自己照照镜子，长什么样儿你不知道啊？我告诉你，我最讨厌那种女的了，见了比自己小的帅哥就生扑，勾勾搭搭的，不要脸，她能勾搭你以后就能勾搭别人。"

"哎呀，我懒得跟你说，什么乱七八糟的。"左骁生气地挂断电话，心想还是得找父母接着聊。


转过头来再找父母，左母说骁骁你乖，爸妈不会害你的。

"那好歹你们见见人再说，我不小了，我知道自己要什么，行不行？"左骁急了。

好歹费了半天口舌他们才答应见见菲儿。于是周末两人回了家，但事先左骁并没跟菲儿提家里对她的成见。

他相信家里人见了完美的菲儿自然会同意的。


第一次去男朋友家，平日八面玲珑的菲儿异常紧张，连手都不知道往哪儿放，左骁一家神色阴郁地盯着她半天，眼神里充满了不信任。

左茹打破了僵局，说菲儿，骁骁提了你们的事儿了，是这样，他呢还年轻，玩心太重，其实真不着急结婚。

左父点了点头，说我和他妈也是这个意思。

菲儿不知如何接话，尴尬间，左母指着她的胸口说："闺女，把你那领子往上提一提，露那么多。"

菲儿条件反射般低头看了看，今天她特意挑选了一件V领的职业裙装，无论怎么看这件衣服都不可能算得上低胸，乳沟也好好地藏着没露分毫，左家明显的挑刺儿让她感觉不舒服，但依然顺从地提了提领口。

"你看啊，我们家骁骁就是贪玩，到现在也不上班，这立业才能成家，你们要是愿意在一块儿，我们大人也不拦着，但是现在结婚确实太早，你要是能等呢就等他过了三十……"

"行了，妈！你们都别说了，菲儿第一次来咱家，你看你们什么态度！"左骁气鼓鼓地打断了母亲，拉起菲儿，"我们走了。"

"那你不吃饭了呀？"左母在他身后喊道，"熊孩子，给你惯坏了。"

拉着菲儿走出家门，左骁说亲爱的你千万别往心里去，我忽然说要结婚可能家里一时接受不了，我回头再做做他们工作。菲儿的自信心大受打击，委屈的泪水憋在眼眶里，郁闷地一路都没有说话。

后来左骁又回了家一趟，千说万说家里人还是不同意，左茹说说那么多也是车轱辘话，她都快三十了，你着啥急？不就是有俩钱嘛，是你娶她还是她娶你？

"你什么意思？你就想说我看上她的钱了呗！"

"儿子，钱不钱的都不重要，"左母接过话茬儿，"你看那菲儿趾高气扬的，走路脸都扬到天上去了……以后能孝顺我们吗？养儿防老，我们以后老了、不能动了就指着儿子呢，你看她那样儿，别到时候不伺候我们不说再给我们气出个三长两短来。还有哇，那领口低的，像个正经姑娘吗？"

"怎么就不正经了？您倒是说说那衣服怎么了？为了见你们，她在家捯饬了俩小时，那是职业装，哪儿露了？一见面你们就横挑鼻子竖挑眼的，怎么就看出来人家以后不孝顺了？说白了，你们就想让我找个能让你们捏鼓在手里的是不是？怎么摆弄怎么都行！你们喜欢的我不喜欢！"

"你看看你看看，他爸，这还没结婚呢就帮别人说话了……"左母转头对左父说。

"行了行了……骁骁，你这孩子越大越不懂事儿了，你毕业以后天天晃来晃去的连个工作都不找，我们说过你一句吗？这猛不丁就要结婚，家里一点思想准备都没有，还说结就得结，她比你大那么多，又是外地的。"

"她是北京户口好吗？早就把户口转过来了好吗？"左骁气得站起来大声喊道。

"你吵吵什么？啊？我和你妈又没聋！在我们眼里她就是外地的！这么着急结婚干吗？那女的还能舍得跑了呀？你急什么？要急也是她先着急。"

"爸，是我求的婚，我求的！不是菲儿逼我的！"

"你就不懂事儿吧你，当爹妈的还能害你吗？我们都没要求你跟她分手，你愿意谈恋爱谈你的，但是现在结婚不行！"

"我就要结！"

"说不行就不行！反正我们就是不同意这桩婚事！"左父气得脸色发白，拍了拍桌子。

"骁骁，好儿子，你听话，又没说让你们现在分，你愿意住一块儿住着呗……"左母继续劝着。

左骁铁青着一张脸不再说话，转身走向书房，左茹把茶杯递到父亲手中："爸，您也别生气，骁骁肯定能转过弯儿来，放心吧。"

说话间，左骁返回客厅，手里多了一个暗红色的小本："今天说什么也没用，我就是要娶她，我就是想娶她，跟她在一块儿我天天都很开心。"

"你这孩子，你怎么这么不听劝？"左母知道儿子手里拿的是户口本，左茹赶紧去抢，却被高大的左骁一手挡住。

"我就是要结婚，我爱她，我生活里不能没有她！"

"混账东西！家里的话你就是不听了是吗？你不是一定要结婚吗？好好好，谁也别拦着他，让他去结！反正家里一分钱都不会出，婚礼谁也不许去！"左父青筋暴起，愤怒地咆哮着。

"爸、妈、姐，如果两个人相爱还不在一起，那不是造孽吗？我长大了，我想决定自己的生活。"左骁说完，头也不回地走了。

"老婆，你还愿意嫁给我这个什么都没有的人吗？"左骁亲吻了一下怀里的菲儿，柔声问道。

"可你为了我跟家里闹这么僵合适吗？"

"跟你今后在一起一辈子的是我，不是他们。"左骁笃定地说。

"你还是再想想吧，我不想我们的婚礼没有你家里人的祝福。"

"等我们真结婚了，他们也就不拦着了，小蚂蚁，一切都会好起来的，真的，嫁给我。"

"小蚂蚁"是左骁给菲儿起的昵称，因为她像蚂蚁一样胸大腰细屁股翘，菲儿则叫他"小豆包"，因为他吃饭时嘴巴鼓起来的样子特别可爱。

泪水模糊了菲儿的双眼："小豆包，只要你真正想好了，都听你的，房子、车，咱们都是现成的，不用别人给，我只要你，这辈子，有你，就够了。"

世上两两相爱的人本就不多，大多数的婚姻里掺杂了太多因素，如果两个自由且相爱的人不结婚，便是白白浪费了天大的造化。

正是这种执念促使左骁和菲儿不顾一切去领了结婚证，当晚两人捧着证书窝在床上傻傻地对笑着，他们眼中的世界，只有彼此。

爱情如此伟大，可以让身在其中的我们忘记世俗偏见，只要有你，红尘俗事与我何干？

此后余生，滚滚红尘，风雨有你，快乐为你，平淡与你，幸福因你，目光所及，全都是你。

# 第十三章　自己选的路怎么都要往下走

　　转年过去，天气渐暖，2011年4月，左骁和菲儿举办了婚礼，婚礼规模不大，多是菲儿的朋友，左家人的身影始终没有出现。

　　结婚后左骁也没急着找工作，他从小被人照顾惯了，心底里还是缺乏作为丈夫要撑成一个家庭的意识，所以依旧每天打打球、玩玩牌、健健身、陪陪老婆，优哉游哉过得很是闲适。

　　菲儿也不催他，一来心里对他为了结婚跟家人闹翻甚有愧意，二来觉得他还年轻，反正自己能力所及，家里也不缺钱。

　　左骁年轻气盛，有次因为开车被人别了一下，与那人言语冲撞之后在马路上就扭打成一团，对方虽五大三粗，但仍被左骁摁在地上一顿猛揍，路人报警后在派出所待了半天，对方去医院又是拍片又是做CT，伤情鉴定结果一出，显示胳膊骨折、轻微脑震荡，于是不依不饶，最后愣是花了十余万才摆平。

　　这件事免不了被左家知道后又是一顿数落，虽然一分钱不出，却怪菲儿连自己的男人都看不住，白搭了钱不说，还让儿子跟着受罪。

　　菲儿见识了婆家的矫情，也懒得辩解。

　　这厢刚赔完钱息事宁人，左骁又去玩德州扑克，一宿输了十二万，菲儿愣是没恼，只是告诫他以后少碰这些东西，连古人都劝赌不劝嫖，平常打打小麻将得了，一下赢个十几万对家里没多大帮助，输十几万倒是肉紧。

　　接连出了两次事儿左骁倒是消停了一阵子，菲儿说干脆我给你找个剧组吧，你形象比明星还好，慢慢接触一下，再学习学习说不准以后能拍戏什么的，于是托了朋友让左骁去串戏，几句台词的那种，可惜左骁一来没学过表演，二来没有天赋，空长了副好皮囊，一上镜就蒙了，前后就三句台词愣是NG了七八条，把导演气得够呛。

菲儿问要不你去北电进修进修系统学一下呢，被导演打击了的左骁说再学我也不是那块料，你就别难为我了。

菲儿也不好再勉强，这当口儿她发现自己怀孕了，心想索性等平安产子之后再做打算。左骁很是兴奋，更加宠溺着妻子，而左家闻听这个消息后和菲儿的关系也略微缓和，左母还特意登门看望，让菲儿受宠若惊。

转眼菲儿已经怀孕六个多月，左骁的几个朋友约他去澳门玩，菲儿说左右也是闲着，你想去就去吧，反正现在我也稳定着呢，于是回手给拿了五万港币，说你想玩就去玩儿手，顺便把我那块伯爵表表带给配了，北京没现货。

三天之后，垂头丧气的左骁站在菲儿面前，磨叽了半天才说："老婆对不起，我输了三百多万。"

"你说什么？你怎么了？你输了三百万？"这话如五雷轰顶，菲儿几乎不相信自己的耳朵。

"三百二十万。"

"怎么可能呢？你哪有这么多钱？不就五万吗？"

"人家给出的码。"

"谁给你出的？什么码？"

"就他们洗码的给出的，他们几个都拿了，我一开始就拿了二十万，结果一上来就输光了，后来……后来就越拿越多……我也没想到，最后他们都不给我拿码了，我才知道已经输了那么多……老婆对不起，我不是故意的，你原谅我吧，我保证不会有下次的，我保证再也不去澳门那个鬼地方了……老婆……你千万不要生气啊，你怀着宝宝呢。"左骁一副可怜巴巴的表情，想伸手去摸菲儿的头发又不敢，像等待宣判一样乞求地看着菲儿。

"你真是……你让我说什么好？"菲儿一阵眩晕。

"老婆对不起，我错了，我真错了……我就觉得自己一直在家闲着不赚钱，也是想挣点快钱给你让你高兴高兴，谁知道没搂住……我也是第一次玩，我真不知道他们居然加起来给我拿了这么多。"

"你那几个朋友，不是给你玩儿了什么猫腻吧？"

"不会的，都是那么多年的哥们儿了。"

"那他们不拦着你？"

"他们……他们拦我来着，我以为最多就拿了一百多……"

"就算是一百多万，你凭什么去输呢？他们又凭什么拿那么多码给你？"

"我……我……我朋友知道咱家情况，他们给我担保来着。"

"你你你……你们……"

"老婆，你别生气，我再也不敢了。"

"你确定没骗我吗？"

"我发誓从来都没有骗过你！"

"你怎么这么作呢，左骁？家里不愁吃不愁喝，我都说了你赢个十几几十万对咱家没什么帮助，我都给你拿了五万了，你你你……"菲儿突然悲哀地发现，眼前的这个男人，真的还没长大。

左骁摘下左手的结婚指环，像求婚时一样跪在她的面前："我心里特别害怕，越害怕就输越多。真的老婆，真的，我怕你生气，怕你不要我……你现在怀着孕千万别生气，都是我不好，我再也不会这么做了……我不敢了……我不想失去你老婆，我们一直都挺相爱的对不对，我真的错了，我改，你别离开我……"他把头埋在菲儿的腿上，双眼通红。

菲儿的心软下来，毕竟他们感情一直很好，发生这么大的事跟自己平时的纵容也不无关系，现在埋怨是没用的，她只能在心里迁怨于左骁那群狐朋狗友。

半天，菲儿悠悠地叹了一口气："三个条件：第一，通知你家里人，你爸妈、你姐，三百多万太多了，我一时也拿不出这么多现金，看他们能不能凑一点儿，能凑多少是多少；第二，不许你再跟那帮人联系，任何一个都不行；第三，不许你再踏入澳门半步，不然咱们就离婚。"

"我答应，我全都答应。"

客厅里，左家人的脸上红一阵儿白一阵儿。

左父拍案而起，用颤抖的手一下又一下戳着左骁的脑袋："你这个败家的玩意儿，全家人白疼你了，没事儿去什么澳门？越大越不听话，越大越不懂事儿……你说你这几年听过我说一句没有?！还有你，"他看向菲儿，"你大着个肚子还让他跑那么远?！婚都结了我也不说什么，现在还有脸来找我们要钱？你们自己闯的祸自己解决！钱，一分都没有，这我早就说过了。"说罢，他不容左骁分辩，毫不迟疑地摔门而去。

左母赶紧一溜小跑跟了出去，到门口又折回来对菲儿说："孩子，我也不是说你，你看，我们把儿子托付给你，你怎么不看着他啊？怎么能让他学会赌博呢？我儿子娶你之前可没这毛病啊……现在出了这么大的事儿，我也做不了主，钱都是他爸管着，再说我们小门小户的，也拿不出这些钱……三百多万，我听着心都快跳出来了……我先出去看看他爸去，这么大岁数了，别气出什么毛病来！"

左茹从沙发上站起来："妈，您跟我爸在楼下等会儿，我说两句马上下去！"她叹了口气把手一摊："菲儿呀，也不是咱爸妈说你，你比他大这么多，当初家里什么态度你不是不知道对吧，这怎么也应该照顾好我弟，骁骁再不懂事儿，但是从小到大也没皮出过什么花儿来，赌博也是没有过的，现在这事儿太大了，我那小公司，就是整个儿卖了也值不了几个钱……你们自己闯的祸还得自己收拾才行。那什么……"

"姐，你少说两句成不成？"在旁边一直不敢出声的左骁打断了姐姐。

左茹看了一眼菲儿铁青的脸，又说："你也别用这种眼神儿看我，输钱的又不是我，说出大天儿去也是你自己家里的事儿，这么着，我有十万块钱私房钱，不然你先拿着？"

"十万？呵呵，谢谢您……您还是留着自己用吧。"

"哟，看不上啊，那我就没辙了，自己的爷们儿看不住你怪谁啊？你不是有好几套房吗？实在不行卖一套呗！"

"好、好，"菲儿点点头，"您也请回吧。"

"嘁，我这好心好意的，能帮的我也就帮到这儿了……还有哇，我告诉你，你得治改了他，这次不治他他能记得住教训吗？你跟他离婚试试，他肯定这辈子不敢赌了。"

"好啊，行，照你说的，我离婚，钱我不管了。"

"那可不行，骁骁是在你眼巴前儿出的事儿，这钱我们可垫不上。"

"噢，那您的意思是，钱我先给还上，再跟你弟离婚……对吗？"

"要不然你怎么治他啊?"

"左茹……你,你们家,就这么不喜欢我吗?你们……你们……你们拿我当什么了?"菲儿一时气结,她指着左茹,"你该干吗干吗去,我们结婚的时候你们左家大子儿不出一个,现在也是这态度,还挑明了让我离婚,你们姓左的当我好欺负是吗?"

"哎哟,发火干吗呀?我不是为了你们好吗?得了得了,爸妈还在楼底下等着呢……骁骁,看好你媳妇儿,大着个肚子还那么大气性。"左茹边说边气哼哼地从衣架上把包生拽下来,走出去连门都没关。

菲儿哭了一下午,不是为钱,是委屈。左骁抱着她,各种认错、忏悔,求菲儿不要动了胎气。

那三百多万,是菲儿卖了一套房才凑上的。

我知道此事后问菲儿干吗要卖房,现在房子涨得厉害,以后都能当投资用,你可以张嘴问我借的。

菲儿说赌债也向朋友借,你让我的脸往哪儿搁?我们结婚,房是我的、车是我的,左骁光腚娶的我,这次一下子输了这么多,钱我一时凑不起来,只是希望他们能凑多少就凑多少,难道我错了吗?结果倒好,他们家不出钱就算了,还反过头来数落我半天,他姐说能拿十万私房钱,但生逼着我们离婚!我只不过比左骁大七岁,怎么我就得对他的错误负责了?

我说你什么错也没有,钱既然都给了别想那么多了,最主要得跟左骁好好谈谈,这么三天两头折腾也不是个事儿。

"钱这东西,身外之物,你说三百多万我不心疼怎么可能嘛,要是铺开,一间屋都能铺满,可话说回来,能用钱解决的都不叫事儿,最重要他人好好的就行,我们俩单从感情上来说从来没有出现过任何问题,我就想着输都输了,他们家摆明了不管不问,我要再不管那谁救他?这件事儿我就希望左骁能长点记性,只要能换一辈子恩恩爱爱,这三百多万,也值。何况我现在怀着孩子,总不能宝宝一出生就只有妈妈吧?"

"那你有没有想过,如果你真离了婚,他们家可能坐视不管吗?我看就是捏准了你会管才不愿掏钱的。"

"他们怎么想是他们的事儿，我该做的都做了。"

"你以后也别太纵容左骁，他还是太年轻了，胆儿也太大，一下子能输那么多。"

"我不是纵容他，你说自打谈恋爱以来除了去公司我们天天在一块儿，特别是我怀孕以后，他几乎寸步不离，朋友聚会什么的都是能推就推。他哥们儿发微信叫他去澳门的时候我其实就在旁边呢，听得真真儿的，本来左骁说不去，他哥们儿就说你丫就是个妻管严，现在叫你出来吃顿饭你丫都不来……我怕左骁下不来台，才主动让他去澳门的，所以这件事儿我也有责任。"

"近朱者赤，近墨者黑。"

"我知道，他们现在也不来往了。"

"唉，只希望过了这一劫，他能踏踏实实的。他不愿意去你公司，干脆来洛然公司找个差事得了，也能帮你看着点儿他。"

"等我把宝宝生下来再说吧，我现在这肚子大的干啥也不方便。"

"是啊，我这也有三个多月了，到时候咱俩搭个伴儿一块去美国生呗？"

"我哪有你那好命，公司离了我都不转了。"

事情就这么过去了，除了少了一套房，左骁和菲儿依然恩爱如初，卿卿我我，在常人看来的惊涛骇浪似乎并没有影响到他们的感情。

也因为这一遭，菲儿和左家的关系又紧张起来，虽然孩子降生的时候左母去陪了一两天，菲儿也以礼相待，但在她心里，对左家人早已冷到冰点。

这一块冰，就算是抱在怀里也焐不热。

他们的女儿比我大儿子洛子俊小一岁多，比方沁的儿子小不到三岁，天生的美人坯子，肤如凝脂，大眼睛双眼皮，睡够了就笑，特别惹人疼。

2012年7月，我在美国生下了个女儿，取名洛子玲，儿女双全于膝下，生活里似乎再没有什么不足了。

所有的情事，都发生在2013年前，现在连燕子都要结婚了，四个人，四个家庭，我、我们。

梅、燕、方、菲。

# 第十四章　易燕子

燕子天生就继承了父母最优良的基因，这一点远比长相普通的妹妹幸运得多。她身高一米七四，巴掌脸大眼睛，身材可圈可点，走路摇曳生姿，回眸一笑，嫣然无方。

她是土生土长的北京妞儿，学的是空乘专业，毕业后当了几年空姐，跑国际航线，有一年世界航空小姐选美大赛在香港举办，一共五个奖项，她拿了冠军和最佳魅力双项奖。

听闻当时数一数二的香港富豪也曾对她抛过橄榄枝，可见美貌非比寻常。

她二十五岁那年有一次从洛杉矶飞北京，坐在头等舱的一个男人不住地摁服务铃，一会儿要这个一会儿要那个，作为空姐必须要知道头等舱客人的姓名，这样称呼起来才会有亲切感，所以当这个郑姓男人半夜再一次摁铃，燕子款款走过去蹲下来问："郑先生，请问您有什么需要吗？"

那男人露出一口整齐的白牙："我可不可以要你的电话号码？"

"这个……"

"这十个小时我一直在摁铃，难道你还不明白吗？我不是为了要酒也不是为了要纸巾要饮料，更不是为了问你北京有没有下雨……现在就快到地方了，如果你不烦我的话，可以给我你的电话号码吗？"

燕子笑了，这种事儿本来就不少见，反正给个电话号码也不见得真会见面，于是点点头："那您等一下，我去写给您。"

"不用，你直接说吧，我记得住。"

郑其和是美籍华人，原籍长春，其时刚过不惑之年，他自称早在数年前就已经离婚，两个孩子都跟前妻在美国生活，他身高将近一米九，衣着考究，相貌不俗，举止谈吐时而市井时而儒雅，多是因人而异。

对于追求燕子的方式，郑其和采用了最猛烈且直接的物质攻势，仅仅第二次见面就把一辆奥迪TT的车钥匙塞到她手心里。人就是这么奇怪，燕子当年没被香港富豪的巨额利益打动，倒是对健谈又风度翩翩的郑其和心意萌动。

郑其和拿出了离婚证，发誓自己会终其一生给燕子世上最好的一切。

同居了半年多之后，燕子才知道那张离婚证是假的，不过是用来骗她上床的一张废纸，郑其和根本就没离婚，老婆孩子在美国生活倒是真话。于是吵了个天翻地覆，但燕子那时早已辞职，又过惯了现有的舒服日子，一时间瞻前顾后，不知如何是好。

郑其和说你就好好享福吧，只要一怀孕我立马离婚行了吧？燕子斜他一眼，恨恨地说你可别闹了，我当个小三就够罪孽深重的了，你还让我再背上让别人妻离子散的罪名？当初你要不是弄张假离婚证我能跟你好吗？

郑其和不以为然，顺手抓起沙发上的香奈儿包扔在燕子面前："差不多得了，这些年我在你身上花了多少钱？知足吧，你哪个包不得好几万？要不是我你得奋斗多少年才能买房买车？"

"我要想当小三早就当了，轮得到你吗？你以为你是谁？"燕子把包扔回去，于是新一轮的吵架正式拉开了帷幕。

渐渐地，各种鸡零狗碎都能成为他们吵闹的原因，而燕子就从那时开始不停地吃避孕药，内分泌也一度紊乱。

她不想依附郑其和，又不能重新回去当空姐，正值2006年的股市异常火热，燕子也大刀阔斧地投身进去，没想到仅三个月就本金翻倍，她用赚的钱开了一家美容院，后来美容院半死不活的时候我参了股，并让洛然托关系办理了医美执照，主攻微整形，直到现在生意都很好，这成为燕子最主要的经济来源。

吵闹的时间一长，郑其和回家的次数就越来越少，燕子也懒得问懒得管，正赶上陈正的发小儿冯奕追她，冯奕是军区大院的，各方面条件都不错，又是单身，很快燕子就把重心放到了冯奕这边。

我就是那时认识的她，爱美之心人皆有之，人们总是对养眼的事物另眼相待，我也不能免俗，加上聊得投机，一来二去的就成了无话不说的闺蜜。

有一天，我们一大堆人吃完饭去打麻将，郑其和的突然出现令气氛尴尬到了极点，燕子也吓了一大跳，郑其和本是老江湖，打眼一看便知道其中的端倪，于是三言两语间俩人已然吵翻了天，衣着考究满身名牌的郑其和脏话满天飞，最后愣生生地把燕子拽走了。

局被搅了大家索性去吃夜宵，冯奕那晚喝了不少酒，絮絮叨叨翻来覆去地说："妈的，我怎么也算个青年才俊吧？这找来找去找半天，没想到愣是给别人当了小三儿！"

我没怎么听，想起刚才郑其和像极了美国歌星猫王的打扮，没心没肺地笑出了声。

架吵完了日子却还是照过，燕子本身性格就有些优柔，加上对吵架时冯奕的不作为有些怨气，也是当断不断。

之后郑其和一反常态地每天回家，但每次燕子醒来时人已经走了。如此过了数日，忽然又有两天接连没回来，燕子起初没当回事儿，梳洗打妆一番准备出门找我们吃饭，结果一打开衣柜才发现他所有的衣服居然不翼而飞！

燕子又拉开抽屉发现车钥匙也不在了，下到地库一看，之前包括自己那辆奥迪TT在内的三辆豪车车位全都空空如也，当下赶紧给郑其和打电话，却关机了。返回家中问保姆，对方说郑先生这几天的确天天拎了大包小包出门，她一个做保姆的也不好打听。

"TT不是在你名下吗？"我问燕子。

"三辆车都在他公司名下，就这套房写的是我的名字。"

"人就这么消失了？"

"关机，他朋友也不接我电话。"

"真会玩儿，这是想好了憋着不给分手费吧？"

"我现在琢磨着也是，不然怎么就背着我全都拾掇空了？卫生间连瓶他的香水都没剩下。"

"你就一点儿没察觉吗？这说出去都是个笑话……"

"从知道他假离婚那天起我就死心了，一嘴的瞎话，他爱去哪儿去哪儿……我每天起床都快中午了，他那衣裳和我的是分开放的，就长大衣才和我裙子挂一块儿，这要不是拿裙子我都还不知道呢。"

"其实也不是什么坏事儿，反正你俩天天闹，早晚都得分，早分了早清静，你也能和冯奕好好谈恋爱了。"

"可是冯奕明显对我冷淡了好多，我又没骗他，他又不是不知道老郑。"

"上次老郑去那么一闹，一层纸忽然一下子捅破了，男人面子上觉得挂不住也可以理解。你这也算是彻底踏实了，回头能哄就哄，他条件真挺好的。"

燕子点点头，虽然郑其和的消失多少让她感到有点郁闷，但更多的却像是卸下了一块心病。

可这边儿一分手，冯奕那边儿却也像泄了气的皮球，对燕子若即若离，分分合合两三回，最终还是不了了之。

"我不是备胎，我也丢不起那个人。"冯奕说这话的时候燕子不在，我也没说给她听过。

之后燕子身边的男人如走马灯般来去，却再也没有长久靠谱的恋情，更没有让燕子等来那个有结婚冲动的人。

岁月在不知不觉中从指缝溜走，等我、方沁、蒋菲儿相继都结婚生子之后，易燕子却还在落单。

我也曾经给燕子介绍过男朋友，却总是流水落花，无情有意，阴差阳错之间，芳华蹉跎。

2012年1月4日是燕子的三十一岁生日，那天她在工体某夜店举办了盛大的party，那是我们第一次见张亚奇，是拐着弯的朋友的朋友，之所以对他印象很深，不是因为他长得有多帅，而是整晚他都铆足了劲儿一样黏在燕子身边，无时无刻不。

张亚奇是徐州人，与我们同龄，个头不高，特别爱笑，他没有正经工作，据说正在跟北京一个大哥混，开开德州扑克局、盯盯夜总会什么的，我和方沁、蒋菲儿当时对他没褒没贬，只觉得不过是燕子众多的追求者之一。

如此而已。

燕子此时正值空窗期，张亚奇自知与女神确有距离，为了便于接触，他在燕子同一个小区里租了房子，平日里只要不在外地开局，一准儿二十四小时随叫随到，呵护备至。

时间一长，我们都已经习惯了张亚奇无所不在的存在，加上他会说话、会来事儿，很快燕子就默许了他男朋友的身份。

但我们心里都明白，张亚奇只不过是燕子空白日子里的一个慰藉，因为张亚奇工作、房子、学历一概没有，连车都是大哥给的。

只是多数女人怕是一过三十就有了恨嫁之心，纵然燕子对张亚奇忽冷忽热，对方却始终如一地对她百般宠爱，所以犹豫磕绊之间，时间过去了半年有余。几个月前张亚奇跟大哥去外地开展业务，一走走了两个多月，就在这段时间里，高大帅气又单身的外企高管叶凡出现了。

叶凡只比燕子大一岁，祖上三辈都是北京人，剑桥毕业之后回国发展，相貌堂堂，一表人才，因为条件优越，自觉是人中龙凤，对挑女朋友这事儿就极其苛刻，直到菲儿老公叫他去打了一场麻将，这一场麻将把叶凡打得是神魂颠倒，对在场的燕子更是一见钟情，神不守舍间居然连自摸的牌都能扔出去。

戏剧化的是，叶凡也是在燕子同一个楼盘买的房。

也就是说，燕子、叶凡、张亚奇，三个人同住在一个小区里。

无论从家世、背景、相貌、身高……燕子和叶凡，横看竖看都是天造地设的一对儿，就像是配好了的螺钉和螺母，方方面面都严丝合缝。

于是郎情妾意，你侬我侬，两人感情神速升温，热恋起来如火如荼。

我们好意提醒燕子必须跟张亚奇说清楚，了了这桩缘分，燕子说放心吧，电话里总不好说，等他回来再分，我又没卖给他，还不是我说了算。

张亚奇其间接长不短地会回来一两天，但燕子觉得时间太紧，再说他也没犯什么错，莫名其妙地提分手总是唐突。

此事一拖再拖，燕子这厢跟叶凡如胶似漆地爱着，那厢还是照样接着张亚奇的电话，叶凡一开始就了解了这些情况，虽心有不快，只是长久以来的自信让他觉得张亚奇根本不能称之为威胁。

万圣节那天，在和燕子交往了七十多天之后，叶凡在工体某夜店公开向燕子求婚。

那天的场景我记忆犹新，当晚叶凡花了不少钱安排工作人员让他在抽奖环节抽到头奖，奖品是一瓶香槟，他兴奋地拽着燕子一同领奖，然后突然变戏法儿一样从身边的服务员手里接过一大捧娇艳如火的红玫瑰，昂起脸来单膝跪倒在地。

他打开左手托着的首饰盒，蓝绿色是Tiffany特有的颜色，那只价格不菲的钻戒璀璨如星光闪烁。

他好像说了很多很多话，但我和方沁、菲儿已经失态，更别提舞池中央的燕子了，她捂着胸口，被忽然而至的巨大幸福冲击得说不出话来。

"嫁给他嫁给他嫁给他……"在场所有人异口同声地跺着脚欢呼着，声音震耳欲聋，燕子一次又一次点头，泪水涟涟，灯光下更加楚楚动人。

"牛掰！"菲儿大叫一声，我们仨蹦跳着搂在一起，远远看见舞池正中的叶凡捧起燕子的脸深深吻了下去。

"2013年1月4日，就是这一天，也是我爱人的生日！我们要在这一天领结婚证！今天请所有在场的朋友给做个见证，我爱她，我们要一生一世，一世一生，一辈子在一起！"叶凡满脸都荡漾着幸福，他甚至忽然撒开燕子在地上连翻了两个跟头。

服务员不失时宜地向空中抛撒了一把粉色的玫瑰花瓣。

浪漫需要仪式感，人生需要惊喜不断。


2012年11月份的前半个月，俩人都沉浸在对幸福婚姻的憧憬里，还特意去拍了水下婚纱照，那样片简直唯美得像仙女下凡。双方家长也都见了，燕子她妈当时诧异了一下，后来在电话里问燕子："那个跑前跑后的张亚奇呢？这什么时候就换了人了？"

"哎呀妈，你就别瞎操心了……你觉得叶凡人怎么样嘛？"

"都挺好的呀，俩孩子我看着都挺好的，反正你赶紧结婚就行，都三十多了，再不结婚连生孩子都赶不上趟儿了……”因为家人并不了解张亚奇的具体情况，所以易母也就没有什么比较。


万事俱备，只欠一次分手。

张亚奇在周末回了北京，燕子当晚吞吞吐吐地提出分手，张亚奇先是整个人蒙在那里，半天没有吱声，后来见燕子心意已决便满口答应，然后慢慢套话，把前因后果和叶凡的各种情况吃了个透。

于是，一场争夺美人之战迅速拉开。

# 第十五章　亲爱的我怎么可能让你从我怀里跑掉

张亚奇坐在沙发上不停地喝水，像是要把这一辈子的水喝完，然后一支接一支地抽烟，沉默不语。

他这股深沉劲儿燕子倒还是头一回见，心里不免发毛："你不是刚刚已经同意了吗？"

张亚奇抬起头来，眼眶湿润："我心里怎么想难道你不知道吗？我愿意跑到外地去吗？一走走好几个月，还不就是为了多挣点儿钱能娶你吗？要知道自己媳妇被人抢了，我他妈死也不会离开你半步！"

按理说谈恋爱是两个人的事，分手却是一个人的事，只要有一方坚持，怎么都能分开。但此情此景，燕子也下不了狠心继续逼他。

张亚奇从第一次见面开始，一直聊一直聊，发自肺腑地说也许我现在的情况比不上他，但我保证我会用我的一生来爱你，一切以你为重，让你幸福。

燕子内心在瞬间摇摆了一下，但她明明白白地知道，叶凡比眼前这个男人更加适合结婚，而且她现在就已经在思念叶凡了。

燕子手机响了，张亚奇条件反射般飞快地抓起来，待看清来电人果然是叶凡，万般怒火不禁涌上心头："孙子！"他嚷道，"你他妈也不打听打听，敢抢老子媳妇儿……你他妈的……"燕子伸手去夺电话，却被张亚奇一把摁在沙发上，"你他妈的不想活了是不是？信不信老子弄死你！"……

在一浪一浪连绵不决的骂声里，电话那头的叶凡如同石化。

燕子也大吃一惊，张亚奇在她面前向来百依百顺，从没见他发过这么大的火儿。

"张亚奇，你是不是疯了！你疯了吗？"燕子用力拽他的胳膊，张亚奇把手机一扔，由于激动而忽显面目狰狞："对，我就是疯了，我他妈就是疯了！夺妻之恨懂不懂？夺妻之恨！我才走了两个来月，怎么一回来媳妇儿就没了？"

"我什么时候成你媳妇儿了？"

"你在我心里一直都是，一直都是！从见你第一眼开始就是！我就是要娶你！我努力赚钱就是为了能配得上你！"张亚奇已声泪俱下。

"那是你自己想的！我从来都没有答应过你什么！你也没有什么权利这么做知道吗?!好好好……我不跟你吵……我尊重你才跟你谈的，你不是要决定吗？好，我告诉你，我就是要和他在一起！我和你，我们结束了！结束了！"燕子声嘶力竭地吼道。

张亚奇紧紧搂住燕子："不行，我怎么可能让你从我怀里跑掉？我怎么可能把你让给别人？不行……不行！"

"结束了，你说什么也没用，你……你吓到我了张亚奇，你走，你必须马上离开！"燕子挣扎着指了指门。

"对不起，对不起宝贝儿，我太激动了，咱都冷静一下，冷静一下。我们再谈最后一次，最后一次……求你了……"张亚奇毫不掩饰地痛哭起来，"我不要失去你，我不要……早知道会这样，我他妈哪儿也不去，就守着你，天天守着你……我爱你，我爱你……"他哽咽着，像一个乞求怜悯的孩子。

燕子的心被他肆虐的眼泪泡得柔软非常，她叹口气，没有说话，空气里弥漫着忧伤和纠结。

"亲爱的，这样吧，你把他叫来，叫到这儿来，就现在，如果你真想好了选择他的话，让我起码跟他好好地谈一回，让我见见人也好放心，我必须得知道能不能把你托付给他。"

"不行，我不能让你们见面，分手是我们两个人的事儿，跟他没关系。"

"怎么没关系？要是他根本就不能给你幸福呢？你要是不让我见我就找他家里去，你不说他就住15号楼吗？"

"张亚奇，你给我下套儿是吗！你套我话对不对？"

"这不叫下套儿，这叫保护你！"

"不行！"

"那今天见不着人我就哪儿都不去，而且从今天开始我哪儿都不去了！"

"你是要赖在我这儿了吗？"

"对，今生今世，一辈子。"

"张亚奇！"

"我说到做到，你让我见他一面，我……就走，保证以后都不缠着你。"

燕子审视着他，起身抓起扔在沙发上的手机："这可是你说的，那你得保证见面不许打起来。"

"不会的，你不说他一米八八吗？我打得过他吗？"

"可你刚才还在电话里骂人来着。"

"我那是一时接受不了，急了……反正我答应你不打架行了吧？"

燕子电话打来的时候，叶凡正在屋里运气，本想问问未婚妻晚上去哪儿吃饭，没想到被劈头盖脸地一顿臭骂，他是独子，从小到大学习、生活、工作都一帆风顺，这种混社会的人愣是一个都没接触过，于是内心里掺杂了气愤、不安，甚至还有一丝丝惶恐。

"你确定我现在过去吗？"叶凡小心翼翼地问。

"过来吧，不然这事儿完不了。"

"可是分手不是你俩的事儿吗？"叶凡的声音小到甚至连自己都听不见。

"你说什么？"

"没……没什么……我是说我过去合适吗？"

"都说清楚就没事了，他就想见见你，确定我选的人没错。"

"那……我要不要叫两个朋友一起去？"

"不用了，又不是打架，他一再保证过了。"

挂了电话，叶凡在客厅里来回踱了两圈儿，心下一横，拿起了衣架上的外套。

门铃响，燕子打开房门，惊愕地发现门口站着两个张亚奇的小弟。

"你们来干什么？"

"是我让他们来的。"张亚奇把房门扳开让两人进来。

"你要干吗？三对一吗？你还说不打？这什么态度？"

"宝贝儿，你冷静一点儿，我是怕他要闹，我都已经向你保证过了，对天发誓行不行，绝对不会在今天揍他！"

"不会在今天？你是说以后等机会吗？张亚奇，我告诉你，你要是敢动他一个手指头，这辈子你都别想再见到我！"

"好好好，我答应你，我全都答应你……我就想跟他好好谈谈，真没别的，叫俩人来，是为了防止他动粗。"

"你以为都跟你似的，他是会打架的人吗？"

"那可没准儿，这社会……都说了不动他行不行？你们俩……"他向两个小弟使了使眼色，"去楼上待会儿。我跟人谈点事儿。"

叶凡一进门就瞥见了楼梯上的另外两个人，他暗自思忖，眼神中有了明显的怯意。

这一仗，还没开始叶凡就在气势上输了大半。


三个人围在餐桌边，谁都不肯张嘴说第一句话。

"要我退出也可以，但是今天……燕子得跟我。我回来之前没有任何心理准备，没想到一下子就会失去她。她今天得跟我在一起，最后一天。"张亚奇冷冷地打破了沉默。

"这哪行？不合适吧……燕子，你说呢？"叶凡急切地望向燕子，希望她能一口回绝，毕竟是自己的未婚妻，心里怎么可能不别扭。

燕子恨恨地瞥了一眼叶凡，心说叶凡你怎么这么尿？她闭上眼睛咬了咬牙，半天才从嘴里挤出两个字："随便。"

"哥们儿……这真不合适，我们都……准备结婚了。"

"从我怀里生抢就合适了吗？我还没跟她分手呢！"张亚奇目露凶光。

"那……燕子，你决定吧。"

"我决定什么？！我都说了随便！"燕子"啪"地一拍桌子，"爱他妈怎么着怎么着。"说罢扭脸走到客厅另一头的窗边。

"你说要见我，我人也来了，怎么又有新条件了？燕子已经是我未婚妻了，这不合规矩……"

"只要一天不嫁，她就还不是你的！"张亚奇的脸逼近叶凡，拳头攥得咯咯直响。

叶凡本能地向后靠去，如坐针毡，他乞求地望向燕子，见她抱着胳膊背身而立，仿佛一切都与自己没有关系。

"那明天……"叶凡问。

"明天她是你的，过完今晚……她都是你的。"张亚奇点燃一支烟，轻蔑地从眼角挤出一丝不易察觉的诡异笑容。

那一丝笑意里，满是不屑和鄙视。

那天晚上张亚奇没走。

"最后一晚，最后一晚……我保证从今以后都不会再打扰你，我在外面拼死拼活地挣钱就是为了给你幸福的生活，我心里只有你，我没有做错任何事，劈腿的是你，你欠我的。"张亚奇一边说一边进入燕子的身体，她的每一寸雪白肌肤，都在他努力的耕耘之下渐渐温暖起来。

燕子的思维一片混沌，只觉得三个人谁都没错，谁又都有错。

只是，叶凡下午怯怯的样子始终在脑海里挥之不去。

如果在张亚奇提出那个让三人都尴尬的要求之后，叶凡能站起来大喊一声"你做梦"，也许一切的一切，都会不同。

也就是这个似乎看上去小小的失误，成为叶凡一辈子都难以下咽的心事。

## 第十六章　躲

第二天早上，张亚奇真的走了，走之前还给燕子做好了早饭。燕子躺在床上无声无息地对着天花板发呆，这个一向几乎被视为可有可无的男人，此刻却忽然让她悲哀地意识到内心有些许不舍和愧疚。

叶凡来了微信，问能不能接她吃饭，她回："来吧，家里就我一人。"

然后她打电话给我，话刚开头，还没说出个四五六，就被叶凡连续摁响的门铃打断了。

"不行，咱得搬家咱得搬家……"叶凡站在门口慌乱地搓着手，一张脸满是惶恐不安。

燕子把他拽进来关上门："至于吗你？吓成这样？他走了，他以后都不会打扰我们了……"

"不是那么回事儿，不信你去看看，我们家门口……好嘛，我一出门，我家门口摆了俩花圈！俩花圈！就是火葬场那种花圈！白色的，里头一圈黄的，纸做的……这……这不是赤裸裸的威胁是什么呀?!"

"花圈?!你确定不是有人送错了？"燕子大惊失色。

"上面写着我的名字呢！清清楚楚的！这个张亚奇，太过分了太过分了太过分了他……你怎么会找这样的人……"

"你说什么呢？我怎么会找这样的人？我不是还找了你吗？"燕子白他一眼，"吓成这样，那你干脆不要娶我了！"

"别闹亲爱的，别闹……"叶凡把燕子搂在怀里，"我不是害怕，我怕什么呀对吧？我一大老爷们儿……那什么……这么着，咱一会儿吃完饭就找房子去，先租一个，回头我把这儿卖了，咱再买一套，彻底离那男的远一点！太丧气了！真太丧了，这房子也没法儿住了……这种人，保不齐以后会整出什么大事儿来，真的。"

"不行，我得打电话问问他。"

"别别别，千万别，我们在明他在暗，别招惹他了行吗？咱马上搬，现在就找房子去，今天先住酒店。"

中国大饭店客房里，叶凡看上去依然心神不安，他把随身带的东西放进柜子去洗澡，燕子则摆弄着手机出神，心想这张亚奇做得也太绝了，自己是不是应该质问一下？又怕万一真惹急了再一发不可收拾。

正思忖间，张亚奇的微信过来了："在哪儿呢，宝贝？"

"你还敢找我？我现在就把你删了。"

"千万别。""我爱你。""我是真的爱你。"

"花圈那事儿是你干的吗？"

"什么花圈？"

"我让你装！"燕子回完这句就把他从联系人里删除了，但在"拉黑"和"删除"之间的确犹豫了一下。

张亚奇的电话打了进来，燕子挂断，把号码拉黑。

"别生气宝贝，千万别删我。""我是气不过他把你抢走。""我真的痛不欲生。""求你加上我吧。"张亚奇一连发了几条请求添加好友信息。

"没事吧，亲爱的？"叶凡擦着头发从浴室出来，紧张地问。

"没事，我把张亚奇电话号码拉黑了，微信也删了。"

"乖乖乖……"叶凡松了一口大气，眉头也旋即舒展开来，他一把抱起燕子，深深吻了下去。

在他毫无迟疑的动作中，燕子却心有余悸。

昨夜和今时，自己枕边的，根本就是两个男人。

难道叶凡丝毫不介意吗？还是他本就无能为力？那若是我们结了婚，昨夜会不会成为一道永远的阴影？

几天之后，两人住进了离家很远的一个小区，屋里电器、家具一应俱全，他们只是在半夜回家拿了几件平日的衣服，行迹匆匆。

"跟做贼一样。"燕子嘟哝着。

"不得不防啊！光脚的不怕穿鞋的，他那种社会上混的，怕是什么都干得出来。美容院你最近也别去了，有事让梅兰去吧，亲爱的，别让他再堵着你。幸亏他不知道我在哪儿上班，不然真不好弄。"

"我们也不能就这么躲着呀，这什么时候是一站？"

"等我们结完婚他不就没辙了吗？婚后咱们去美国，我姑妈在洛杉矶，最主要公司前几个月就想把我调过去，当时是我自己不想去，现在正好，我回头就去申请，我还真不信他能找到天涯海角去。"

那时我们每周都有两次固定聚会，从各自名字里择一个字连起来正好是"梅燕方菲"，这后来成了我们闺蜜群的名字。

燕子呷着咖啡描述了这两天发生的事儿，神情颇有些无奈，我们就这局面分析了半天，说叶凡的想法没错，等你们结了婚就好了，生米一旦煮成熟饭，张亚奇到时也就没辙了。

"可要是以后去美国生活，我还真怕自己不习惯，也舍不得你们。"燕子说。

"可以过段日子再回来嘛，时间可以冲淡一切，到时候张亚奇会自动放手的。"

"他现在每天都发无数条信息。"

"你不是把他电话屏蔽了吗？"菲儿问。

"微信我只是删了，没拉黑，他可以在请求添加好友信息里发，有时还用别的号码给我打。"

"你这不利落劲儿的，还留着余地呀？干脆不要理嘛，再过两个月都领证了。"

"可我这心里老是打鼓，觉得好像要出什么事儿……"

"能出什么事儿？你人都逮不着，张亚奇能翻出什么花儿来？这时候你可得有主意，要是一心软见个面什么的，保不齐又给张亚奇希望了。"

"怪就怪你自己，整个一白富美，你站在张亚奇位置想想，你一京城小富婆，有房有车，任谁都不会舍得放手呀。"方沁笑道。

"去你的，还挤对我……那我要不是小富婆就没人要了？"

"那就得看你长什么样了，可巧貌美如花，还有一对大胸……"菲儿坏坏地说，伸手在燕子胸前作势一抓，惹得燕子和她笑闹起来。

"叶凡说他后天去香港出差。"闹了一会儿，燕子说。

"我知道啊。"我说。

"你怎么知道？"

"哎哟，人家叶凡出差事小，主要是给你去买生日礼物和订结婚指环！他不让我告诉你，你可千万别说漏嘴了。他前两天打电话找我参谋呢。"

"怪不得呢，他跟我说去把求婚戒指改一下，我不是戴着有点大吗？我还说国内专柜也可以改，他说国内改要一个月，香港当天就能改完……原来是背着我消费去了。"燕子美滋滋地撩了撩头发，一抹满足的娇媚飞上脸庞，我们仨不再搭理她，自顾自地喝着饮料聊起家常。

"哎，我得去趟上海，明后天的，你们谁跟我去？"燕子打断我们。

"干吗？"

"微针啊，玻尿酸。"

"你有病，北京不能打吗？跑那么远。"我说。

"打针归打针，这不是主要为了咱美容院引进的项目吗？有个新上的项目叫什么来着，英文名字我也没记住，听说特别好，得去看看，我都跟人约好了，不是之前也给你说过的吗？医美的证你们家洛然去办，引进项目我来。"燕子嗔怪地看了我一眼。

"着啥急？又不在这一两天。"

"约好了呀，照结婚证总得好看点嘛，再说我得出去躲躲，省得在北京万一再碰上张亚奇。"

"你不找人家他还能找得到你啊？又没给你装上追踪器。"方沁翻着白眼，"不过出去躲躲也好，省得叶凡一走你又胡思乱想，这三差两弄的再节外生枝，我们仨也不能天天看着你……"

"谁要你们看了？"

"可真保不齐，就你那小情商……当年老郑把家都快搬空了你都不知道……"菲儿挤了挤眼睛，"我们还不是为了你好。"

"我可走不开，闺女还太小，要去上海你自己去。"我说。

"知道，没叫你去。"燕子从包里掏出粉盒打开，一边照镜子一边摸着自己的脸，"我就在法令纹这儿打一丢丢儿。"

　　我后来常想，如果上海之行我陪她一起去了，哪怕是方沁或者菲儿，那是否会改写燕子的命运呢？
　　命里有时终须有，命里没时莫强求。

# 第十七章　姻缘

燕子和叶凡是同一天离京的。

头两天倒是好好的，她还给我发了美容仪器的照片，但第三天，她就和所有人都失去了联系。

包括她的未婚夫在内。

电话永远是忙音或者不接，微信不回。

叶凡乱了阵脚，他着急地问我是不是有什么问题？是不是得报案？不会出什么意外了吧？我说你先别着急，失踪也得够二十四小时才能报，她都这么大人了，我再打电话试试。

当晚，燕子的微信朋友圈里，赫然出现了她和张亚奇甜蜜的拥吻照片，但照片里两人穿着夏天的衣服，除非他们在热带地区，不然就是以前的照片。

照片附言：与你在一起的每分每秒都是幸福的，我发誓用毕生守候你，我的宝贝！

我一遍又一遍打她电话，打了十几遍之后终于接通了，她说得短之又短："我挺好的，你放心。"

"不是，你在哪儿呢？出什么事儿了吗？要不要报警？"

"不用，我好着呢，真的，我又不会骗你。"

"你是不是跟张亚奇在一块儿？怎么朋友圈突然放了你俩照片？他有没有威胁你？你在搞什么呀？"

"我回去再跟你解释。"

"那叶凡那边怎么说？他都快急疯了。"

"等我回去再说吧，好吗亲爱的？我真的没事儿，如果有问题我会跟你说的。嗯……梅兰，你别着急，我只是……唉，怎么说呢……反正我真的没事儿，我是跟亚奇在一起呢，他没威胁我，什么也没有。"

"我最后问你一句，要不要报警？"

"真的不要，求你了，给我时间让我好好想想。"

"你要想什么？"

"想我要怎么选。"

"燕子……"

"不说了，先挂了。过几天我就回去。"

叶凡没等下班就来家里找我，说他打给燕子的电话通了，是张亚奇接的，直截了当地告诉他别再纠缠燕子了，燕子是他的人，这辈子都只能是他的人，想从他怀里抢走门儿都没有。后来张亚奇又来过两次电话，威胁说让他全家都小心点儿。

"我奶奶都八十了，就我一个孙子，我要是万一出点儿什么事儿全家人都别活了。"

"什么意思？吓着了？要打退堂鼓吗？"我白了他一眼。

"不是不是不是……怎么可能呢？我当然要娶燕子了，可你说她现在跟那男的在一块儿，要是你你心里硌硬不？"

"我真服了……你们一个个的，也服了燕子了……不管怎样先把事情弄清楚再说。就是不知道她人在哪儿呢，听着'嘟嘟'声也是在国内电话的声儿，他们俩怎么弄到一块儿去的？你还知道什么吗？"

"我知道的跟你一样多……我都晕菜了。"叶凡一脸无辜，我们面面相觑坐着发呆，直到洛然出现。

他听完经过后拍了拍叶凡的肩膀："燕子最开始在上海，现在在哪儿也查不到，保不齐就是她让张亚奇过去或者张亚奇自己找过去的，不能有别的。谈恋爱这事儿呀，生逼没戏，主要得看燕子怎么选。张亚奇说白了就是个混子，连吓唬带哄的……你们也甭着急了，急也没用，电话里又说不清楚，等几天吧，看看什么情况。"

"那用不用报警？"

"报什么呀，又没绑架又没失踪的。"

"不是，洛哥，你是不知道姓张的那人有多混蛋，他给我们家送了俩花圈！"

"这事儿我听梅兰说了。"

"那……那他真绑架了燕子什么的多危险啊。"

"他不敢，放心吧，得多大胆儿啊？就是威胁你们呢。不过话说回来，你俩北京人还能让一外地人唬住了？"

"洛哥，不是，你说这事儿我现在能怎么办？人也见不着，电话打通了也是那男的接，要你你能怎么办？"

"要是我？要是我们家梅兰跑了，我就是上天入地也得给她拎回来。"洛然伸手胡噜了一下我的头发，"照片上是穿着短袖的，又不是在国外，是不是在海南呢？"

"不不不，照片肯定是以前的，菲儿有张亚奇微信，她说翻了整个张亚奇的朋友圈，是半年以前拍的。主要现在人不知道在哪儿……"我说。

叶凡叹了口气，六神无主。

我托方沁让赵大维给查查上海的酒店登记系统，如果能见到人事情就简单多了。

可赵大维说想要查的话必须得要当事人的身份证号，我问叶凡知道吗，叶凡努力地想了想说真没有。

聊到现在，其实已经进了死胡同，叶凡无助地坐了一会儿，连饭都没吃就告辞了。

一个多月以后，燕子才出现在我面前。

她说要结婚了，只不过新郎换成了张亚奇。那日她来去匆匆，似有隐情，直到后来我再问起，她倒也没藏着掖着，说了大概的来龙去脉。

燕子和张亚奇微信里是有共同朋友的，就算分手也没一一删除。她到上海后发了个朋友圈，照片的背景是地标性建筑——东方明珠。或许在她的潜意识里并不害怕暴露行踪，虽然她从来没有承认过。

张亚奇疯了似的发微信好友申请，一而再、再而三的燕子竟然通过了。我看过聊天记录，燕子的态度其实并不过于强硬，在张亚奇追问了几遍之后就告知了在沪入住的酒店。

我后来问她，在你内心里是不是有个声音一直想叫张亚奇过去？甚至你离开北京就是为了在外地单独和他见一面？

她摇摇头，答非所问："命吧。"

三个多小时以后，连一件行李都没带的张亚奇敲开了燕子的房门，他说尽了天底下最美的情话哄她劝她逗她笑，然后用男人最原始而炙热的方式把燕子扔上了床。

再后来，张亚奇强势地没收了燕子的手机，在朋友圈发了张二人拥吻的合照，再一次向叶凡及所有人宣示主权：易燕子，我的女人，别人都他妈给老子滚远一点！

而燕子，在旁边燃起一支烟，静静地看着这一切，她空洞的眼神里，连一丝阻止的欲望都没有。

她甚至跟随张亚奇离开上海，一同辗转于常州、无锡、成都，陪他盯局，一刻不离。

女人的心里，其实往往都盼望着有个男人能够蛮横地呵护着自己，哪怕这种呵护，已经灌满了控制和驾驭的味道。

也或者，她希望看到叶凡在被刺激之后能做点什么，爱情是场战争，她希望在这场战争中看清和坚定自己的选择。

所以，在这段时间里，她任性地逃避着我们，不去想，不愿想，不敢想。她怕面对叶凡，也怕我和方沁、菲儿的说教。

毕竟，相较于张亚奇，叶凡几乎是个完美的结婚人选。

别说叶凡了，她所交过的每个男朋友家世、相貌、经济条件都远远优于张亚奇。

可命运就是这么奇怪，一念之间，尽输满盘。

我把装着翡翠镯子的锦盒推到叶凡面前。

他打开，怔怔地发呆，许久许久才说："我结婚戒指都买完了，婚纱照就等着拿回来了，家里还有她的内衣和洗面奶……我想她，你知道吗？梅兰，我真的想她……我不想失去她……"

我这辈子最怕男人流泪，看着叶凡眼圈儿泛红，抽了张纸巾递给他："想开点儿，她这不是怀孕了吗？她心里……应该还是爱你的。命里不是你的，怎么争都没用。"

　　"那她怎么就知道孩子一定是张亚奇的？也许是我的呢？"叶凡依然心存希望地问。

　　"她都走了快五十天了，能是你的吗？燕子非常肯定这件事儿。再者说了，就算她现在回头，你还愿意娶她吗？"

　　"只要……她把孩子打掉。"

　　"她不会这么做的！叶凡，你放手吧，燕子已经决定了，就当一切是场梦吧。"

　　"可她答应过我的，她答应过我的……2013年1月4号，一生一世，一生一世，一辈子……"这个高大的男人此刻虚弱得就像个孩子，任由眼泪滑过脸庞，甚至连抬手擦拭一下的力气都没有。

　　我走到他身后用力捏了捏他的肩膀，如鲠在喉。

　　"叶凡，忘了她吧，忘了她。"

　　2013年1月4日，在三十二岁生日这天，燕子和张亚奇领了结婚证。

　　叶凡删光了和她有关的所有联系人，包括我。

　　我理解，他恐怕永远都不愿再想起燕子，还有那些与她有关的记忆。

　　这份伤痛，碰都不想再碰。

　　一碰，心就会生疼。

　　半年以后，有朋友说叶凡结婚了，而彼时，张亚奇正在服刑，燕子还沉浸在失去腹中胎儿的巨大悲痛中。

# 第十八章　永远没有交点的两条平行线

今天聚会，方沁因为忙着赵大维的事而缺席，我们仨中午吃过午饭后在三里屯星巴克坐着聊天。

燕子说婚礼先不办了，想等孩子满了周岁再补，反正结婚证也领了，形式的东西以后再说吧，现在挺着个肚子操办婚礼也太累。

"张亚奇干吗的？再说还有我们呢，也不用你张罗。梅兰不就是四个多月办的婚礼吗？"菲儿劝她，"婚礼该办办，你可不用给我们省份子钱。"

"我才不给你们省呢，现在就剩我还没收回来呢，能饶得了你们吗？推一推吧，没那么累。"燕子笑着说，她怀孕才两个多月，人却明显胖了一圈儿，"你们家左骁呢？孩子现在都断奶了，你是不是应该让他出去找个事儿了？在家闲着难保又再捣鼓出什么幺蛾子来。"

"我正想说呢梅兰……我问他去洛然那儿怎么样，他说传媒公司他不想去，4S店也不想去，挑了个典当行，不是有户的话还能有提成嘛，再说工作时间上也相对自由，你问问洛然看行不行。"菲儿转头问我。

"典当行洛然只是股东之一，平常也没见他管过，但应该没什么问题，我现在就问他。"我抓起电话，刚表明了意图洛然就说这是小事儿，说基本工资反正不多，带客户有分成。

放下电话，我对菲儿点了点头，说成了，燕子问我方沁老公那边儿怎么样了？确诊了吗？

"哪有那么快？两个星期呢，应该下礼拜才出结果吧。"我叹了口气，"肿瘤超过了四厘米，方沁说她上网查过，唉，不乐观啊。"

"大维看着那么壮，当了那么多年兵，怎么就……"

"这跟身体好不好没多大关系，大多数癌症都是基因突变，还有就是跟生活习惯有关，不过他平时生活挺规律的啊，天天上班下班的，连烟都不抽。"

"真是的，希望是良性的，恶性肿瘤就是癌症吧？这花钱是小事儿，主要是人遭罪，方沁这命，也是够苦的，就没过过舒心日子……"菲儿叹息道。

"对，钱不是问题，大维单位全额报销，主要是遭罪，听方沁说这两个星期因为还没确诊就什么治疗都没有，那血哗哗的，要谁谁也扛不住。"

燕子在闺蜜微信群里给方沁发了语音，但她半天也没回，我们仨沉默了一会儿，心情都抑郁起来，随便又聊了几句，张亚奇打电话说要过来接燕子，大家就散了。

赵大维前段时间一直便血，都说十男九痔，开始他也没有太在意，谁承想到后来每天要去十几次厕所，血哗哗地往下泻，整个人这才慌了神，方沁先是陪他去了军区医院，肠镜啊、彩超啊做了一大堆，医生让住院治疗，可一连住了半个多月也不见起色，方沁就托我说洛然路子那么广看看别的医院有没有熟悉的专家，菲儿和公公关系不好，实在找不着人再托他，别再给耽误了。洛然就联系了协和医院的肛肠科主任，上星期赵大维重新去做了全面检查，结果在临近肛门处发现一个四厘米的直肠间质瘤，因为位置太过隐蔽延误了病情，病理分析要两个星期，良性还是恶性尚未可知，两口子现在天天像等待宣判一样数着天数。

我们都安慰方沁，说愁也没用，生死这事儿咱说了也不算，各安天命吧。

好在病理分析出来是良性，专家会诊多次后决定手术，结果非常成功，连医生都承认这么大的肿瘤能整个摘除绝对是万幸中的万幸。

赵大维住了近一个月的院，其间方沁一直陪在身边，衣不解带、尽心尽力，连服装店合同到期入驻新店都顾不上，一干事宜全都交给了方亮。

出院后，赵大维在家静养，并遵医嘱连续服用靶向药，这些药副作用极大，包括头疼头晕、失眠脱发、视力下降，等等，病情虽然控制得不错，但赵大维各项身体机能下降，脾气也愈加暴躁，在死亡的边缘转了一圈儿的他精神近乎崩溃。

他希望方沁时刻在家陪伴着，但新店刚刚开张，即使有方亮和远道赶来的婆婆帮忙，方沁也已经忙得四脚朝天，况且她早在半年前就订好了三月份和方亮去米兰时装周的机票，日期渐近，赵大维却非让退票，方沁回呛了几句，两口子就拌起嘴来。

赵母心疼儿子，自然对儿媳话里话外夹棒带棍，方沁本来就心烦，此时更是左耳朵进右耳朵出，翻着眼睛就是不搭理，赵母更加来气，和儿子私下说你看看你看看，这媳妇儿就是看不起我们农村人，你病成这样，她天天花枝招展地不着家，有个安分样儿吗？你一个堂堂的国家干部让你妈跟着受这样的气，我看这媳妇是没法儿要了。

赵大维说妈你少说两句，她也是去忙店里的事儿，我住院的时候她不一直陪床吗？您就别挑理儿了。

话是这样说，但也架不住老太太天天念叨，一来二去的，赵大维的心态就越来越不平衡。

本来就不牢固的感情随风飘摇，矛盾在鸡零狗碎的琐事中愈发突显，冷战、拌嘴……方沁往往累了一天回来，还要听赵大维和婆婆的絮叨，她经常说日子过得真累，在群里跟你们仨聊会儿天才是我最放松的时候。

我们劝她别想太多，也别太拼命了，服装店一直都挺好，大维正在养病，迁就一下吧。

她说不拼命怎么行，大维这一病至少得休养一年半载的，虽然工资一分不少，可外勤奖金什么的就别想了，这点钱能养活得了四张嘴吗？我可是把全部身家都投到店里了，好不容易才干得像模像样，我要真天天窝在家里陪他、看孩子、侍候婆婆，那一家子得全歇了，这么简单的道理难道都理解不了吗？

我说当妈的肯定是护着儿子，你想大维在北京站稳了脚跟儿，工作又体面，房子也大，现在北京一套房值多少钱？老太太心里肯定骄傲啊，又是老观念，你就委屈点儿别计较了。

燕子说不然你参点小股到我和梅兰的美容院里得了，医美执照已经下来了，微整形利润那么大，也省得你这么累。

菲儿说碰到好的影视项目你也可以多少投点儿，我帮你留意一下。

"钱都在店里转着，我这一时哪儿有多余的闲钱？好歹我现在也是小有名气的时尚买手了，就先踏踏实实地顾好自己这摊儿吧。"

半个月后方沁和弟弟飞往意大利，我想，那应该是她这段时间里最轻松的时光了吧。

我的生活一如往常，晚饭后和洛然经常推着婴儿车带着儿子在楼下散步，夕阳西下，连空气都是甜的。

我常想，这天底下怕是没有比我更幸运和幸福的人了吧。

# 第十九章　崩塌

德州扑克最近开局频繁，张亚奇时常要熬通宵，除了买烟，他把赚的钱几乎一分不落地全部交到妻子手上。燕子怀孕已三月有余，当真是被他捧在手心里，加上易母接长不短地过来照顾，燕子衣来伸手饭来张口，很是惬意。

春日的清晨，阳光从窗帘缝里穿过，洒了一地斑驳。燕子蓦然醒来，见老公又是一夜未归，就给他打了个电话，张亚奇说乖你再睡会儿，马上就完了。

不知过了多久，燕子睁开双眼，发现张亚奇一动也不动地坐在床边，静静地看着自己。

"老公，你干吗？吓我一跳，怎么还不睡呀？几点回来的？"燕子揉着惺忪的眼睛问道。

"看不够你……怎么看都看不够……"张亚奇抓过燕子的手，放在自己的脸上摩挲，"这辈子娶了你是我最大的福气。"

"神经，大早上的这么肉麻，快点睡吧你，又盯了一个晚上。"

"老婆，"张亚奇靠着枕头半躺下来，把燕子揽在怀里，轻轻地吻着她的额头，"要是我出去一段时间，你能照顾好自己吗？"

"啊？你去哪儿？外地要开局吗？你大哥不是说我怀孕了不让你出去了吗？去几天可以，反正有事儿我就叫我妈过来。"

"不是几天，是一段时间。"

"什么意思？一段时间是多久？"燕子不解地抬头问。

"老婆，我想跟你商量个事儿。"张亚奇避开妻子的目光，再次把她紧紧揽在怀里。

"什么意思啊，你这架势都吓着我了。"燕子隐隐感到不安，她挣脱开张亚奇的怀抱，从床上坐了起来。

"别紧张宝贝儿，不是什么坏事儿，有老公在，什么都有老公在。"张亚奇吻着燕子，眼圈儿骤然一红。

"老公，到底出什么事儿了？你说呀，我害怕……"燕子的声音开始颤抖起来，她摇晃着他的胳膊，一脸惶恐。

"我可能得出趟远门，大概……大概……可能要一年的时间，你能照顾……"

"啊？什么？为什么？我大着肚子你还去哪儿啊？咱们婚礼还没办呢！你把话说清楚行不行？什么情况要离开这么久？你把话说清楚行不行？"

"别急，别急老婆，我说了不是坏事儿，千万别着急，身体要紧，你刚过三个月，别动了胎气。"

"我能不着急吗？你吓到我了好吗？你倒是说呀，亚奇。"

"那你答应我别着急、别生气行吗？"

"你现在这样吞吞吐吐的我才着急！"

"好好，我说……"张亚奇拿过一件衣服披到燕子身上，"你真的别急，我就怕你着急，这怀着孩子呢……"

"你快急死我了，你再不说……你你你……"燕子一拳打在张亚奇的胸口，"你说呀。"

张亚奇咬了咬嘴唇："老婆，我们百家乐那个网站被掀了，估计警察找上我也就这一两天的事儿，大哥人现在美国说暂时不回来了，他帮我托人找好了律师，情况好的话一年半载的就出来了……"

"什么意思？出了事儿他躲在国外不回来，全推你身上了是吗？"

"老婆你听我说完……先听我说完……"

"我听得下去吗？这网站又不是你的庄，凭什么出了事儿让你背锅？凭什么呀？警察来了你可以说清楚呀……谁老婆生孩子的时候不在身边儿陪着？你让我怎么熬？"燕子忽然一阵恶心，弯腰对着床边的垃圾桶大口呕吐起来。

张亚奇一边轻轻拍她的后背一边极力解释道："燕子，你可千万别上火，求你了老婆别生气……老婆老婆……你好点了吗？这事儿也不赖大哥，转账一直都用的是我的账户，我脱不了干系。大哥说了，给我两百万，然后每个月再让人送两万块钱生活费过来……"

燕子擦去嘴角的秽物："亚奇，用用你的脑子想想好吗？要是为了钱我会嫁给你吗？总共两百多万就能买下陪老婆孩子的时间吗？你是不是傻？你是不是傻？"她泪光盈睫，再次呕吐起来。

"老婆别哭，老婆，好燕子，与其怎么样都得进去，不如先把钱拿到手，来回过账全是我的名儿，我跑不了……再说我也想赚钱养活你，证明自己不是个废物！"

"那我怎么办？一年见不着你，你让我怎么熬？你告诉我啊……"燕子使劲摇晃着他，"孩子才三个多月，我不想一个人面对……"

"要不我让我们家老太太来陪你？我也不知道怎么跟她说呢，唉……让你妈来照顾你好吗，亲爱的？大哥说最不好的情况也就一年多，超过一年的部分他再按每月二十万给我，你等我出来好吗？等我出来了一切都会好的！有了这些钱我就正经做点生意，好好陪你……"

"你怕你妈着急，你怎么不怕我着急？你又让我跟我妈怎么解释？我们才领证几天呀，你……你就进去了，你让我们家怎么想？你让我以后怎么办？"

"老婆，事情已经发生了，咱们就往好的方面想行不行？"

"不对不对不对老公……你用什么账户转的？你把卡给我，你把那卡给我！"

"燕子，事情已经这样了，我跟大哥都已经商量好了，你再查那些有什么用？"

"我不信，我不信，**警察来了我就告诉他们实话，说他们真正应该抓的人根本就不是你！**"

"你别把事儿闹大了行不行？已经是板儿上钉钉的事儿，我怎么都脱不了干系，别节外生枝了行吗？有了两百多万，至少能让我在你面前挺起腰来，至少能让我养活你！不就一年吗？等孩子生下来还不会爬呢我就出来了懂吗？等回到你身边我拿这钱做生意、做投资都行，我发誓出来了就不跟大哥了，咱好好过一辈子，我一步都不会再离开你……"

"张亚奇，这两百多万我有，我给你……我买你一年行不行？我嫁人不是因为钱!"

"我知道你不是因为钱,可这次我是因为钱,我是个爷们儿我得养老婆孩子!"

"不要老公,不要……我求你了,别让我一个人,我不想怀孕生子你都不在我身边,我不想这样……我不愿意……"燕子泪流满面,把头深深地埋在张亚奇的怀里,泣不成声。

"好老婆别怨我,别怨老公,我爱你,我想养你养孩子养家,你好好保重身体,就算不顾自己也要顾好咱们的孩子。我从来都没想过要离开你,等我好吗,等我……等我回来一步都不会再离开你……相信我,相信我……"张亚奇紧紧抱着她,眼泪不知不觉滑过脸庞。

无论燕子如何恳求、摔东西、发脾气,张亚奇始终没有松口,他一遍又一遍安慰着妻子,试图吻干她的泪水,温暖她的心。

我爱你,我不能没有你,正是因为爱你我才需要这笔钱,才需要让你看见我能撑起这个家。原谅我没跟你商量,我愿意接受法律的制裁,我也愿意出狱之后远离以前的圈子,重新开始,给你安定、幸福的生活……无论我做多少错事、坏事,但在我心里,没有人比你更重要。等我,我至爱的人,等我。

黑色的夜里,守着因疲倦过度而睡去的妻子,张亚奇泪如雨下,他深深呼吸着爱人身上熟悉的味道,这段好不容易抢夺来的婚姻,在开始了短短两个月后因为突发事件暂时停顿。

生别离。


张亚奇因开设赌场、聚众赌博被法院判处一年零六个月有期徒刑,忽然之间,燕子的整个世界轰然崩塌,所有对未来美丽的憧憬被现实击落成碎片,她无法把它们一片片俯身拾起,拼回原形。

她不敢告诉母亲,连我们都是在事情发生两周后才知道的。

每夜望着空荡荡的房间,燕子一坐就是几个小时,偶尔睡一会儿,醒来伸手一摸却什么都没有,那一份悲凉,寒心彻骨。

叶凡的身影猛然出现在脑海里,我错了吗?我选错了吗?她一遍又一遍地问着自己,哭声回荡在房间的每个角落里。

# 第二十章　沉重的盒子

我约了菲儿去燕子家，菲儿说正在公司忙着一时抽不开身，让我先去。燕子的脸上一片愁云惨淡。

我拿个软枕垫在她身后，问她你还瞒着你妈呢？她看我一眼，泪水在眼圈里打转，说有什么办法，不到万不得已我不想说，太丢人了。

"那是你自己亲妈，有什么丢人的？再说你妈来没看见张亚奇就不问一句吗？"

"他平常也不怎么在家，我说他这段时间忙。"

"那总得有个人照顾你吧？过了四个月了吧，孩子都快会踢人了，也没个住家的保姆，实在不行你住我那儿去得了。"

"别去了，反正怀孕过了三个月就基本稳定了，美容院的事儿就靠你了。我就是心里烦，烦得要命，憋屈……"

"咱不哭，宝贝儿，当心哭坏了，你得顾着肚子里的孩子……但凡我有空就来陪你好吗？事情摊上了也没辙，走一步算一步吧。他大哥说要给的钱给了？"

"一次性先送来了二十万，但我一分没收，叫拿回去了……这些脏钱我不想碰，想买我的幸福吗？他愿意给给张亚奇去，我不要！"

"唉，我都不知道怎么劝你……"

"梅兰，我总觉得亚奇是自己主动扛的雷。"

"怎么可能呢？你们刚结婚，你又怀着孕。"

"怎么不可能，他一直憋着劲儿赚钱，说是怕配不上我，正好有这么个机会可能就豁出去了。"

"你没直接问过他？"

"问了，他不承认，说转账都是经他的手，怎么他都脱不了干系……"

"开赌局本来就违法，别看他大哥现在躲在国外，以后早晚得出事儿，自作孽不可活，等着看吧……那钱你没收是对的，别以后再出什么事儿。你当初既然选了他，现在人也嫁了，孕也怀了，也就别瞎想了……要是他以后出来就好好找点事儿做吧，千万别碰那些乱七八糟的了。"

"心都寒了，再出来有什么用？最需要他在身边的时候不在，我心里难受啊，半夜醒了身边连个人都没有。这还有好几个月呢，尤其孩子降生，连个叫'爸爸'的人都没有……"

我拥她入怀："咱不哭，不哭，孩子要紧，你自己都说怀上这孩子有多不容易，到时候我们都陪着你……听话。"

可越是劝，她越是伤心，最后索性号啕大哭，拦也拦不住，我抱着她一起流泪，真应了红颜薄命那句老话。

晚上到家哄孩子睡下，洛然今天有应酬，我心里挂念着燕子，给她发了微信也没见回，菲儿打电话来说我现在在燕子家陪她呢，我问她还哭吗？菲儿"嗯"了一声，我说你好好劝劝，这么个哭法儿好人也得哭出毛病来，菲儿叹口气说该说的都说了，这眼泪实在是拦不住啊。

我心不在焉地看了会儿电视，愈发烦躁起来，忽然想起下午忘了把防辐射坎肩拿给燕子了，得去储物间找找。

以前用的旧物翻了几个纸箱才找到，心想索性把东西都收拾一遍，该扔的扔了，该捐的捐了，省得闲着也是胡思乱想，徒惹烦恼。

这些纸箱里多是一些平日用不到的杂七杂八，还有儿子的旧玩具，我和洛然的旧衣服、旧包，和几件小家具。收拾了半天，压在底层的纸箱里俨然出现一个长方形木质盒子，大约有四十厘米长的样子，盒子做工考究，通体是暗红色的自然花纹，泛着优雅的油光。

我印象里从来没见过这木盒，一定是洛然的东西，好奇心驱使我将它搬了出来，盒子很沉，顶端有一个四位数的密码锁，我试了"0000""1234"和洛然的生日都不对，这里头锁的是什么？重要的东西为什么不放到保险柜里呢？难道是因为我可以打开保险柜吗？洛然有什么瞒着我吗？

储藏间并不明亮的灯光下，密码锁像有生命一样嘲笑着我，我浑身出了一层冷汗，感到前所未有的诡异和不安。

正犹豫着要不要问问洛然，正好他打来电话，说老婆今天可能要应酬到很晚，你先睡吧。

他温暖的声音让我顿时嘲笑起自己的多疑，从恋爱到结婚，洛然对我始终如一，我还有什么可挑剔的呢？每个人都会有自己的小小隐私吧，何况只是一个盒子。

天下本无事，庸人自扰之。

我抑制住强烈的好奇心，把杂物一一放归原处，返回卧室。

这一夜睡得并不踏实，梦里的洛然好像变了个人，对我大呼小叫，手举一个沉重的木盒疯狂向我砸来……

我从梦中惊醒，听到了洛然开门的声音，尘封的旧物就让它尘封吧，我闭上眼睛，重新睡去。

早上起床依旧心神不宁，我试探地对洛然说等周末想把储藏间好好整理一下，洛然说金茂府就快交房了，过几个月一块儿搬过去就行，别费那事儿了。我说那才应该提前收拾好啊，省得到时打包麻烦。他说交给张姐吧，你别累着，我说张姐又不知道哪些是该扔的，还是你帮我一起拾掇吧。

洛然瞅我一眼："周末不是说好了带孩子回爸妈家吗？"

"回来弄呗，你就在旁边告诉我哪些留、哪些扔就行。"

"我的东西都是有用的，再说了四百平方米的房子还不够你放东西吗？"

"我不寻思新家就别再放些没用的乱七八糟的东西了嘛，总有些你的旧衣物，该收拾一下了。"

"行行行，我跟你一块儿收拾行了吧？"洛然眉头轻蹙，露出一丝不耐，兀自下床洗漱去了。

转眼到了周末。

储藏间里，洛然指着我和孩子的东西说："你把你俩的东西弄好就行了，这边儿我自己收拾。"我应了一声，一边把没用的东西扔到门口，一边偷偷去瞟最下面的那个大纸箱。

"老公，我来帮你。"飞速地收拾完我这边儿，我靠近洛然，"这些是不要的吧？我抱到门口，回头让张姐把能捐的捐了，没用的就扔掉。"

"不用不用，我这边儿自己收拾，你去歇着吧，别累着。"洛然亲昵地摸了摸我的手。

"我不累呢，帮你嘛，快点弄完就吃饭了。"我撒着娇边说边去拖那个大纸箱，"哎哟，好沉，老公，这里面是什么呀？"

洛然放下手里的东西，摁住纸箱："里头是一些公司以前的文件，全是资料什么的，能不沉吗？你又拿不动……这些有可能以后还会用到，先留着吧，"说着，他冲门口喊，"张姐，把胶带拿过来。"

我还想说什么，他往我怀里塞了几件衣服："这些不要了，抱到门口吧。"然后接过张姐拿来的胶带，手脚麻利地把那个大纸箱死死地缠了几道，回身对我说："这箱子到时候直接搬过去就行，等以后确定没用了再扔。"

"那……那个呢？也是公司的资料吗？"我指着另一个纸箱。

"那个啊，那不是儿子的旧玩具吗？那个你来收拾吧。"洛然一笑，"收拾完了赶紧吃饭，我都有点饿了。"

我也不好再说什么，心里的小算盘落了空，却更加确定那木盒里必定是他不想让我知道的秘密。

婚姻这东西，就算两口子再亲密，也不能把一切都晒开了全摆到明面儿上，是人就会有隐私，说不定那些只是他年少时的情书罢了。

好奇害死猫，我再心有不甘，也得把疑惑搁在肚子里，也许终有一天，洛然会亲手打开潘多拉的魔盒，告诉我里面的故事。

# 第二十一章　永失我爱

我叫司机去机场接了回国的方沁、方亮，方沁行李刚放下，就被慌慌张张的我和菲儿叫到了燕子家。

燕子已经哭成了泪人，她妈和妹妹也在旁边不停地抹眼泪。

上午去医院孕检，医生告诉燕子胎儿已经停育，具体原因没办法确定，但不外乎几个情况：遗传因素、母体因素、激素分泌不足、孕期接触放射性物质或者病毒感染，再或者怀孕期间经受了过度刺激。

这无异于晴天霹雳，燕子在路上边哭边给我们打了电话。

易母到现在才知道张亚奇的事儿，但又不敢在这个节骨眼儿上多做评论，只能一遍遍地安慰着女儿："不哭孩子，不哭，好好跟大夫说说，这都四个多月了，孩子都成形了，现在医学这么发达，应该有办法的。"

"这不是好好说说的事儿，大夫说了没办法了，没办法了……妈，我怎么这么命苦啊……我想要这个宝宝……都是我不好，都是我不好，我这个笨蛋，连肚子里的孩子都保护不了，他一定是生我气了才不肯长的，都怪我不好，天天哭，他是不想要我这个妈妈了……"燕子一边喊一边疯了似的抓扯着自己的头发，我们上前抱住她，她挣扎着，哭得撕心裂肺，肝肠寸断。

"丫头，你别这样，你这样妈妈可怎么办呀？他既然不想出生咱就不要了，不要了，你还年轻，还可以再怀呀。"易母紧紧拽着燕子的胳膊，生怕她再伤害自己，脸上已是老泪纵横。

"姐，你听话，你听咱妈的话，别想不开，大不了以后再要一个。姐夫也是……唉……"燕子的妹妹不住地给她擦眼泪，手里的纸巾已经湿透了。

"什么姐夫？不要提他！不要提张亚奇！不要提那个混蛋！都是他的错，如果不是他……如果不是他我怎么会……宝宝怎么会不要我这个妈妈……梅兰你说，你们说是不是他的错，你们说呀……"

"是是是，不是你的错，好燕子，别哭了，咱都别哭了好吗？咱再去别的医院好好看看，兴许是医生搞错了呢……我这就让洛然联系联系，找个妇产专家，你别哭，再好的大夫也有犯错的时候。"

"对对，我现在也打个电话问问左骁，他爸也在私立医院坐诊呢。"菲儿赶紧说。

"还有希望吗？你们说还有吗？对！对！大夫肯定看错了，这都快五个月了，孩子那天还踢我来着……对，大夫看错了，肯定没事儿的对吧？梅兰，菲儿，你们快打电话呀，我得重新看医生，我得重新看……宝宝，宝宝，妈妈再也不哭了，妈妈不敢……你别生气宝宝，你再踢妈妈一下，你踢妈妈一下呀，你告诉妈妈你没事儿对吧？你没事儿对吧？宝宝，宝宝，你倒是踢妈妈一下啊……"燕子像抓到救命稻草一般连声低头对着肚子说话，那一刻我的心都快碎了，方沁在旁边早已泣不成声。

"只要你好好的，妈妈再也不哭了行吗？求求你，求求你踢我一下呀，我的孩子……"燕子着了魔一样继续念叨着，我哭得说不出话来，好半天才断断续续在电话里跟洛然表达了意思。

那天我们仨都执意要留下来陪燕子，并安慰易母让她先回去休息，毕竟年龄大了怕她撑不住，易母没有同意，最后在客房睡下，燕子妹妹还要上班，走前一再拜托我们明天一定要陪她姐姐去医院，有什么结果赶紧告诉她。

洛然联系的妇产专家明天可以检查，左父给联系了海淀妇产医院的大夫，但人在外地，只能在电话里详细问询了燕子一些情况，包括前期有没有过出血有没有子宫肌瘤是否孕期情绪波动太大吃没吃过什么药物接没接触过放射性物质等细节，燕子一一回答，对方又问给她诊断的医生是谁，听完之后沉思道："给你看病的大夫我认识，经验挺丰富的，其实胚胎停育这种事并不少见，因素也有很多种，该说的我也都说过了，你整个怀孕期精神压力太大，有可能是主因，但也不能排除其他，你要是有疑问可以再找别人检查一下，对自己也是个交代，如果别的大夫确诊的和之前一样我就不用看了，总之还是要遵医嘱，你现在着急也没用，这么个哭法不管怎么样对身体都不好。"

燕子放下电话像块木头一样待着不动，我们劝她真的不要再哭了，明天先去了医院再说。

"好不容易才怀上这个孩子，我害怕……我现在真的好后悔……好后悔……"

后悔？是后悔嫁给了张亚奇，还是后悔一直没能控制自己的情绪？我们没有问，只是在心里暗暗祈祷，但愿明天，有奇迹发生。

可惜现实永远那么残酷，当最后的一线希望幻灭，燕子不得不做了引产。

这种手术对身体的伤害甚至大过于自然分娩。

当她流着眼泪和汗水被推出产房，眼睛里弥漫着前所未有的痛苦和苍凉。

尽管医生一再重申胚胎停育的原因可能有很多种，但她依然无休止地责怪着自己的软弱，并归罪于张亚奇。

"如果不是他，我怎么可能天天哭，孩子怎么可能离开我呢？"她瞪着一双通红的眼睛问我们，不忍心再看她自责，大家只能点头应是。

我们笃定地认为，只要挺过去这段日子，只要她安心把身体养好，只要等张亚奇出来，一切也许都会好起来的。

毕竟，她当初选择了张亚奇，爱情，总会稀释沉重的忧伤，化解冰冷的心。

可我们错了，在一个个漫长的深夜，一次次的辗转无眠，那些永远都抹不去的自责在燕子心里转化成对张亚奇的仇恨，愈来愈烈，也愈来愈清晰。

从那天开始，她再也没有去探视过他。

而他，在日复一日的翘首以盼中，却不知道自己最深爱的妻子早已在心中判处了他死刑。

"我想离开北京。"两个月以后，燕子对我们淡淡地说，苍白的脸上没有一丝表情。

"你想去哪儿，我陪你。"菲儿和方沁家里家外都有一大堆事，也只有我清闲一些，在这个节骨眼儿上我当然义不容辞。

"哪儿都行，只要离开北京。你也不用去了，两个孩子呢……你闺女才多大，你也离不开。"

"你先别管，你要去哪儿？海南？泰国？巴厘岛？"

"我不想去度假，我想离开，是离开懂吗？离开。"

"燕子，你不会……想不开吧？"菲儿紧张地看看我和方沁，欲言又止。

"放心吧，我不会死的，我没那勇气，我就想离开这儿，越远越好。而且，"她的目光变得冰冷，"我要等他出来，我要看到他痛苦的表情。"

我们面面相觑，半天不敢开口，我说这样吧，如果你想在外头住段时间干脆去美国，我们洛杉矶有套房一直闲着，我可以送你过去，等安排好了再回来，这样大家都放心，等到春节，我和洛然也带孩子去过冬，自己家的房住着也踏实。

我去了趟美容院，跟店长交代好所有事宜，然后陪燕子踏上了飞往美国的班机。

临走之前，我躺在洛然的怀里，如果不是用尽全力阻止着自己，怕那句话早已冲出了口。

亲爱的，那个盒子里面到底是什么？

# 第二十二章　不期而遇

洛杉矶地大人稀，除了几个相离甚远的景点，平日里也没有地方可去。去年产女我在这里住了近半年，隔壁是洛然多年前就已移民过来的朋友，早已熟识，关系也算亲近。

刚来的头几天，邻居一直热情地邀请我们去环球影城、好莱坞、星光大道走走转转，都被燕子宛转地谢绝了，我简单解释了一两句，他们说有什么需要帮忙的可以随时叫他们。

毕竟牵挂着儿女，我着急回去，但易母的签证材料还在准备，怎么也要一段时日。

"我真的没事，你放心走吧。"后院的泳池，阳光慵懒地洒落一地，燕子就那么呆呆地出神，我走过去她连头都不肯抬一下。

"算了，我还是等你妈来了再走吧。"

"你女儿还那么小，回去吧，我知道你疼我，可别再让我心里惭愧了。"

"谁跟谁呀，见外……你现在这样子跟没了魂儿一样，谁能放心得了呀？"我扳过她的肩头，"咱们四个里头你本来话就最少，我有时真拿不准你到底是怎么想的。"

"我现在就想静静地待着，什么也不想。你踏实回去吧，我不会那么傻的，已经做过一次傻事了，怎么还会再傻下去呢？"她眼圈儿一红。

我摸摸她的脸，轻轻抱住她："不管怎样，我们姐妹都在你身边，一辈子。无论你做什么决定，我们都会无条件地支持你。千万保重自己，不许耍小性子，不许再哭了。"

她把头靠在我的肩膀上："不哭了，哭也没用。等我妈办完签证就过来了，等她来了我再陪她出去到处走走，你放心吧。"

我跟邻居打好招呼，又一再嘱咐燕子照顾好自己，要天天给我们发微信，这才飞回北京。

日子在若有若无的等待中飞逝而过，燕子在美国一待就是小半年，然后到加拿大过了一下境又返回美国。

春节将近，我和洛然把子玲交给洛然父母，然后带着儿子子俊飞抵洛杉矶，再见燕子时，她气色好了些许，脸上也有了笑容。

我问她是否愿意在美国看一下医生，检查一下身体状况，她说不用了，我懒得动。

"你别这么一天天失魂落魄的，我是说你好好查一下，以后总得要有个自己的小孩儿才行。"

"我要离婚。"她定定地看着我。

"你呀，离不离先搁一边儿，离了也要再嫁吧？那就更得为以后着想了。"

"我要离婚。"她再次说。

"燕子，你总是那么有主意，张亚奇再不对，好歹得给他一个机会吧？也给你自己一个机会。"

"没有机会了，缘分已尽，从孩子离开我那天就注定缘尽了。"她的嘴角扯出一丝无奈的笑，呆呆地看着泳池里一片飘零的落叶，眼一眨不眨。

她还是那个她，一旦拿定主意就不肯回头，我无言以对，想来还有半年张亚奇才出狱，希望那时燕子能重启对未来的规划。

我忽然想到了叶凡，可惜他已然结婚，所有的阴差阳错，真就是冥冥中注定的吗？

这天，子俊闹着要去环球影城，其实我们上礼拜刚去过。洛然说再去一回吧，咱们下礼拜也该回北京了。

我费了半天口舌死活拽上了燕子，来美国这么久，除了去不远的超市以外，她几乎都没怎么出过门。

进了环球影城，儿子就吵着去小黄人虚拟过山车，虽然才来过不久，但这儿实在太大了，我们拿着地图转了一大圈儿，又吃了点冰激凌才晃晃荡荡地找到地方。

一行四人从围栏进去排队，拐了个弯发现人还挺多的，牌子上预计的等候时间约四十分钟。

刚排到队尾，我猛然觉得排在前面的男人背影很是眼熟："叶凡？"我犹豫地叫了一声。

叶凡回过头来，待看清是我，脸上的表情有些惊喜，可当他的眼睛扫到燕子时，只一瞬间，目光寒冷若冰。

"梅兰，洛哥，哟，太巧了……这是儿子吧，真可爱。"他微笑着捏了捏我儿子的脸。

"啊，对，子俊叫叔叔……这不春节带孩子来玩嘛，你和……"

"哦，"他揽过身边的女孩儿，"这是我老婆，亲爱的，这是洛哥、梅兰。"却独独对燕子视若无物。

那女孩儿身材娇小，面目也还清秀，对我们一一点头算是打了招呼。

"哦，你好，这个是……"我把燕子拉到身边，"我闺蜜燕子。"叶凡没有搭话，目光转向别处，倒是他老婆礼貌地说了声"你好"。

燕子一言未发，轻轻微笑了一下，尴尬地低下头，伸手去拽子俊的衣角，似乎要把本来就平整的衣服拽得更加完美。

"你怎么也到美国来了？公司派过来的吗？"我问叶凡。

"暂时还没有，可能明、后年才会过来，我们也是春节来玩一圈儿，放完假就回去了。"叶凡这两年变化并不太大，除了略微消瘦了些。

"住哪儿了？"

"我姑妈家。"

"哦，对，亲戚在这边儿呢。"

"她早就移民过来了。"

"哦哦。"我点点头，"晚上咱们一起吃饭？"

"不了，我们还有别的安排，等回北京咱们有机会再聚。"

洛然又和他随便聊了几句，我转过头去看燕子，她一脸空洞，忧郁的眸子毫无生气。

我牵了她的手，又使劲攥了攥，她任我牵着，无动于衷。

眼见洛然也没什么可聊的了，叶凡转过身，揽住妻子的腰在她耳边低语着什么，他妻子扬起脸笑容灿烂，把头靠在他肩上。

燕子咬着嘴唇，一下又一下，我冲她摇摇头，她抿嘴勉强笑笑，别过脸去抬手轻拭了一下眼角。

在整个排队过程中，叶凡的目光从未在燕子的身上停留过一秒，似乎从来从来，燕子都没有在他生命里出现过。

服务人员一放行，叶凡就拉着妻子快步向里面走去，头都没有回。

后来在水秀门口我们又远远地看到了他，但叶凡转移了目光，继而改道快速消失在人群里。


回到家，燕子连东西都没吃就又坐到泳池边发呆，那张美丽的脸似乎丧失了所有表情，无喜无怒无冤无仇。

我说你想哭就哭吧，她不吱声，忽然松开手中的外套，一猛子扎进了泳池。

"水凉，都多久没清理了，也脏，你快给我上来！"我的叫喊声引来了洛然。

燕子从水里冒出来抹了一把脸，说："不凉，舒服着呢。"

她游了一个来回又一个来回，等她湿漉漉地爬上来，眼睛里布满了血丝。

我给她裹上浴巾，说赶紧去换件衣裳，糊身上多难受，她哆嗦着嘴唇问我："梅兰，我是不是傻？我是不是一开始就做错了？"

"没有对与错，世事无常，你想多了。凡事别折磨自己，身体是自己的，先去换衣裳吧。"

那天晚上是我陪她睡的，我什么也没有问，她什么也没有说。


回北京前，我在她身边坐下，她转头看我一眼，说想再待两个月，回去心烦。

"那你好好待着，别胡思乱想。"

"他恨我。"

"什么？"

"叶凡……他恨我。"

"天天胡思乱想，不至于的。"

"他没有看过我，一眼都没有，好像我是个陌生人。"

"人家带着老婆呢，不方便。"

"他真的结婚了？"

"我听说你跟他分手没半年就结了。"

"他过得好吗？"

"我怎么知道？他把我微信都删了。"

"其实我特别想跟他说声'对不起'。"

"说不说都不重要了，重要的是从你没选择他的那天开始，你们就已经成为对方的过去了……别人都在往前走，你也得往前走，自己选的路，怎么都要好好对自己才行……"

"我想见他一面。"

"我都不知道他电话号码换没换。"

"试试吧？"

"燕子，何必呢？不要再打扰他了。"

"我只是想跟他说句'对不起'。"

"没必要的，不管他回应什么你心里都不会好受。"

"如果我说'对不起'，他能回一句'没事儿'，那我心里就好受了。"

"傻瓜，这不是跟自己较劲吗？"

"梅兰，我是不是特别傻？"

"谁没干过后悔的事？就像你说的缘分不到吧。"

"其实他们两个，我当时都舍不得……"

"我知道的，爱情这东西，有时候就是自己的一种感觉，旁人是无法左右的，我们只能建议你选最合适的，但你自己也说了，是命，那就信命吧。"

"命……我以为怀孕了就是命运安排的，但现在……难道我恨他也是命运安排的吗？"

"我明白你的想法儿，但孩子那事儿……大夫也说了有各种原因……

就算张亚奇在身边，孩子也不见得……"

"你觉得孩子没了跟他没关系?"

"我只是希望你别太固执，过去了的事儿就过去吧。"

"可我就是恨他。"

"多往好的地方想想，无论如何，张亚奇的出发点还是爱你的。"

"我奉子成婚，现在孩子没了，还会稀罕他的爱吗?"

"又钻牛角尖儿。"

"梅兰，咱们都三十大几的人了，不可能像小女生一样爱得那么单纯，要不是因为怀孕，我怎么会选他?"

"别纠结了，天底下没有卖后悔药的。先顾好你自己，来日方长。"

"我懂你意思，我懂……我只是没心思，就想再过几个月等他出来了就离婚……只有离了婚我才能重新开始自己的生活。"

"那你就在这儿好好调养一下吧，把情绪调整好，你心里要是过不去这道坎儿，以后的生活也不会幸福，至于离不离婚，等以后再说吧。"

"梅兰，求你件事，如果有机会，帮我跟叶凡说一声'对不起'可以吗?"

望着她期待的目光，我无奈地点了点头。


回京之后，我在一个悠闲的中午给叶凡打电话，想来这正是公司的午休时间，如果他想多聊几句也方便。

我把燕子的那句"对不起"带到，叶凡沉默了许久许久，然后一字一顿地说:"我与她，此生不相往来。"

# 第二十三章　你生是我的人，死是我的鬼

夏天对男人真好，大街上裙裳翻飞，满眼都是漂亮女孩子白花花的大腿和胸脯。

这个夏天唯独薄待了张亚奇，我无法想象他在狱中时等待妻子的渴望，也无法想象当他知道燕子铁了心离婚之后的痛苦。

那些号子里不眠的日日夜夜就这样失去了所有存在的意义，再多的金钱补偿此刻都微不足道。

无论他怎么解释、哀求，燕子都一遍又一遍地重复着"离婚"两个字，冷若冰霜。

"你还想着那个姓叶的对不对？对不对?!"在所有温柔失效之后张亚奇愤怒地咆哮着。

"你真可笑，你恨他，他恨我，而我恨你……"

"我他妈的早晚弄死他。"张亚奇暴跳如雷，一拳打在桌子上，把水果盘震得"嗡嗡"直响。

"他已经结婚了，你满意了吗?"燕子似笑非笑。

"原来你们还有来往！说，你是不是见过他？你们是不是趁我在里头又搞到一块儿去了？说!"张亚奇咄咄逼人。

"你不用吓唬我，我再也不会怕你了，他是他，我是我，我没见过他，只是听别人说的。"

"我不信!"

"你爱信不信！咱俩的事儿麻烦你不要再把别人生扯进来!"

"易燕子，你给我听好，如果我发现你和姓叶的有任何来往，我会叫他生不如死!"

"张亚奇，当初我选了你，也就忘了他。我恨你是因为宝宝离开了我，你知道那段时间我是怎么过来的吗？而这一切都是因为你！"

"这不可能，我在里头呢，我怎么能左右得了你和孩子？！"

"自从你进去，我的眼睛都快哭瞎了，你能明白我的心情吗？好好的人那么个哭法儿谁都能哭出毛病来，何况我还怀着孕？！"

"那我们可以再生啊！"

"哼哼，跟你吗？我永远都不会原谅你，无论你怎么努力，我都不会像以前一样再任你摆布！"

"老婆，我是爱你的，就算我坐牢，就算一千个人骂我，我只希望用自己的钱让你过上幸福的生活，我是有责任心的！难道我错了吗？如果你必须把孩子没了的事儿怪在我头上……那我解释不了，但是我想让你明白，我愿意倾我所有来爱你，我可以把一切都给你，明白吗？"

"晚了，我就是要离婚。只要看到你，我就会想起未出生的宝宝，我不想一辈子活在内疚里。"

"你这都是借口！我在里头这段日子你肯定有人了！"

"张亚奇，你别想得那么脏！"

"我不信，那你证明给我看！我们可以重新开始，重新开始！"张亚奇猛然搂住燕子，放肆地在她脸上一顿亲吻，"我想死你了老婆，天天想天天想，恨不能长个翅膀飞出来，我……"心中的欲火呼呼啦啦烧得正旺，谁料头上却重重挨了一击，张亚奇吃痛，不由得懈了劲，燕子把他掀到一边，逃也似的从沙发上一跃而起，手里举着一个木质铁底的烟灰缸。

他的眉骨被烟灰缸底座磕破，血慢慢渗出来汇成一滴，然后蜿蜒成一道，红洌洌的甚是夺目。

"别逼我，"燕子脚步向后退着，唇齿颤抖，"我只想离婚，我只想离婚……"

张亚奇侧过身子朝不远处的穿衣镜照了照，抬手抹了一把，半边脸顿时血色一片，他站起身走到燕子面前，定定地看着她："难道你真就这么狠心吗？"

"是你逼我的，张亚奇，是你……"燕子的后背已经紧紧贴住墙壁，战战兢兢。

"你不用怕，不用怕我……无论你怎样对待我，我都不会打你，我爱你，燕子，我爱你！"他的声音忽然变成了怒吼，"我为你付出了力所能及的一切，你懂吗？我爱你！"

"求你了，你放过我，放过我，我们结束了……"

"不对，不对，没结束，永远都不会结束。自从你答应嫁给我的那一天开始我们就不可能分开，我不会离婚的，永远都不会，你易燕子，生是我的人，死是我的鬼！我们生生世世都会在一起！"

血又蜿蜒下来，张亚奇抽了两张纸巾摁住，他看着她，表情复杂，眼里满是谁也读不懂的内容："老婆，我会回来的，我会回来的，我会让你重新爱上我。"他伸手想去抚摸燕子的脸，却见她偏过头去，泪水婆娑。

"你是我的，永远是我的。"他又喃喃地说了一遍，无力地垂下手。

几分钟之后，张亚奇从卧室里拎出一个行李包，他在燕子身边驻足片刻，关门离去。

燕子顺着墙根坐下来，鼻息里尚存着一股淡淡的血腥味儿。

# 第二十四章　店铺之争

阳光明媚的上午，方沁站在服装店门口，被突如其来的一切打了个猝不及防。

已经十一点了，店门却紧紧关闭着，透明的玻璃上贴着斗大的告示："兹鉴于店长方沁擅离职守、账目混乱，故从今日起开除所有职务，本店一切事宜均与其无关。——实际经营法人：方亮。"

方沁蒙了，睁大眼睛又看了一遍，开店以来所有的一切快速在脑海中翻转……

方亮高中毕业后在哈尔滨一直频繁地换着工作，本事没学到什么，倒是混了一身的社会习气，正闲得发慌，姐姐叫他来北京店里帮忙。

最早的服装店开在西单华威城，等扩大之后搬到798就成立了进出口贸易公司，当时赵大维正在住院，方沁抽不开身，所有相关手续便都交给了方亮去办，连法人写的也是他的名字。之后每年两次时装周，所有的展会方沁也带着他一起去，方亮虽然上学时功课不佳，但脑筋极其灵光，一来二去从进货渠道、与设计师签约到拿货就都摸了个门儿清。最近一次方沁没时间去订货，方亮自己去了趟巴黎，把货源、订单全都搞定了。

因为经常与国外签单，店里就特别招聘了一个外语好的店员，所有的邮件往来包括订货、打款都是这个叫李美静的女孩儿一手经办，这丫头聪明嘴甜，很会看人下菜碟儿，业绩也是员工里最好的，更木事的是，上班还不到一个月，她就把方亮迷了个七荤八素，很快两人就同居了。

有亲弟弟坐镇，方沁轻松了不少，平日也少来店里，方亮又是一副指东指西的范儿，店员也就都理所当然地认为他就是老板，方沁可能只是亲戚或者小股东而已。

初始矛盾发生在订货金额上，每次时装周方沁预算最多不超过一百二十万，但方亮这次却一下订了近两百万的货，本来时尚这东西就转眼即逝，方沁自然担心过季压货，但方亮却认为女人目光短浅没有魄力。

"哪次我没给你全倒腾出去？你压什么货了？"他振振有词。

"那哪次不是最后搞活动低价出售的？"

"你差不多得了，钱全给你赚着，这么大的店楼上楼下的，摆一百多万的货空不空？"

"方亮，那你也得听我的意见吧？再说钱怎么都我赚了？你没分红吗？我没给你干股吗？"

"没有我尽心尽力地盯在店里，没有我的客户，你能卖出去几件？"

方沁懒得分辩，服装店毕竟有弟弟的功劳，这点倒是不能否认。

昨天晚上方沁来盘点，闭店之后拿着计算机对账，方亮斜眼看着不知怎的就来了气，偶尔问他一句也极不耐烦，方沁心说这又是中了什么邪，算账、点货本来就是正常程序，干吗气鼓鼓的，是不是跟女朋友吵架了心情不好，于是瞥了一眼不远处的李美静，她倒是一脸悠闲，没事儿人一样。方沁自顾自弄完一切，看看秋冬衣服已经全都到货，因为憋着气，方沁也就没理弟弟，拿了客户资料想一一加微信，好群发个服装打折的信息。

谁料刚加了三个人，登记单就被方亮一把抢走："干吗呢？"他拧着眉头一脸的戒备。

"搞活动呀，夏季促销。"

"你跟我商量了吗？"

"商量什么呀，你那么不耐烦。"

"这些是我的客户！"

"怎么就你的了？这是店里的客户，你经营、我做主有毛病吗？"

"你凭什么自己做主？我没发言权吗？"

"方亮，你会不会好好说话？"眼瞅着李美静的目光循声而来，方沁把提高的声调降了下来，"这店谁说了算你心里没数吗？"

"呵呵，别这么说，你要这态度咱就得掰饬掰饬，来来来，这上面写的是谁？你自己看！"方亮指了指挂在墙上的营业执照。

"闹呢？咋回事儿你心里没数啊？你是占了百分之二十五的股，那是我给你的，你出过一分钱吗？"

"你可拉倒吧，没我，这店能开成这样？啊？上批货是不是我进的？是不是销售得特别快？这上头，"他拍打着客户名单，"有几个是你认识的？有几个是你围下的？"

"你是晚上吃啥不对付的东西了吧，方亮？枪药啊？行行，我不想跟你吵，你要是心里不顺，就赶紧带你女朋友回家，别在这儿碍事。"

"凭什么啊？我把店给你养起来了，现在想撵我呀？我告诉你门儿都没有！离了我，这店根本就转不下去！"

"你有病吧？该干吗干吗去……"方沁白了他一眼。

"嘿，你才有病呢！那你说，你加客户什么意思？你告诉我一声我不会群发信息咋的？啊？你当我白痴啊？"

"哎，你有意思吗？我加客户怎么了？刚才盘点对账的时候你鼻子不是鼻子脸不是脸的，我干吗要搭理你？！"

"不想搭理我？我看你就是想卸磨杀驴、过河拆桥！"

"你敢再说一遍？！"方沁"腾"地站起来，因为用力过猛连椅子都带翻了。

"我×，干吗呀？打我呀？"方亮隔着饰品展示柜探过来半边身子，一张瞬间扭曲的脸直直逼近方沁。

"再给我带个脏字试试？！告诉你，别把你那些破社会习气带到我跟儿来！"

"我他妈就带了怎么的？"

这时李美静快步走过来拉住方亮："哎哟，你俩咋还打起来了？姐，你别生气，他就这脾气。"

方沁正在气头上，于是没好气地说："你该干吗干吗去！"

"哎，我这好心好意的，还当了驴肝肺了！"李美静翻了个白眼，靠着展示柜丝毫没有离开的架势。

"你怎么说话呢？我们家自己的事儿什么时候轮到你插嘴了？你谁呀？还想不想干了？"方沁怒道。

"我是谁你不知道吗？不是你把我招进来的吗？再说了，我干不干你说了算吗？"李美静挽起方亮的胳膊，挑衅地冲方沁说。

"好哇，好好好，这店是我的，我今天就说了算，你丫给我滚蛋！"方沁指向李美静，手指因激动而颤抖。

"你敢？！她是我女朋友，你敢动她一下试试？！你他妈给我滚出去！"方亮边说边绕过柜台，粗鲁地抓住方沁的胳膊往门外拽。

扭扭打打地刚被弟弟推到外面，方沁的包就被李美静扔了出来，随后两人一左一右关了店门，任凭方沁又拍又打就是不开，紧接着店里的灯就熄了。

夜色已重，方沁在门口接连抽了几支烟气还是不顺，索性开车回家，路上不由得悲从中来。这些年为了家庭为了父母为了孩子，她不管多累多难都在拼，婆媳关系不融洽、婚姻生活不如意也就忍了，可现在连亲弟弟都跳着脚跟自己耍混蛋，就算方亮理店功不可没，但自己实打实也对他不薄，现在他翅膀硬了，居然敢动手，刚才要不是站得稳都能跌一跟头。还有那个小丫头片子根本就不是什么省油的灯，估计背地里没起过什么好作用，早知道是这么个玩意儿，当初就不该把她招进来。

但生气归生气，终归也是血脉相连，缓两天应该就没事了。

这么想着捋了捋胸口，回家也没跟赵大维说，就他那暴脾气，何必说了再招来一顿埋怨呢？

而现在店门上贴着的告示，分明已经把亲情撕了个粉碎。

方亮和李美静的电话都关机了，她在脑海中极力地搜索着其他店员的号码，却发现自己早就失去了控制权，那三个店员她几乎都没有联系过。

锁芯已经换了，恐怕这是要来真的啊，店里是她几乎全部的身家以及心血，难道亲弟弟真就能做得这么绝吗？

方沁坐在门口的石凳上，努力搜索着记忆："137106……不对，137016……"她自言自语着拨出一个号码，"喂，你是萌萌吗？喂？"

"哪位啊?"对方带着困意问。

"我,方沁。"

"哦,姐,怎么了?"

"你怎么没来上班?"

"不是要盘点吗?昨天夜里方总突然通知我这两天都不用来了。"

"别的他没说什么吗?"

"没有啊,方总就说今天、明天都不用来了,说很多东西什么的对不上,要好好盘一下,怎么了?您不知道吗?"

"其他人呢?也接到通知了吗?"

"对呀,都放假了呀。"

"萌萌,我想问你件事儿。"

"您说。"

"我平时去店里……他有没有说过我是谁?"

"方总吗?说了呀,您是他姐呀。"

"别的呢?"

"没了呀,您不是他姐吗?"

"别的呢?有说过股东什么的吗?"

"啊?这个……好像没有吧……我不知道呀……我们就卖货,这别的事儿……我们要问吗?是出什么事了吗?"

"算了,没事了。"方沁撂下电话,问店员是没用的,为了让方亮便于管理,她从来都没有正式给员工开过会,也没告诉过她们自己才是真正的出资人和老板,连每月的工资、奖金也是方亮发的,店员只管工作挣钱,不了解实际情况也能理解。


方沁打电话给开锁公司,师傅说开锁需要两样东西,一是身份证,二是得物业开证明。

到物业说明来由,工作人员则回复登记的人名是方亮,我们需要给方先生打电话核实,方沁顿时觉得从头到脚血都凉了。

她又磨叽了半天,物业说您就是业主亲戚我们也没办法,这是规定,麻烦您理解一下。

那谁又能理解我呢？方沁一步一挨地走出来，腿像灌了铅，现在纵然浑身是嘴也难争辩了，法人是方亮、所有承租手续是他办的、店员认他是老板……

方沁一脚油门向弟弟的住处驶去。

家里没人，想必是住到李美静那儿了，可所有员工资料都在店里，她根本就没有李美静的住址。

方沁的一颗心已经吊在嗓子眼儿，本想打电话给母亲，可父母年纪大了，父亲身体又一向不好，思来想去，觉得还是应该先找到弟弟再说。

思虑片刻，她掉头回来去了店铺斜对面一个家居杂货店，买了几样小东西后便和里面的店员攀谈起来，说自己是来对面服装店换衣服的，没想到关门了，发微信老板也没回，挺贵的衣服实在是穿不了，拜托小姑娘帮她盯着点儿，如果一开门就打她电话，说着把号码写了一遍。

"就是，他家衣服可贵呢，我有一次去转了一圈儿赶紧出来了。"

"所以呀，这老板也不回微信，我这儿也着急，过几天我要去外地了，反正麻烦你要是看见他们开门了赶紧告诉我一声，一个电话的事儿也不麻烦，拜托了拜托了。"方沁赔着笑脸。

"那行，要是看见他们开门了我就告诉您一声。"

# 第二十五章　血脉抵不过万金

从798园区出来后，方沁直奔我家。

听了来龙去脉我也很惊诧，这说出大天儿去也是一家人，方亮要真这么干心也太硬了，"说不定他一时赌气，你先别着急，等堵着人再说。"

"我心慌得厉害，你说店本身就在他名下，除了一点儿体己钱，我全部家当都在里头了，他要真狠心吞了我也没辙呀。"

"先等等吧，你也别全靠杂货店那小姑娘，人家兴许就是客套，没事你就去溜达一圈儿吧。"

"我知道呀，这一天天的，事儿是一桩接着一桩，就没省心的时候。"

"大维歇了一年多了，还没上班呢?"

"还在吃药呢，复查了几次，大夫说恢复挺好，但就怕还会反复，这个谁也说不好，工资倒是照发，就是脾气越来越大。"

"一个大老爷们儿天天在家囚着，没病也得待出病来。"

"可不嘛，现在天天捧个iPad玩斗地主，输个把欢乐豆都能骂半天，我都不敢惹他。"

"店里的事儿你跟他说了吗?"

"没说呢，先别说了，他那脾气……等找到我弟的吧，我估摸着是不是嫌我给股少了，我现在都不求别的，哪怕给他百分之五十都行，只要别整个吞了。"

"怎么也是亲的，到时候好好说。"

"唉，你是不知道，这方亮在老家学的一身痞气，平常看着跟个好人似的，昨天直接骂上了，老社会气了，真怕他要混蛋。"

"不然你到时叫上我吧，我叫司机跟着，咱别再吃亏。"

第二天、第三天，方沁从早守到晚，服装店大门却依然紧闭，一丝动静都没有，方亮的电话也一直关机，沉不住气的方沁再次打通了萌萌的电话。

萌萌告诉她昨天方总打电话把我们都辞退了，也没解释原因，就多给了一个月工资，钱都打到卡里了。

"那其他人呢？"

"一样，都辞了，挺突然的，我们也不知道什么情况。"

坏了，方沁心想，现在除了那个李美静，恐怕真是要大换血啊。

方沁打电话问母亲弟弟这两天有没有跟家里联系，方母说没有哇，无信就是平安，你俩不是在服装店里吗？怎么没见着？方沁说没事我就是问，这两天他没来。

"哟，那亮亮是不是有啥事儿啊？"家里一向偏爱弟弟，在老家的时候，就算方亮游手好闲父母也没催他找过工作，而且他从来没寄过一分钱，方沁仍是家里唯一的经济支柱。


又过了几日，中午方沁打电话来说服装店开门了，她正在往那儿赶，我让司机半路接上菲儿，途中又跟在外地出差的洛然联系，洛然说让左骁也去吧，人多了不吃亏。左骁却说我在谈客户呢，今天实在没空。

"这一阵子他可忙了，老是在谈客户。"菲儿说。

"男人忙点是好事儿，他以前天天在家没个正经事儿干才会出去输钱，说明他成长了。"

"那也不能老半夜回来啊。"

"半夜回来？"

"他说是陪客户应酬，但客户没见他谈成一个，钱也没见他拿回来过。"

"听洛然说他在公司表现还可以啊。"

"我也不知道，但总觉得他变了。"菲儿的神情有些落寞。

"结了婚总不能像热恋的时候一样吧？"

"话是这么说，可以前我要是有点儿不高兴他都想着法子逗我，现在回家也不怎么说话，总沉着个脸，跟谁欠他似的。"

"可能是工作压力大，等谈下客户来就有自信了，你也别太往心里去。"

"但愿吧……真是一直在等他长大。"菲儿叹了口气，"咱四个呀，就你最省心，我们仨，家家有本难念的经。"

说者无心，听者有意，我却心头一震，一个上了锁的巨大木盒从脑海中闪过，我看一眼正在开车的小刘，张了张嘴也没好意思对菲儿说什么。


服装店门口围了一大群人，方亮手里拎着一把菜刀，正气势汹汹地堵在门口，李美静一手拽着他的胳膊一手拉着店门把手，方沁则愤怒地吼着："这个店本来就是我的，方亮，你连你亲姐也坑，是不是太没良心了?!"

"不是让你等我们来了再说吗?"我钻过去拽了拽她的衣角。

"哟，还带人来了？我告诉你，你带谁来我也不怕，就是把你那个病歪歪的老公带来我都不怕。哪儿就能证明这店是你的了？这店他妈的跟你一毛钱关系都没有！我是找你来帮忙的！知道吗?"

"方亮！你也太过分了吧？有话好好商量，你手里拿的什么?"菲儿厉声说道。

"你谁呀，你算干吗的?！我们家事儿跟你们……"他顿了顿，指了指我、菲儿和小刘，"有什么关系？该干吗干吗去!"

"你他妈混账，你个混账东西!"方沁边说边往前冲，我盯着那把明晃晃的菜刀，不由自主地去拉她。

混乱中方沁被推了个跟头，她爬起身瞪着方亮："敢打我了是不是？啊？我养着你、养着家，养了这么多年，你在老家屁也不干，我给你叫到北京来，还把股份白给你，你是翅膀硬了还是被这个小婊子撺掇的？啊？你良心被狗吃了吗?!"

"哎哎哎，你骂谁小婊子呢？不要脸，本来就是我们家的店，执照上写得清清楚楚，大家给评评理，这还带生抢的呢!"李美静从店门里闪出来，无赖的嘴脸与方亮如出一辙。

"你滚边儿去！你算什么东西!"我冲李美静骂道，"不行咱报警吧方沁，他拿着菜刀呢，这难道不算行凶吗?"

"对，报警！你们保安是干什么吃的？光顾着看热闹吗?"菲儿眼睛一边寻找着人群里的保安，一边拨打了110。

过了有个十分钟，派出所来人了，警察先是看了双方的身份证，又问了冲突原因，然后把方沁叫到一边问这是你亲弟弟对吧？这个事儿呢我们只能调解，因为怎么也算是你家里的事儿，如果解决不了就一块儿回所里，有伤就去医院做鉴定，主要是看你想怎么办。

方沁说我就想要回自己的店，警察说那这个我们就管不了了，经济纠纷要找法院，你也要提供证据。

方沁犹豫着，本想问菜刀算不算凶器，转念一想方亮也只不过是瞎咋呼，自己虽说摔了一跤也无碍，听警察的意思就算都去了派出所也调解不出什么结果来，她叹口气，求助地看着我。

我一时也没了主意，就打电话问洛然，洛然说现在这种情况去派出所也没什么意义，还得录半天口供，经济纠纷只能起诉，但打官司也挺麻烦，最主要是法人这一块说不清楚，让她先查查转账记录吧，要是有证据的话再找律师。"你们先回来吧，别耗着了，回家商量商量，最好是协商，说来说去都是钱的事儿，看看方亮胃口到底有多大。"他最后说。

我让小刘在车里盯着，一起回了方沁家。

事情到了这一步也没法再瞒，于是方沁一五一十地告诉了赵大维，他听完一拍桌子："还反了天了?! 没有王法了! 走，现在就找他去!"我说这会儿先别去了，话赶话的再打起来，白天看热闹的太多，晚点儿再去吧，他既然敢开店营业就说明做好了防范准备，不会太早关店的。

赵大维重新坐下，瞥了眼妻子说你做事怎么不留个心眼儿？天天不着家天天不着家，忙活这么多年结果都成了给你弟攒的了。又说你看你们家都什么人啊，还亲姐弟呢。方沁本来就委屈，听不得他絮叨，说事情已然发生了那就解决，光埋怨有什么用，要不是去年在医院照顾你，所有的手续我能让他去办吗？赵大维说你还赖上我了，我愿意长瘤子呀？我愿意在死里走一遭呀？你是女人，伺候你老公不是应该的吗？

我说你们俩都少说两句吧，任谁也想不到自个儿亲弟弟能这么做，就别埋怨了。燕子也不在北京，菲儿你问问左骁晚上有空吗，他要有空就一块去一趟，要是没空我就让洛然叫两个公司的保安来，我看方亮整个一浑不吝，上午把菜刀都拎出来了，到时能谈就好好谈谈，不能谈也别吃亏。

"今天这架势，我倒觉得他是铁了心想把店吞了，你看，以前的店员全辞了，除了那个谁……"

"李美静，"方沁接过菲儿的话，"今天就他们俩在那儿，估计还没招上人来呢，晚上去的话可能就走了。"

"不会的，他要是想营业总得过你这道关，早晚的事儿。再说小刘不是在车里盯着呢吗？"

"不行打官司吧，方沁，你手里不是有转账记录吗？"菲儿说。

"有是有，得去银行打单子出来，而且光凭转账记录能行吗？法人是他，白纸黑字的东西。"

"得找个律师好好咨询一下。"

"那就真撕破脸了……我爸妈那头都没法交代。唉，怎么摊上这么个玩意儿……"方沁一筹莫展。

"摊都摊上了能怎么办？去了再说吧，能把货拿出来也行。"

"他能让咱拿货？今天我到了还没说两句他就把菜刀拎出来了……"

"今天中午是你一个人先去的，身单力薄，明摆着受欺负。晚上咱们都去，看他还夸什么翅儿！咱们又不是不讲理，就为好好聊聊嘛，最好别让他俩报警，一报警就没法谈了，店现在是他的，咱百口莫辩。"

# 第二十六章　哑巴亏

天色已暗，我打电话问小刘店门是否还开着，小刘说灯亮着呢，人没走。

一行人赶到时左骁也来了，我们径直走进店里，方亮正坐在柜台后面上网，楼下不见李美静的身影。

见我们六人进来，方亮把笔记本扣下，强作镇定。赵大维走过去，直勾勾地盯着他："怎么，连姐夫也不叫了？你病歪歪的姐夫现在来了，今天我把话拍这儿，就你这熊样儿的就算再来十个，我一样给全打趴下！"

"哎呀，姐夫，您厉害着呢，谁敢说你病歪歪的呀？我可没说，这间店再怎么着……"方亮眼睛环顾着门外，笑着应付道。

"找谁呢？李美静呢？"方沁从楼上下来，"她人呢？"

"她不在。姐，你什么意思，黑灯瞎火的带这么多人？"

"我下午就想跟你好好谈谈，可是我还没说话呢你就把菜刀拎出来了，方亮，咱也不拐弯了，直说吧，你到底想怎么样？"

"没怎么样啊……"

"你要是嫌股份占得少，姐可以多给你点儿，没必要弄成这样……"

"咱可别这么说，什么股份不股份的，法人是我，租店的是我，上货的是我……"

"你什么意思？摆明了就想独吞呗？"

"话别说得这么难听，这店本来就是我的。"

"方亮，你要不要脸？我不打钱你拿什么上货？我那儿都有转账记录！"

"那打官司呗，看法官怎么判！"

"我警告你别耍无赖，你姐来找你是想好好商量的！"赵大维说。

"哟，姐夫，凡事要讲证据，方沁要是有证据让她去告呗，你们今天来这么多人，连男的带女的，想干吗啊？"方亮皮笑肉不笑地说。

"干吗，你说干吗？不知好歹的东西！"赵大维青筋暴起，一张国字脸因为紧咬牙关显得更加棱角分明。

"哟，吓唬谁呢？欺负我一人儿是吗？"方亮说着拿出手机。

"干吗你？"菲儿问。

"干吗？我报警，这还没王法了。"

"颠倒黑白，我们是来找你好好商量的，你会不会好好说话？这是解决问题的态度吗？"我气道。

"方亮，我在跟你好好说，这个店是我的全部心血、全部家当，你不能这么坑我，你是我弟弟！亲弟弟！"

"你的全部心血？你来过几回？不都是我盯着吗？再说了，亲兄弟还得明算账呢。"

"你要是觉得拿得少了你跟我说，我再多给你干股行不行？"方沁几乎在恳求了。

"别呀，方沁，有本事你告我，真的，带这么多人来没意思，我还就不信你能怎么着?! 天也晚了，我也得关店了，你们该干吗干吗去好吧？"

"你怎么这么无赖？"

"别叨叨了，还没完没了了，不走我可报警了！"方亮晃着手机。

"反了你了，没良心的东西！"赵大维一把薅住方亮的领子怒道。

"哎哟哟哟，军官打人啊？我这店里可有监控，有本事你们弄死我！"方亮没躲，反而一头拱向赵大维。

我给小刘和左骁使了个眼色，他俩上前一左一右架住方亮，方亮也不挣扎，依然一副无赖嘴脸。

方沁随手拿了件衣服把墙角的摄像头盖住，又转到柜台后面，方亮顿时明白姐姐分明是要去删掉监控，这才急了眼，嘴里也骂骂咧咧起来。

方沁说你不是要混蛋吗，行，那咱没法谈了，货是我出的钱，我得拿走。

话音未落，李美静提着买好的盒饭推门进来，她见状一愣，把手里的东西一扔就来扳左骁的手，方亮喊道："你赶紧报警，他们要抢东西！"

我和菲儿过去箍住李美静，方沁把门锁了，我说他姐弟俩的家事儿你最好别掺和，你是方沁招进来的，谁是老板你心里还没数吗？待那儿别动，不然打官司连你一块儿告。

李美静说谁是老板我不管，你们来这么多人是要明抢吗？

方沁说明抢的人是你们，说不定就是你在背后撺掇的，我是来好好商量的，但既然没有商量余地，我也只能拿货了。

方亮急得红头紫脸："我×你们妈，仗着人多是不是？我看看谁敢抢货？你们这是犯罪！"

"你嘴放干净点儿！傻×玩意儿！我和你不是一个妈啊？还犯罪？你自己都说了，有证据去告！"方沁气愤地说，停了片刻，她尽量使情绪平稳下来，"亮亮，你站在我的角度考虑考虑行不行？你给你姐也留条活路！"

"那你也替我想想行不行？你婚也结了，孩子房子都有了，你还图啥？在北京我有啥？我屁都没有！"

"那你也不能全吞了呀！这店……我给你一半行不行？"

"我还指着它买车买房娶媳妇呢，北京什么都这么贵……再说了，你除了投了点儿钱这店你操过心吗？发展成这样不全是我的功劳？前几天电视台都来人了，还要给我做专访呢……"

"那你到底什么意思？"

"反正这店就是我的！"

"你要是死咬着不放，那我只能搬货了，店你留着吧。"

"货你都搬走了我留个空店有屁用？！"

"店里现在至少有一百多万的货，你总不能让我空手回去，我以后拿什么养孩子养家？还有咱爸妈？"

"店归了我，爸妈就我来养。"

"我儿子你也养吗？"

"凭什么我养？！"

"混蛋！"方沁脸上一阵红一阵白，半晌，她回头对我们说，"没的聊了，拿货！"

方亮和李美静对视了一眼，看着我们从货架上一件一件取衣服，突然软了下来："那好歹给我留一半，你搬库房的去，架子上是全都打理好了的，你拿了我还得再熨。"

方沁没理他，指引左骁和小刘从楼上库房搬了两箱衣服，赵大维把我们刚刚扔到纸箱里的大半箱也搬到车上，三人正欲再搬，方亮却一下子横躺在店门口："都搬三箱了，你们再敢搬一箱试？！要么走人，这事儿算完，要么今天就弄死我！"

"从架子上拿下来的才几件！哪有三箱？"方沁急了。

"能让你拿走就不错了！"方亮半支起身子，"差不多得了，你们再敢拿一件出去，今天我就死在这儿！"

"我拿自己的东西又不犯法！"方沁叫道。

"但你弄死我就犯法！"方亮又躺下，李美静在旁边点上一支烟，微笑地看着这一切。

"你他妈笑什么笑？"方沁气不打一处来，冲到李美静面前抬手给了她一个耳光。

"你妈×你敢打我！"李美静扔掉烟向方沁扑过去，被我一把抱住，菲儿狠狠踹了她两脚。

方亮一骨碌爬起来，却被左骁一拳闷在脸上，他在地上一边打滚一边叫唤，说方沁你等着，不就仗着人多吗？有本事你们丫弄死我，不弄死我你就别想再搬东西出去！

方沁看着他，无可奈何地摇摇头，说："行了，你也别闹腾了，我不搬了，怎么着你也是我弟，你可以不要脸，我不能不顾亲情。我也不告你了，这店和剩下的衣服你留着，我就拿那两箱……以后，你走你的阳关道，我走我的独木桥，反正，你好自为之吧。"

那两箱半衣服，我和菲儿以及后来回京的燕子各自挑了几件，其余的，方沁都整理出来发到了朋友圈，就这么一件一件卖出去的。

官司也的确没打，方家父母知道后都说好歹也是亲姐弟，就这么着吧，旁的也没吱声。

自此之后，两姐弟数年间再无来往，几年后方亮因诈骗被杭州警方拘留，保释的手续还是方沁亲自去办的。

# 第二十七章　我愿意为你卑微成尘

　　我问洛然左骁在典当行干得怎么样，谈成户没有。洛然说我前段时间还问过张总，他表现还不错呀，回头我再问一句。

　　晚上洛然告诉我左骁已经谈成了两个客户，提成都给了，我皱起了眉头，明显左骁没跟菲儿说实话，必有隐情。

　　看我神色不对，洛然问怎么了，我说左骁最近不对，隐瞒收入事小，对菲儿明显不如以前了，怕是有什么问题。洛然说他俩毕竟岁数差太多，男小女大，男弱女强，谈恋爱倒无所谓，结了婚柴米油盐的，出点问题也难免。我无心反驳，看看表也半夜一点了，心想明天得跟菲儿好好聊聊。

　　第二天中午刚吃过饭，憔悴的菲儿出现在我门前。

　　身为闺蜜，这么多年来我还真没见菲儿素颜过，她总是那么妩媚、性感、风情万种，即使是在怀孕的那段日子里，她也会化一点点淡妆，对于"形象"二字，菲儿严谨如一。

　　但眼前的她，脸色苍白、眼眶红肿，我赶紧拉她进来，急急地问："怎么了？出什么事了吗？"

　　"左骁……左骁一宿没接电话……到早上六点……才回来……"她断断续续地说，强抑着嗓子眼儿里的委屈。

　　"他现在人呢？"

　　"不知道，走了。"

　　"什么情况啊？"我拉着她坐下，"这不像你啊，怎么说话就说一半？跟我还有什么不能说的？"

"我脑子很乱，特别乱，好困，脑子都木了，真木了，一直都没合眼……让我先睡会儿行吗？"

"我带你去客房。"

"不用了，我在沙发上歪一会儿就行。"说着她把脚下的毯子拉过来盖上。

"那你睡吧，睡醒了再说。"待我把窗帘拉上，菲儿已经闭上了眼睛。

我叹了口气，左骁虽然小她七岁，经济上又不独立，但两人爱情笃定，结婚多年来一直都挺恩爱，这忽然怎么就彻夜不归了呢？转念一想，菲儿一向倔强，也许两人早有了芥蒂只是她不愿说罢了。


菲儿这一觉像是睡昏过去一样，连洛然回家进门都没醒。晚上十点多听到她起身的声音，我急忙从卧室出来，看她正拿着手机发呆，便倒了杯水递给她。

"聊不?"我问。

"左骁外头有人了。"

"啊?"我一怔，"你怎么知道?"

"一宿没回来，你说呢?"

"嗐，这也不算证据，他这一宿干吗去了? 回来跟你解释了吗?"

"其实，"菲儿低下头，"我一直没跟你们说，之前他就有过几回半夜两三点才回来的，说是应酬要陪客户……可这回不一样，等到早上六点多他才进家门，谁家客户要陪到早上六点多?"

"他怎么说的?"

"昨天晚上他打了个电话，说是要陪客户吃饭唱歌，我说吃饭可以，去夜总会就别去了，哪有好人天天去夜总会的?"

"然后呢?"

"然后他说我是男人要挣钱要应酬怎么了? 我说你都去典当行这么久了也没见谈下来什么客户，还老往夜总会跑，他说正因为没谈下来客户才应该努力呢……"

"他一个客户也没谈下来过吗?"

"嗯，反正一分钱也没往家里拿过……家里虽说没指着他挣钱，可老这么往夜总会跑，我心里也不得劲儿。"

"他……老去夜总会？"我本想告诉她左骁已经拿了两次提成的事，但现在这情形无疑是火上浇油，便按下没提。

"去了好几次了，其实男人应酬我能理解，可夜总会那地方……常在河边走没有不湿鞋的，上一次我不让他去，他直接挂了我电话，任我打多少遍就是死活不接，半夜喝得醉醺醺的才回来……还有前天，女儿打电话说'爸爸我想你了，你回来吃晚饭好吗？'他居然连理都不理，那是他亲闺女，我的话他不听也就算了，三岁的孩子叫他回家连一点儿用都没有！你说这像话吗？"

"这是多久的事儿了？你怎么一点都不提？"

"我哪有脸说？当初所有人都劝我，我还是铁了心嫁给他，婚后我一心一意对他、对孩子，前两年刚帮他还完赌债，这伤疤还没好利落呢，他就像变了一个人……你让我这脸往哪儿搁？"菲儿抬起头，晶莹的泪水如珠串滚落。

"唉……别哭宝贝，有问题咱们先解决，来龙去脉的你先告诉我，一直还都以为你们挺好的，这从什么时候开始就不好了呢？前两天你跟我抱怨了几句，我还没当回事儿，怎么忽然就闹到这个地步了？"

"梅兰，我后悔死了，我都不知道该怎么跟你聊……我们……我们其实早就办了离婚手续了！"

"啊？"我大吃一惊，"哪儿跟哪儿啊？什么时候的事儿啊？你说你……这么大的事儿……为什么呀？"

"去年年底我不是说想买学区房吗？海淀那个楼盘不错，名校划片儿也有那楼盘，我不寻思为了女儿以后上小学嘛，你还记得这回事儿吗？"

"记得记得，这个你倒是说过。"

"我手里之前有两套房都办过按揭了，这不现在有规定嘛，认贷不认人，我再买的话连首付六成的资格都没有了，只能全款买房，也九百多万呢，之前为了帮他还赌债我还卖了一套房，现在哪拿得出来这么多现金？而且夫妻共同财产，连他贷款也没戏，销售就给我们出了个主意，让我们假离婚，说是假的，但实际上就是真办离婚手续，左骁名下没房，离完婚用他个人名义再买房办按揭。"

"菲儿你疯了……"

"我就是疯了，现在后悔也没用了，婚也离了，房子还在他名下。"

"唉，那现在呢？"

"我当时其实都没多想，虽然他有这样那样的毛病，但我们感情从来没出现过任何问题，我是相信他才这么做的。"

"那你有让他写字据吗？"

"如果让他写的话我又何必离呢？这样去质疑还不如不买。"

"天哪，你可愁死我了，我以为买房办假离婚的事儿都远在天边呢……感情再好，也得有防人之心哪！"

"防人之心……防他吗？他是我老公啊，结了婚不就应该把心绑在一块儿吗？再说他当初是顶着家里的压力娶的我，如果夫妻之间再留心眼儿那还是两口子吗？"

"后来呢？"

"办离婚手续那天我差点跑了，心里实在是难受，人家一盖章我就哗哗地往下掉眼泪，出来以后他一个劲儿地安慰我，说都是假的老公爱你放心吧咱买完房就立马复婚什么什么的……离完婚一开始也倒没什么变化，该怎么过就怎么过，我家保姆还说从来没见过像我们这么恩爱的夫妻，典当行离我们家挺远的，又堵车，开车来回就得花两个多钟头，可他每天都回家陪我和孩子吃饭……"

"这不是挺好的吗？怎么就忽然……"

"就是忽然之间，一点都不夸张，什么就都变了……我不是要和优酷合作一个项目吗？那段时间忙得脚不沾地。三个多月以前吧，他好像突然就不对劲儿了，回家也不爱搭理我，问什么也不吱声，对我跟以前完全两个态度，有时候那个脸拉的，都快耷拉到脚面了……我觉得可能是因为我最近太忙所以他不开心，反正手头的事儿也差不多了，我就天天尽量早回家，但他却回来得越来越晚，打电话也经常不接，结婚这么多年这都从来没有过的现象。我看形势不对，就跟他沟通了好几次，他每次都不吱声，就像木头人一样，我说我的他一句话都不接，给我气得嗷嗷叫他还是不理……我后来也急眼了，说你输钱的时候没一个人帮你，你们家所有人都躲得远远的，就我不离不弃的，三百多万一分不落都给你还上了，可你现在到底是哪儿不对付了？他一听就红眼了，'腾'地站起来，直眉瞪眼地说输钱的那事儿不是都过去了吗，你他妈有完没完？还抓住这一点折磨我一辈子不成……梅兰，你说这是人话吗？我没指望他感恩戴德，但至少也得念我个好儿吧？"

"你是不是老提这话？"

"我没有哇梅兰……我又不是傻子，钱都给出去了提这些不是破坏感情吗？这不是把我逼急了才抱怨两句吗！"

"这都闹了好几个月了，你怎么一点口风都不带透的？"

"我老寻思着我们感情挺深的，他可能工作压力大，一直也没谈成客户，心想总会过去的，谁知道他越来越……"

"菲儿，这事儿……是不是左骁给你下什么套了？本来你俩感情挺好，可偏偏离了婚就冷战，房子在他名下，你不能不提防啊！你再仔细想想，有没有其他的原因？"

"我不信左骁是那号人！我也不想相信。我现在整个脑子都乱了，所以才来找你。"

"那你事无巨细地说说，咱俩分析分析。"

去年年底前为了买房，菲儿和左骁按正规程序办理了离婚手续，虽然也曾犹豫过，但将心比心，菲儿对他们的爱情乃至婚姻，内心是相当自负的。

何况在左骁输钱后所有家人都抛弃了他，唯有自己站出来，还为此卖了一套房，这份情，任谁都应该记在心里。

两人本来商量着按揭手续一办完就马上复婚，但一来菲儿公司诸事缠身，二来又觉得两人恩爱依旧，未受一纸证明影响，所以也没着急，心想等拿完钥匙也不迟。

可是毫无征兆地，左骁回家越来越晚，菲儿一开始没顾上，等发觉情况不对便马上和他沟通，但事与愿违，谈了几次之后，左骁反而连电话也不接了，脸也越拉越长。

感情一泻直下，如同从天上掉到地下，就更别提床上那点儿事儿了。

菲儿慌了，百思不得其解，她反省了无数个日日夜夜，还是找不到左骁冷落她的原因。

上星期，菲儿发现丈夫手上的结婚戒指没了，心里不由得"咯噔"一下，在她的观念里，这小小的指环不仅是饰物，更象征着婚姻的忠诚和爱情，以前就连洗澡两人也不曾摘下来过。

"没别的意思，就是有点紧，戴着勒得手指头疼，怪难受的。"左骁如是说，面无表情。

"只是因为紧的话，咱们去专柜改一下不就行了？"

"多大点事儿，就一个戒指哪儿那么麻烦？睡觉吧。"左骁反手把灯关掉，转身而卧。

"又不耐烦，我都不知道怎么你了，戒指不就是紧了嘛，改一下就是了，结婚戒指哪有说摘就摘的？"

"我都累了一天了，你还让不让人睡？叨叨个没完，我明天戴上行了吧？"

黑暗中，菲儿感觉身边这个男人离自己越来越远，越来越陌生，而自己，却无能为力。

昨天是周末，菲儿对左骁说春天天儿好，咱们带孩子出去玩玩吧，你这段时间都没陪过我们，左骁面沉似水，勉强点了点头。

两人和保姆带着女儿一起去了世贸天阶，刚在儿童乐园玩了一会儿，左骁说我肚子疼，去上个洗手间。

这一走半个钟头过去了，菲儿打了几次电话都占线，后来左骁回电话说你们带闺女玩吧，我闹肚子，疼得不行得先回家，车钥匙不是在你包里吗？我打车回去了。说完就挂了。

一股邪火直冲脑门儿，菲儿紧咬着牙，强按着怒火又陪孩子玩了一会儿，心里却越想越气，于是给女儿买了个冰激凌哄她回家，可下到地库又左右找不到车，打电话问左骁还是占线，一连打到第五个他才接，遥远的声音听起来像冰一样冷，菲儿说你差不多得了，闹个肚子至于回家吗？好不容易陪我们出来一趟，你连过来照个面都不就直接走了？有你这么当爹的吗？

没想到左骁破口大骂，说你妈了个×我他妈肚子疼还不能回家歇会儿了？你天天管我，管天管地还管拉屎放屁呀？

菲儿的脑袋嗡嗡作响，脚下差点儿绊了个跟头，两人相识至今，左骁从未对她吐过半个脏字儿，当曾经最爱自己的男人如野兽般咆哮，整个世界都被颠覆了。

"左骁，你说什么？你疯了吧？你再骂一句试试！"

"我×你妈！滚蛋！"

菲儿握着已经挂断的电话，委屈如同决堤的洪水汹涌而至，瞬间淹没了她有生以来所有的自信。

她浑身哆嗦着开车回家，泪水模糊了双眼，若不是因为一再提醒着自己女儿尚在车上恐怕早就发狂了。

即使所有人都不曾看好这段婚姻，但她依然愿意用生命去维护和守候，而当天使变成魔鬼，婚姻的城堡也即将成为黑暗的地狱。

一进家门菲儿就看见左骁正跷着二郎腿打电话，对于妻女的归来他连头都没抬，只是放下手机打开了电视。

菲儿一个箭步冲上去，照左骁兜头就是一巴掌，左骁连一丝犹豫都没有反手将她打倒在地，又骂骂咧咧地踹了几脚，保姆赶紧上来拉架，女儿在旁边吓得哇哇大哭，左骁气哼哼白了菲儿两眼，坐回到沙发上，菲儿的腿被电视柜撞得剧疼，更让她疼痛不堪的，是自己破碎的心。

从二十四小时的卿卿我我到家庭暴力，从三生三世的海誓山盟到不理不睬，从天堂到地狱，从天使到魔鬼，从深爱到冷漠……所有的一切，竟然转变得如此迅速，让人连喘息和适应的机会都没有。

保姆把孩子带出家门，菲儿一动不动，她神志恍惚，却依然不愿相信刚刚发生的一切。

左骁点上一支烟，半天才说："我真就是肚子疼，就想回来歇一会儿有错吗？你一进家门就动手，这可不赖我。"

见没有回应，左骁上前去拉菲儿："起来吧，地上凉。"菲儿抬起头，眼一眨不眨地盯着他，左骁叹口气，"有意思吗这么闹？"

"是我在闹吗？"菲儿悠悠地吐出一口气，"这是怎么了？是真的吗？不对，我是在做梦吧？老公，老公，我是在做梦是吗？"

"是是，你在做梦，快起来吧。"左骁说着把菲儿从地板上拖起来。

"腿……疼……左骁，我就是不明白这到底是怎么了。"菲儿低下头，看着腿上的一大块瘀青，泪如雨下。

左骁叹口气，坐回沙发，又点上一支烟，不再说话。

"你能不能老老实实告诉我，你是不是……在外面有人了？"半晌，菲儿感觉自己的声音像来自另一个世界。

"没有。"

"那你为什么……这么对我？"

"我怎么对你了？"

"你扪心自问，这几个月我们有过交流吗？你碰过我一下吗？我们还是正常的夫妻吗？你每天回家一张脸能耷拉到脚面上，对我和孩子不管不问，你还是原来的你吗？以前是你哄我，现在是我天天想着办法跟你说话、逗你开心，我到底是做错什么了？"

"我说了今天就是肚子疼，就这么点儿事儿，怎么还上纲上线了？我这么大人了难道连回家拉屎的自由都没有吗？？"

"那你敢发誓你外面没人？"

"没有就是没有！"

"你发句毒誓，左骁，你发一句我就信了……我愿意相信！"

"你有病吧？过个日子发什么毒誓？"

"我在跟你好好聊，你，能跟我说句实话吗？！"

"菲儿，你这一天天的都在想什么，两口子过日子怎么可能天天跟热恋的时候一样？咱结婚都几年了？我还得天天哄着你玩啊？天底下结了婚各玩儿各的人多了去了，我不管你，你也别管我行吗？"

"那是别人的婚姻，不是我的！"菲儿激动起来，大声哭喊着，"不是我的！我答应嫁给你是因为我们相爱、相爱、相爱……相爱你懂吗？"

"行行行，又来了……你先起来的，地上不嫌凉啊？"

"我只要你告诉我，老公，我求你了，你让我放心行吗，求求你告诉我，你没变……"

"我能变成什么呀？这不好端端的在你跟前儿吗？"

"不是这个意思，我是说你的心没变……"

"心是红的，变不了。"

"那我们明天就去复婚！"

"不是你说等钥匙拿了再复的吗？"

"可你说按揭都办利落了就复！"

"哎呀，行了行了，今天是我不对行吗，小祖宗？怎么扯出来这么多……咱家不是一直你说了算吗？"

"那我现在说明天去复婚！"

"行了，闹腾什么呀？明天再说明天的事儿！"

"左骁，你到底怎么了？变脸跟翻书一样，好几个月了，我真的弄不懂你到底想干吗……从前那个爱我的人到底去哪儿了？太折磨人了，真的太折磨人了，要么冷战，要么动手，我们怎么就把日子过成这样了？你好歹给我一个痛快话行吗？行吗?!"

"哎哟喂，服了，又来了，没完没了的，什么都叫你说了……你愿跟地上待着随你便，我还有事儿呢，你自己也冷静冷静吧。"左骁把烟蒂狠狠捻灭，头也不回地拉开门走了。

夜越来越深越来越沉，坐在黑暗中的菲儿心存一线希望，机械地拨打着丈夫的电话，足有上百次，他却一个都没有接。

"你在哪儿？我害怕……我真的害怕……"菲儿在微信上留言，也未见回应。

"真的，我害怕，我怕了。"菲儿自言自语道，她怕所有对爱情的投入化为乌有，害怕她一心经营的婚姻轰然崩塌。

除了女儿，我只有你，只有你。

我愿意为你付出一切，也已经付出了一切，别让我像个傻×一样成为所有人的笑柄。

在她内心最深处，她宁愿相信这只是婚姻中固有的懈怠常态，她不愿也不敢想左骁是否会出轨，只要能回到从前，只要能拯救目前岌岌可危的婚姻，她什么都愿意。

一向自信甚至自负的菲儿，因为左骁的突然转变而瞬间卑微到了尘埃。

所有的过往，一篇篇、一幕幕，如电影在脑海中循环回放，菲儿坐在地上疯子般哭哭笑笑，直到凌晨六点左骁满身酒气地推开家门。

第二十七章　我愿意为你卑微成尘

# 第二十八章　誓言就像松果，总会被季节打落

"老公，我害怕，我害怕……"菲儿一下扎进左骁怀里，泪水纵横。

左骁抚摸着她的头发："不哭，乖，老公在呢，不怕不怕……"

久违的柔情融化了干戈，那一刻，似乎他们之间从来没有发生过任何不快，他们依然爱得轰轰烈烈、缠缠绵绵。

从温柔到激情，酒精让左骁魅力非凡，而彻夜未眠的菲儿大脑已经处于一种临近眩晕的混沌状态，于是做爱的过程浑然天成，几近完美。

除了她脸上残留的泪痕。

菲儿从梦中醒来，一看表已是上午十点，她从身后抱住正在穿衣服的左骁："老公，你又没戴戒指。"

"哦，一喝酒全身发胀，勒得难受，搁兜里了。"清晨的柔情犹在脑海，左骁的语气却又回归冷漠，他掰开菲儿的手，从椅子上拿过裤子。

"昨晚你到底去哪儿了？我打了几百个电话。"

"去客户别墅喝酒了。"

"喝了一宿吗？都有谁？"

"你又不认识，好多人呢。"

"有女的吗？"

"有哇，没女的几个大老爷们儿干喝什么？"

"你现在……你现在难道连掩饰都不需要了吗？你还说自己外面没有女人！"菲儿忍无可忍，伸手推了左骁一把。

"你又发什么疯？有个把女的在还不正常吗？人家客户的老婆在呢，不是女的吗？我还没睡醒呢，这总共才睡几个小时啊还得去单位，你跟

审犯人一样，闹腾什么？"

"周末你去什么单位？"

"没见过周末去谈客户啊？有病！"

"哈哈，我有病？你这脸变的，你……你一宿不回来，我打了几百个电话你也不接，现在连句解释都没有，我问两句就急眼……对，我是有病，我他妈病得不轻，病到嫁给你这个没心没肺的东西！病到帮你还清所有赌债！病到答应跟你假离婚然后用我的钱在你名下买房！病到天天忍受你吊着个破脸还天真地以为这段婚姻是幸福的！"

"我×，你他妈的要疯啊？谁遇上你这么个女人还他妈不翻脸？回来晚怎么了？应酬不行啊？不应酬挣什么钱啊？拿他妈什么养你啊？"

"你什么时候养过我？你说话有良心吗？"

"那是你他妈乐意！"左骁气急败坏地抓起手机。

"又走人是吗？"

"走人怎么了？懒得听你叨逼叨，我干吗是我的自由，又没卖给你！你管得着吗？"

"左骁，你今天要是从这个家出去就别回来！"

"少给我来这套，一点小事儿就他妈吵吵吵，后悔了？你现在后悔也来得及啊！自己没带脑子吗？我当初是顶着家里多大压力娶的你？！你亏吗？我还亏呢！我才多大就得天天耗在你身边？你干脆把我拴裤腰带上得了！帮我还个钱还天天挂在嘴边儿，还他妈让不让人活了？！爱怎么地怎么地！"说着，左骁甩开菲儿的手摔门而去。

"什么玩意儿啊，渣子！"我气得胸口疼，恨不能马上逮住左骁暴揍一顿。

"就是这么个过程，都告诉你了。我已经把姿态放到最低了，一醒来，看他手上没戒指就多嘴问了一句，可他一张嘴我就知道，完了，就是那德行，他是变不回来了……要是这么委曲求全可怎么过啊，我现在是真没主意了梅兰，我就是想不明白怎么就一下子成这样了呢。本以为相爱是婚姻的唯一条件，难道我错了吗？我怎么就错了啊……"这个一向坚强的女人此刻梨花带雨，她和左骁曾是一段冲破世俗的佳话，真不敢相信如今也成了冤家。

"两口子吵架虽然是常事，但他以前对你多好大家都有目共睹，现在也的确太反常了。"我徒劳地擦着她的眼泪，却怎么也擦不干净。

"就是因为以前太好了，要是慢慢变坏，我倒不至于这么难受了……"

"那真备不住他给你下套儿，就是买房这事儿。不管怎么样，现在房在他名下，你说也说不清楚，方沁店铺的事儿不就是这样吗？人心隔肚皮，亲姐弟都能反目，别说夫妻了。"

"可我不相信他是工于心计的人。"

"要是真那样，左骁一直演得也太好了，从眼神到动作，没有爱的人真演不出来。会不会是他家里、他姐给出的主意？"

"那倒不至于，他爸怎么说也是个文化人，为了套房不会到这种地步吧？而且我们平常都很少走动，除了他妈有时来看看孩子，都没见过他姐。"

"主要现在你太被动了，他又抻着不复婚，首付也不少钱呢。"

"已然这样了，他要真是那么狠心我也没办法，就当是自己瞎了眼。你没见他昨天那样儿，就像……像只野兽似的……你看我的腿磕成这样，他还踹我，到现在还一瘸一拐的。"菲儿撩起裙子，大腿处果然一大片紫黑色的瘀青。

"都几个月了你也不说……什么都藏在心里。事到如今，得找个补救的方法才行。"

"房子这事儿我是怕你们笑话我……他前几个月刚开始不对劲儿的时候，我就想可能是婚姻的倦怠期，毕竟这一晃结婚也好几年了，我寻思我俩感情那么好，自己调整调整就行了，谁知道会走到这一步，怎么扳也扳不回来……"

我懂，即使到现在，她看重的依然不是物质方面的东西，而是那个忽然从天使变成魔鬼的男人。

我拥她入怀，告诉她别哭，总会有办法的。

只是人心叵测，左骁到底怎么想，谁也不知道。


我把菲儿送回家，刚进门没一会儿左母就来了，说在路上打儿子电话没打通，就直接来看孙女了。

左母问骁骁怎么没在家，今天不是周末休息吗？菲儿也不瞒，把事情经过简单地说了，满心希望婆婆能有句公道话，没承想左母满脸愠怒："也不是我这当妈的说你，这就是你的不对了，你怎么能把自己爷们儿往外撵呢？这可倒好，他连电话都没开，现在我儿子人在哪儿都不知道，你这媳妇当的……还有哇，两口子有个小打小闹的都正常，哪有勺子不碰锅沿儿的？一点儿小事说撵就撵啊，这个家也有他一半！"

"妈！"菲儿急了，"他成宿成宿不回家，您说我能不着急吗？我怎么撵他了？是他自己走的！"

"你跟我发什么火？我是你长辈！真是的，一个巴掌拍不响，我就不信你没错，你要是这好那好的骁骁能放着媳妇闺女不着家？他当初为了娶你跟家里闹得天翻地覆的，到现在和他爸关系还僵着呢……我看就是给你惯坏了，一点小错抓着不放，大老爷们儿还能天天在家里躺着啊？天天在家还怎么挣钱？"

"妈，咱讲讲理行不行？从结婚到现在，左骁没拿回来过一分钱！"

"别给我说这个，我不知道！"

我在旁边实在是看不下去了："阿姨，您也甭生气，菲儿心里着急，左骁这几个月的确变化特别大……"

"我们婆媳唠几句家常你插什么嘴？有你什么事儿？"左母恶狠狠地瞪了我一眼，转过头继续教训菲儿："我告诉你啊，我们家骁骁这辈子可没吃过亏，你比他大那么多，本来就应该让着他。要想过就好好过！别出什么幺蛾子！"

"是你儿子不想好好过，不是我！"菲儿猛然爆发，大声地吼道。

"你怎么说话呢？还无法无天了！我儿子一表人才，娶了你是你修来的福分，不知足不说，现在还冲我大声嚷嚷，你反了天了你！"左母"噌"地从沙发上站起来，把手边的靠垫赌气一摔，"你给我好好反省反省！还有，赶紧把他给我找回来！这要是有什么三长两短的，你赔得起吗你？！"说罢抬腿就走，路过我身边时"哼"了一声。

我在心里结结实实地骂了一句，当妈的护犊子情有可原，但这么偏袒就过分了。

菲儿气得浑身发抖，我安慰说咱生气不值当的，先把左骁找到再说。

"让我去哪儿找啊……"

是啊，天大地大，该问的都问过了，除了生等也没别的办法。

回家路上方沁打来电话，说有件事我得跟你商量商量，我问她怎么了，她说下午去给客户送衣服，送完以后去逛了会儿新光天地，结果在二楼碰见左骁了，带一女的，特年轻，穿个短裤，头发不长，看两人举止关系似乎不一般，问我这事儿要不要跟菲儿说。

我心里"咯噔"一下，心想这怕是要坐实出轨了，我把事情大致跟方沁一说，她也很惊诧，说完蛋了，要是左骁真出轨了那菲儿跳楼的心都得有。

"他们都吵成那样了难道菲儿就没感觉他外面有人？"方沁问我。

"你还不明白吗？不是没感觉，是她打心眼里就不敢想不敢承认，这是她的底线。"

"那怎么办？也不能让她蒙在鼓里啊，尤其到这节骨眼儿上可别人财两失了。"

"就两人逛个街，也不算什么实锤的证据，说了不是更往心里添堵吗？"

"那咱们也不能眼睁睁看着什么也不管呀！"

"菲儿是走不出来了，现在哪怕有一丁点儿希望也是盼着左骁能够回头……千万别把事儿挑明了，一旦捅破了这层窗户纸，菲儿那脾气一上来，宁可玉碎不可瓦全，肯定不会原谅他，那样的话真就人财两失了。"

"菲儿干吗那么爱他啊？昏了头了。"

"感情这东西谁能说得准？就菲儿当年那股劲儿，不是左骁她能结婚吗？她什么也没图过，杀人诛心，她要是心死了人也活不了。"

"我去，这么严重吗？你吓着我了。"

"你自己想想，菲儿那脾气，非黑即白，况且咱们认识她那么多年，你见她对哪个男人这么用心过？付出的越多就越放不下。"

"那可怎么办？"

"别急，这么着，明天周一，到时候我让洛然问问典当行左骁去没去

悬爱

148

上班，要是去了咱俩去找他一趟，劝和不劝散，能劝个回心转意最好，就算有实打实的错只要以后能好好过也行，实在不爱了至少也得先复婚，好歹把房子拿回来。你今天回去让大维托个熟人查一下左骁在哪儿开的房，他没回家，怎么也得有个住的地方吧？不管怎样得先把人找着，见不着人什么也谈不了。"

"行行，我这心里正打鼓要不要告诉她呢，幸亏问你一句。我回去就跟大维说，让他查查。"

　

一大早方沁就微信告诉我可着北京城所有大小宾馆都没有左骁登记的记录，有一个重名的但岁数、籍贯都对不上。我让洛然打电话到典当行，行里说左骁请病假了。

我担心菲儿，但她在电话里说正在去公司开会的路上，这倒让我松了口气，我问她没事吧？她说日子总要过，也许大家都冷静一下会更好，说不准过两天左骁就回家了。

这个掉在爱情里的傻女人，还在一厢情愿地等着自己的老公一脸疼爱地出现在她面前。

我欲言又止，实在不忍心点破，如果左骁胆敢把房子据为己有，我发誓绝对不会轻饶他。

# 第二十九章　永远到底有多远

五天后左骁才回家，我问菲儿他去哪儿了，菲儿避重就轻地说反正他回来以后好像好点了，昨天还跟孩子玩游戏来着。我说你得复婚懂不懂啊？她"嗯嗯"地应着，似是有心无力。

我直接给左骁打电话，劈头盖脸地问他你是不是已经拿了两个客户的提成了？钱呢？你给过家里一分吗？还有你上周末跟一女的去逛新光天地来着对不对？特年轻一女的？你还敢说你外头没女人？你还敢动手打菲儿了？你还好意思离家出走？他在电话那头听着也不反驳，我问他你是不是真不想跟菲儿过了？他说没有哇，我这不是回来了吗？

"我告诉你左骁，你那点儿破事儿我都没跟菲儿说，不是为你瞒着，是因为和菲儿十几年的闺蜜了，我知道她的性子！我先给你打个预防针，你最好能瞒得死死的，这种事儿发生在别人身上可能过得去，但是菲儿，她能容忍你闯祸、能容忍你赌钱，但绝不可能容忍你在外面有别的女人！这是她的底线！别说我没提醒你，你要是还有点良心就回头想想这些年她是怎么对你的，赶紧把外面的破事了了，赶紧翻篇儿了，真要是出点什么事儿我可饶不了你！"

他还是不说话，气得我冲着手机直嚷嚷："你能不能说句话？到底想怎么着哇？"

"梅姐，我们的事儿你就别管了，我自己心里有数！"

"有数你动手？打女人的男人最可恶！她不就比你大七岁吗？当初是你自己求的婚！谁也没把她硬塞给你！你闯了那么多次祸，哪次不是她跟你屁股后面收拾？就你们那个家，你拆一块她补一块你拆一块她又补一块，就你这么个拆法儿，就不怕把人心伤透了吗？！"

"我知道了。"他简简单单地回了一句。

这之后两人关系缓和了些，又过了段日子传来菲儿怀孕的消息。我说这是好事儿啊，生孩子要生育证，那就必须得复婚呀。

"左骁说他不想要。"

"他是不想复婚吧？"

"梅兰，如果他对我不好，那么复了婚也没什么意义，他平常连碰都不碰我一下，这个孩子肯定是他喝多了那天怀上的……来得不是个时候……我都已经跟医院约了时间了。"

"你们俩啊，好的时候跟一个人似的，现在又……这极端走的，唉。"

"不管怎么样现在态度是好多了，打电话也接，总是一个转机。"

"菲儿，孩子可以不要，但婚得复，别以为结婚证就是张废纸，你仔细想想，他突然转变也是离婚以后的事儿对吧？心理学上这叫心理暗示，一旦复婚了，也许就好了呢。"

菲儿沉默不语，我问她手术是否要我们陪着，她说不用了，大早上的，再说这种事儿怎么也应该是左骁去。

手术这天菲儿一早起来，看左骁尚在酣睡，实在不忍心叫醒他，于是伏在他耳边轻声说你继续睡吧，我打车去，你醒了去医院接我就行。左骁哼唧了两声也没接话，菲儿暗自伤神，悄悄离开了家。

心疼左骁，已经成了她的习惯，总是在不经意间表露出来。

躺在冰冷的手术台上，菲儿感觉无助又凄凉，泪水不由得顺着脸颊淌下来，护士说你可别哭，小月子也重要着呢，小心哭坏了眼睛。

麻药流进血管，昏迷前的那一刻，菲儿分明看见婚礼上的左骁，西装革履，英俊非凡，他单膝跪地把结婚戒指戴在自己的无名指上，说："我爱你，永远爱你，只要你快乐我就快乐。"

她只是忘了问，我的爱人，你说的永远，到底有多远。

左骁来时已是十点多，脸上连一丝迟到的愧疚都没有，菲儿闭上眼睛，知道爱情渐行渐远，心如刀绞。

休养调理的日子里两人依然少话，左骁抱着手机要么玩游戏要么发微信，压抑的空气让菲儿临近崩溃，几次忍不住号啕大哭，但左骁却形同陌路，惜字如金。

回不去了。

那些相拥着走过的时光，那些刻在心里的过往，以及他们曾经引以为豪的爱情，就这样败给了世事无常。

"再也回不去了，"菲儿如鲠在喉，"再也回不去了对吗？左骁，我们再也回不去了？"

"又胡思乱想什么？你就好好养着吧，我这不陪着你呢吗？"左骁的眼睛依旧盯着手机。

"我知道你的心根本就不在这个家里，是我自己傻，总以为回得去。"

"又来了……我该做的都做了，咱差不多得了。"

"我不想跟你吵，我也不想哭了，你走吧，我放手了，求求你走吧。"

"唉，陪你也不行，不陪也不行。你先想好了再说吧。"左骁终于放下手机，挪到她身边。

"想好了，你走吧，所有的事我都不想深究，如果老天爷答应我一个愿望，我只希望回到从前，让我能看到以前的你，哪怕只一会儿也好。"

"别傻了，"左骁握过菲儿的手，"这段时间……我知道我做得不好……只是，很多事情都会变的，不可能永远都不变……"

"可我从来都没有变过，变的那个人是你，是你，知道吗？"

"我知道我知道……是我不好，听话，不哭。"这种体己话、这般柔情，如今怕是比金子还珍贵，菲儿百感交集，泪水更加肆意。

"乖，大夫不让哭。别想那么多了，别想了。"左骁拥她入怀，充满磁性的声音异常温柔。

"多久了？这声音才是你……我只想知道你到底是怎么了？凡事都有原因，怎么就一下子从天上摔到了地下？"

"没怎么……你想多了，可能有时候觉得累，挺累的，我又不挣钱，家都是你养着，我一个大老爷们儿……"

"可我从来没有要求过你什么呀。"

"你越是不要求，我就越是有压力，你越是那么好，我就越是觉得对不起你。"

"你真的在外面没有女人吗?"

"没有。"

"那为什么你所表现出来的一切都像是……算了，我就问你一句，你，还爱我吗?"

"怎么跟小孩子一样，爱情有这么重要吗?"

"不是因为相爱我们怎么会结婚? 你就告诉我还爱不爱我?"

"爱、爱……好了，别哭了，干脆复婚吧，省得你胡思乱想，复完婚把房子过到你名下，大家都踏实。"

"我不是因为房子，难道我说的你不懂吗? 我想回到从前……回到从前……"

"会的，会的亲爱的，可能我这段时间有点过分，但我想让你知道，其实我从来都没想过要离开你。咱们复婚吧，复了……就好了。"

"你也这么觉得吗?"

"嗯，就下周吧，找一天，"左骁翻了翻手机上的日历，肯定地点了点头，"就下周四，咱俩登记去。"

依偎在左骁的怀里，菲儿破涕为笑。

也许，幸福正在回来的路上。

# 第三十章　复婚

左骁尽量正点下班，晚饭后还会带女儿下楼玩一会儿，若是晚回来也会先打来电话告知一声，尤为重要的是，他恢复了出门前轻吻菲儿的习惯，这个曾被他一厢情愿省略掉的习惯。

周三晚上左骁直到凌晨才回家，菲儿随口问了一句怎么这么晚，左骁说不是打电话说了吗今天陪客户。

"明天早上去民政局怕你起不来。"

"起不来就起不来，下午去不行吗？"左骁不耐烦地嘟哝了一句。

"你不是说先登记再去单位吗？"

"又没约客户，去什么去，你还怕我跑了呀？"说罢自顾自去洗漱了，菲儿一口气堵在胸口，也没再争辩，关掉台灯，看着隐没在黑暗中墙上的婚纱照，一夜无眠。

整个上午菲儿既盼望着丈夫能早点醒来一同去复婚，又隐隐觉得他并不情愿，不由得心烦意乱。好不容易等到中午左骁起床，菲儿让保姆把菜热了，又倒了杯牛奶递给他，"吃完了饭去啊？"菲儿喏喏地问。

"随便。"

"又怎么了？复婚是你提的，怎么现在又这个态度？"

"你可真啰唆，都说了去去去，行了吧。"

菲儿强压着怒火又不敢甩脸走人，毕竟复婚是这段感情的最后一根救命稻草。

一路无话，左骁手握方向盘，心事重重，菲儿一直劝自己千万不能发作，这过分的要求简直让她头疼欲裂。

拍结婚照的时候，师傅说帅哥笑一笑，一连说了几次左骁脸上还是阴云密布，菲儿忍无可忍，转头问他："师傅说的你听不见吗？你离我这么远干吗？咱们到底是不是来结婚的？"

"你有病吧？"左骁的脸色愈加难看了，"爱拍不拍！我他妈还没睡醒呢！"

"你就是个混蛋！"菲儿忍无可忍，起身走出了民政局。

她在路口停留了许久，只要他从后面抱住我，只要他拉我回去，这个婚就还能结，我就当一切都没发生过。

菲儿这样劝自己。

可惜，没有。

菲儿在大街上转磨，左骁的身影迟迟没有出现，连电话都没有打过。她万念俱灰，在闺蜜群里发微信约大家出来，正好燕子也已回京，我们在蓝色港湾的湖边坐到黄昏，叹人生无常，看夕阳西下，红霞漫天。

我问燕子张亚奇有信儿了吗？她说一直在菲律宾呢，他大哥在那儿包了赌台。我说也走了一年多了，他就没回来过？她说闹得像冤家一样，我倒盼着他回来呢，他不离婚，我一辈子就拴死了。

"我们这四个人就数梅兰嫁得最好，我们仨这命呀，都是自己上赶着找气生，菲儿你也别郁闷了，至少你和左骁真真实实地爱过，我嫁给大维就是想搭伴过日子，可现在才知道，原来搭伴儿也得有共同语言才行。"方沁说。

"少年夫妻老来伴，只要没有原则性问题，好歹也能搭到老，你就别想太多，大维可能暴躁点儿多疑点儿，但也没大毛病。"燕子接道。

"他呀，是个好人，就是……唉，永远说不到一块儿去。我这辈子也就这样了，只要儿子好好的，能多挣点儿也是给他攒的。对了，我不是跟法国那边儿一直还有关系吗？现在开始做代购了，还有些古董、首饰，你们要是有什么需要尽管找我……"

"你这小打小闹的也不是个长久办法，你有经验，不如再开个店？"

我提议。

"开啥呀？我哪有钱？那两箱半货恨不能赔本出去，现在房租这么贵，最主要实体店都让微商和淘宝顶了，根本没法儿干。"

"一起开一个吧，我们来投钱你来管。"

"算了，可别折腾了，真不好干，要是再起一个摊子，还不如我现在做代购省心呢……以后看看再说吧。现在跟你们在一块儿是我最开心的事儿了，说说话聊聊天儿，心起码不累。"

天色渐渐黑透，灯火阑珊，我说："咱们去唱歌吧，菲儿你笑一个，你不笑我们今天一晚上都睡不好。"

菲儿抬起头来，淡然浅笑道："我没事儿，我抗压能力好着呢。唱歌去，喝死算！"

"你还不能喝酒吧？小月子还没坐完呢！"

"坐他妈什么坐？只有醉了，才什么都不想。"

我跟洛然打了招呼，洛然说你去你的，好好陪陪菲儿。

那天晚上，我喝了不少酒。

微醺之时，醉眼看去，依稀看到年少时的我们，虽然轻狂，却无怨无伤。

英雄壮志，终将白头；朱颜倾城，谁不迟暮？华发三千，丝丝缕缕，无一例外，终染成霜。

我们终将老去，感怀时分，四个女人抱头痛哭。

爱情这东西，本就不会永恒，阶段的专一已是难得。人终是会变，誓言就像季节的松果，风吹雨打，落泥成灰。

婚姻这东西，所谓七年之痒十年之痛，合不合适只有自己知道，再好的婚姻都需要保鲜和经营。

没人能替得了菲儿，她的痛苦，也只有左骁才能消减。

只可惜，左骁的心早就已不在她的身上了。

我把菲儿送到她家楼下，她已酒醒。

"有什么事儿给我打电话，千万别自己扛，注意身体，不管左骁怎样，身体是你的，别用别人的错误来惩罚自己。"

她仰头望向自家的窗户，那里有一抹温暖的黄色光亮："真不想回去，付出了那么多，分也不是，和也不好，要是时光能够倒流，只要回到他爱我的日子，我什么都愿意。"

第三十章　复婚

# 第三十一章　谅与不谅一念间

左骁已经睡下，发出轻微的鼾声。黑暗中菲儿在床边坐了许久，依旧是这张英俊的脸，却再也找不回脉脉深情。

他的手机在闪，从认识到现在，彼此不查手机是两人之间默契的约定，信任，至少是婚姻中不可缺少的元素。

信任？

菲儿苦笑了一下，轻手轻脚地拿起他的手机走进卫生间关上门。

密码……菲儿先后试了左骁和女儿的生日都没有打开，如果第三次还不对就锁屏了。

她在脑海中极力搜索着可能的数字，"126637"，这是左骁以前手机号码的后六位，似乎也是他的银行卡密码。

屏幕解锁成功，菲儿却忽然失去了查找的勇气，倘若真在里面发现了最不愿看见的东西，那所有的希冀便成了泡影。

她的手指犹豫了好久，但与其耗干了精力，倒不如死个明白。

搜了一圈儿微信留言并无异样，联系人里也没有值得注意的女人信息，菲儿紧悬着的心落下，居然对着墙上的瓷砖微笑了一下。

正欲走出卫生间，忽听床上的左骁咳嗽了两声，想必是白天抽烟太多的缘故，菲儿做贼似的重新坐回到马桶盖上，鬼使神差地又一次按亮了手机。

顺着朋友圈一路看下去，只是些日常动静，多数人还是自己认识的，菲儿机械地滑动着手指，心不在焉。

猛然，一张照片定格在眼前，菲儿只觉得脑袋"嗡"的一声，眼睛旋即花了，待定神再看，照片上左骁裹着条毛巾被，上半身赤裸，正开心地冲镜头微笑，而他怀中的女孩儿笑得更加灿烂，分享的状态是："枕头上还留着你的味道，老公，我爱你！"左骁点赞并留言："老婆，我也爱你！"时间是昨日深夜，发照人头像是张风景照，名字起得也颇为中性。

如此，在左骁承诺复婚的前一天晚上，他还在别人的床上。

晴天惊雷，菲儿立时被劈了个天旋地转，当最后一丝底线被无情拉断，菲儿像个疯子一样冲出了卫生间。

"左骁！"她大吼一声跳上床骑在左骁身上，如同一只准备疯狂撕咬猎物的雄狮。

左骁从睡梦中惊醒，还没反应过来，左脸就被突如其来的手机拍了个正着，他甚至听见了耳边屏幕碎裂的声音。

菲儿不断挥舞着双手一次又一次击打着左骁，疼痛让左骁彻底清醒过来，但他只是本能地护住头脸，没有反抗。

"混蛋混蛋混蛋……"菲儿重复着这两个字，也机械地重复着手中的动作，力殷痛苦如群蚁咀咬着心脏，二十多年来，从来没有过任何一件事堪比此刻的伤害。

左骁保持着刚才的姿势，一动也不动。

菲儿心力交瘁，她点开碎裂的屏幕，拨了那女人的语音呼叫，一个甜腻腻的女声传来："老公，还没睡呢？是想我了吧？"

"我×你妈，你个不要脸的贱货，你不得好死……"菲儿声音已经撕裂，左骁这才转过神来夺下手机，然后用尽力气砸向了墙壁。

"对不起老婆，"左骁死死抱住菲儿，"我错了，你别骂了，都是我的错，跟别人没关系，我说我离婚了……她什么都不知道。"

"离婚？离婚……哈哈哈，左骁，我们是离婚了吗？是吗？是吗？你说话呀！"菲儿撕扯着他的睡衣。

强壮的左骁左右摇晃着："对不起对不起……我从来没想要离开你，我只是玩儿玩儿的，我错了，我以后再也不敢了……"

"玩儿玩儿？玩儿我吗？我倾其所有来爱你，为什么要这么对我……"菲儿挣脱开他的双手，用尽全力咬向左骁的肩头。

肩膀火烧火燎地疼，左骁感觉已经有血丝渗了出来，"老婆老婆……"他轻轻呼唤着，身体却没敢挪动一下。

"别叫我老婆，你昨天刚叫完别人！你让我恶心！恶心！你从我家里滚出去，滚！"菲儿下床打开卧室的门，她浑身颤抖，整张脸因为抽搐而变得狰狞。

保姆从门外探头往里看，虽然近来吵架成了平常事，但巨大的响动还是让她感到心惊胆战。

"你回去睡觉！"菲儿用命令的口气道。

"有什么话明天再说吧，别把孩子吵醒了。"保姆摇摇头，回身关紧了隔壁房门。

左骁默默地起身穿上衣服，他终于明白，在菲儿的世界里，不忠比金钱甚至死亡更加可怕。

"你走，我不想吵到女儿，请你，从我家里滚出去！"菲儿咬牙切齿地压低声音，字字如锥。

左骁低头不语，卫生间透出的灯光让整个卧室处于昏暗之中，他望着这个曾经万般柔情的妻子，走到她面前跪下来："原谅我，就这一次，原谅我，你可以打我、骂我，只求你原谅我。"

"滚。"

"我爱你。真的。无论我做错了什么，都没有想过要离开你。"

这句话如巨锤般敲击着菲儿的心脏，把她的心敲开无数道血淋淋的口子，再被泪水浸得生疼生疼。

对爱情的坚守和对背叛的痛恨让她身子一软，倚着墙瘫坐下来，那张照片分明就是一个耻辱的十字架，把她钉得死死的。

左骁慢慢蹭过去，挨着她坐下。

原谅？不可能。

不原谅，又太难。

一念之间，却天壤之别，菲儿此刻不想做任何决定，就这么伏在墙边，任泪湿的衣襟和头发粘在一起。


天光渐渐发白，他们如雕塑般一动不动。

宁愿坐到地老天荒，不用选择爱与恨，分与合。

付出的越多，越是无法自拔，割舍不下的，也许正是那个一直以来默默付出的自己。

人生最痛苦的事，不是得不到，而是舍不得。

是瓦全还是玉碎？天涯芳草，何你了了？生命之路，有你，当然好，无你，又何妨？

# 第三十二章　也许一切都只是个梦

菲儿醒来时已在床上，所有的梦境混乱不堪，爱恨如同两只交织萦绕的蝴蝶，不离不弃，始终缠绵在一起。

外面传来女儿从幼儿园放学回家的声音，她头痛欲裂，昨夜发生的一切渐然清晰，睁眼看时，左骁并没在房间。

"妈妈妈妈，这个送给你！"女儿从门外跑进来，手里拿着一只用纸折成的小兔子，"我在幼儿园做的！"她的身后，是一脸谦卑的左骁。

菲儿吻了吻女儿，告诉她自己病了需要休息，让她玩一会儿再吃饭。

"知道啦，今天爸爸接的我，说吃完饭带我下楼去玩儿呢！"小丫头回吻着她，像只欢快的小鹿跑了出去。

左骁试图抚摸菲儿的头发，却被她刺骨的目光灼伤了手，他讪讪地垂头站着，低声说："我只求你给我一次机会，看在女儿的份儿上！就一次！别赶我走，孩子不能没有爸爸！求你了……"

菲儿漠然地收回目光，忽然举起床头柜上的水杯掷向墙上的婚纱照。

水溅了一地，左骁反手关上房门："别，求你，别让孩子听见……"

"滚……"菲儿转过身去。

等孩子上了床，左骁端进来一碗打卤面："亲爱的吃点儿东西吧，你这一天什么都没吃，这……小月子还没坐完呢……"

"滚。"

"我知道我说什么都没用，我错了，就求你最后一次，求你了小蚂蚁……我是你的小豆包啊……给我最后一次机会……我改，我会努力成为你心目中的样子。"左骁单腿跪在床边，就像当年求婚时那样。

"小蚂蚁"，这个曾经再亲切不过的昵称，有多久没有听见过了。

她的心被扎成了蜂窝，连呼吸都疼得断断续续："给你机会……我给了你无数次机会。我多想从来没有看到过那张照片……你还不如杀了我。"

"对不起，我……我真的……我，太混蛋了……"

"左骁，这道纸既然捅破了，你必须告诉我所有的事情，告诉我你怎么会……变成一个我根本不认识的人。"

"我，不敢。"

"没有比现在更坏的事了，如果没有孩子，我昨天已经从这楼上跳下去了。"

"老婆……"

"我给你机会了，你说也得说，不说也得说。"


都说帅的男人花心，但左骁却是一个长情的人，他爱菲儿，在他眼里心里，菲儿几近完美，她善解人意、性格开朗、果断、聪明、性感、风情……她对他从来没有任何要求，多数时候像宠宠孩子一样惯着他，偶尔又会撒个小娇，她做的一切都让他深陷情网，不能自拔。

那些携手走过的日子甜得可以拧出水来。

结婚后两人感情稳定，但爱情就像烧开水，一直咕嘟着总会把水烧干。当激情渐渐退去，现实中的柴米油盐、鸡毛蒜皮慢慢变得无聊起来，特别是女儿一落地，菲儿的大部分精力被转移，浪漫的两人世界戛然而止，她又要忙活公司，时间一长左骁觉得倦怠又烦闷，他大学本来就是混出来的毕业证，久不工作又不好意思再觍着脸混日子，不免对自身前途略为担忧，虽说家里不缺钱，可毕竟结了婚也不能全靠着老婆，惹了几次祸后只好听从菲儿的安排，好歹挑了个典当行也是权宜之策。

上班以后左骁老听同事吹牛×，男人间一闲话就爱打镲，无非是今天泡了个姐明天逮了个蜜，几个大老爷们说话也糙，开玩笑主要以挤对为主，说左骁年纪不大长这么帅还让老婆拴死了太吃亏云云，一回两回的左骁不当回事儿，但听多了面子上也觉得过不去，于是开始跟他们去夜总会应酬。

许久没有接触到菲儿以外的女性，待一堆莺莺燕燕浓妆艳抹地坐在身边，左骁那颗冬眠的心和肉体的本能被同时唤醒，急躁地蠢蠢欲动。

他默认了同事们的调侃，自己结婚的确是太早了，世界这么大，美女又这么多，我还没玩够呢。

他还年轻，长得又帅，还有那么多女人排着队要跟自己上床。

所以当菲儿提出假离婚，他忽然兴奋起来，心理上也找到了合情合理的托词，觉得再跟其他女人有点什么就不能算外遇了。

在典当行拿了两笔提成后，他把钱放入了自己的口袋。

怀揣着一颗出轨的心，左骁很快在一间练歌房认识了罗晶，只因为在取自助餐的时候彼此深深地对视了一眼。

那一眼，左骁读出了罗晶眼里的春光，他只是随便搭讪了两句，对方就含笑着给了他微信号。

第二次见面两人就滚到了床上，左骁告诉她自己已经离婚，因为考虑到孩子太小并未离家，现与前妻分房而卧。罗晶是来自无锡的一个小白领，江南软妹，温柔体贴，对英俊的左骁甚是着迷，几个月中无数次的晚归，无数次的不知所终，都正是两人如胶似漆的时候。

他让罗晶把微信改了头像换了名字，骗她说房产证在前妻名下，现在还不想闹僵，爱令智昏，罗晶对此深信不疑，甚至已经在内心勾勒着与心上人的美好未来了。

左骁却只想在倦怠的婚姻里找寻点儿刺激，一旦玩够了就神不知鬼不觉地回归家庭，菲儿对他用情至深，新买的房子更在自己名下，即使东窗事发，菲儿最终也只能选择隐忍。

他的转变让菲儿察觉出了端倪，一次又一次的试探和沟通让左骁愈发抵触，他既害怕菲儿的深究，又离不开罗晶带来的刺激，于是企图用自己最混蛋的一面疏远妻子，让她收敛对自己的爱和好，这样，他的负疚感就会小很多。

可这邪恶的一面，一旦显露就无法收拾，在对菲儿变本加厉的伤害下，他自己的心也越来越狠，坚硬得像块石头。

与菲儿吵架离家的那些天，左骁都是在罗晶的出租屋里度过的。他告诉自己，快了，只要再玩一段时间他一定把小情人甩了。内心里他的确没有想过要离开菲儿，也没想过要用卑鄙的手段扣下房产。

他爱她，只不过现在跑偏了一点儿，把这份感情暂时尘封起来了而已。

只要抖落灰尘，他对她的爱依旧弥新。

菲儿小产后的泪水让他清醒，那一刻他想收心，想陪自己爱的女人一起白首，于是复婚头天晚上他去见罗晶，决定了断这份孽缘，可一躺进情人温柔的怀里，他又退缩了，多少男人过着有妻有情儿的生活，怎么我就不能呢？若是现在复婚，怕是又要把尚存的良知重新套上沉重的枷锁。

再推几天吧，一个星期也行，然后我就回到菲儿渴望的从前。

他这样告诉自己。

所以，登记那天他用最混蛋的方式挣脱开菲儿，像个吸毒的人一样跑到罗晶家里躲了大半天。

直到晚上菲儿在他手机里发现了那张该死的照片，他才清楚地明白，他既低估了爱情和忠诚在菲儿心里的地位，也高估了自己和金钱的能量，而他内心深处，居然那么害怕失去菲儿，失去孩子，失去这个家。

他愿意用一切来挽救所有的过失，只要菲儿愿意。


“她多大？”菲儿呆呆地听完，问。

“二十五。”

“真年轻，比我小将近十岁呢。”

“亲爱的，小蚂蚁，真的，我错了，给我一次机会吧，我会当个好老公好爸爸。”

“让我拿什么原谅你？”

“菲儿……”

“这几个月来，是我人生里最难熬的日子，我不想一睁开眼睛就看见你那张怨气冲天的脸。我从来都没有后悔嫁给你，因为前几年是我一生中最快乐的时光，我每一天每一分每一秒都等着你带我回到从前。我不傻，我只是不敢想不愿想。我怕极了，怕得要死，怕你承认出轨……我可以什么都容忍，什么都原谅，却不能原谅你的背叛。”

“对不起对不起，都是我的错，我……”左骁抬手给了自己一个耳光，“如果打我可以解气，老婆你打我你打我……”他抓过菲儿的手用力打在自己脸上，一下又一下，"打我，你打我……"

"你走吧。"菲儿抽回手，把泪湿的脸转向别处。

"我都说了，全都说了，求求你，提什么要求都可以，别轰我走，现在就算是恨我，也让我陪着你吧，我知道你心里难受，我不放心。"

"我最恨的是我自己，一直在等你长大。"

"菲儿……"

"我宁愿没有看到那张照片，我现在最想做的就是找个人把我催眠，把那张恶心的照片从我脑子里挖掉，挖掉……"菲儿激动起来，她狠狠撕扯着自己的头发，似乎要把脑海中的东西用手指挖出来。

左骁吓坏了，上前紧紧抱住她，任她在怀里挣扎："亲爱的，你别折磨自己了，求你了，我求你了……"

"我不想看到你，我会疯的……我会疯的……"菲儿喃喃着，疲倦和愤怒相互交错，使她神志恍惚，疼痛的灵魂似乎已渐渐飞离躯壳，再深的爱，都抵不过一次痛彻心扉的不忠。

"睡会儿吧乖，睡会儿吧，好好睡会儿……"左骁一动也不敢动，直到菲儿闭上眼睛，他轻轻抽出了手，又在地板上铺了床被子和衣而卧，今夜，不，以后的日日夜夜，我都必须守护着她。

黑色的夜里，菲儿几次哭喊着呓语，左骁冲过去揽她入怀，她抽噎着说："我做了个噩梦，肯定是噩梦……有个女人……都是梦对吗？都是假的……老公……"

他吻着她脸上的泪水："对对，都是假的，老公在，一直都在……"

两天以来的少眠让梦境和现实混乱地搅在一起，甚至连左骁都有短暂的恍惚，真希望什么也没有发生过。

他还是他，她也还是她。

# 第三十三章　隐约的不安

固定聚会日菲儿没有出现，也没有回音，于是我们仨一起来到了她家。

左骁见到我们先是一愣，随即指了指卧室示意我们进去，他并没有解释什么，只说要去接孩子就逃也似的出了家门。

窗帘严严实实地遮挡着阳光，卧室里一片昏暗，我轻声叫了一声"菲儿"，她抬起一张苍白的脸，目光呆滞。

许久许久，她才断断续续说了这两天发生的事，唏嘘过后，我们想到的还是财产问题，下个月就拿钥匙了，但房产证应该还要一年多才能下来，我们依然执着地劝她尽早复婚是最稳妥的办法，免得夜长梦多。

"房产证？我更想拿它换那张该死的照片！"菲儿的目光从黯淡变得凶狠，她狠狠地咬着嘴唇，只消片刻，鲜血就从齿间渗出。

我吓出了一身冷汗，燕子和方沁则手忙脚乱地拿来纸巾。

"你这可怎么说的？你又没错，你咬他也不能咬自己啊！"方沁心疼得直掉眼泪，"你这不是让我们难受吗？咱别这样好不好？"

"好疼，是心啊，疼死我了……就像，就像把我的心放进了绞肉机里，都绞成了肉馅了啊……"菲儿一头扎进我怀里，号啕大哭。

左骁打来电话，说带孩子回父母家，保姆也去亲戚家住了，想拜托我们好好陪陪菲儿。

"你回你父母家干啥？告状啊？"我气不打一处来。

"不是不是，我怕孩子听见。你放心，我发誓绝对不会跟家里人说这些事儿……不会的……梅姐，你们既然都知道了，我，是挺混蛋的……也没脸见你们……但我真的害怕失去这个家，只要菲儿能原谅我，我什么都愿意做。"

"我怎么那么不信呢？你是不是把孩子放你父母家就去找你那个情儿？是不是想赶紧去哄她？"

"信我一回梅姐，信我一回，我发誓，永远都不会那么做了。我手机都摔碎了，这还是用大姐手机给你打的……再说我也记不住那谁号码，她在我心里什么都不是，真的，真的我发毒誓，如果我再见罗晶的话就天打五雷轰！"

"哼，左骁，你就是个渣子，简直太渣了，你对不起谁？"

"我知道我知道……我最对不起的是菲儿，我欠她太多太多了，可这个家不能散，真的不能散。"

"有件事儿菲儿不提我不能不提，房子怎么办？"

"不管菲儿怎么做房子永远都是她的，这个你放心，我再没良心也不至于这么缺德……"

"你快把她害死了你知道吗？"

"梅姐，我是做错了事，可宁拆十座庙不拆一桩婚啊，请你们，不，是求你们一定劝她，我改，我什么都改，我不想失去她。"左骁的声音有些哽咽。

"该做的我们会做，但你得明白，这种事对别人来说可能能过去，但对菲儿来说却比天还大，她刚才说起那张照片，嘴唇都咬出血来了……"

"啊？没事儿吧？她没事儿吧？"

"你呀，真……我都想揍你！唉，她就因为单纯地爱你才嫁给你，她图你什么了？现在这份感情被你弄得这么脏，你这孽作的，也是没谁了！"

"都是我的错，我是混……我鬼迷心窍。我真没想到菲儿会这么痛苦……"

"你没想到？她性子那么烈你不知道吗？"

"不是，唉，总之是我的错。梅姐，你们晚上留下陪她一天行吗？劝劝她，求求你们劝劝她，看在孩子的份儿上，让她给我一次机会吧。"

"行了，早干吗去了？！你好自为之吧，我们劝得了今天也劝不了以后，这个心结得你来解，我们尽力而为吧，反正要是出个什么三长两短，我看你以后……你也别想舒舒服服地活着！"

"孩子还那么小，让她想想孩子，千万别做傻事……"

"用你教呀？该说的我们自然会说，你要是心里还有她，就想想办法怎么把她争取回来吧！"


因为方沁一大早要送孩子上学，我和燕子便留下来陪菲儿，但她只是静静地躺着流泪，再也无话。

舍与不舍，已是两难，女儿幼小，左骁愿意悔过当然是好事，可原不原谅，还在菲儿一念之间。

左骁是第二天早上回来的，免不了被我和燕子一顿数落，菲儿安安静静地在卧室躺着，连呼吸都有气无力。我们又进去安慰了半天，说再不好日子也得过，千万别跟自己较劲，孩子还小，一个家建起来难，要拆可就容易多了。

一再确认她不会寻短见之后，我和燕子才离开。


回到家已近中午，两个保姆都不在，估计一个是带小女儿下楼玩一个去买菜了。这一夜甚是疲累，正想歪一会儿，瞥见我昨天临走之前放在洛然床头的身份证，依然好端端地躺在原处，连位置都不曾移动，心下疑惑，马上打电话给他。

响了半天无人接听，十几分钟后他才回过来，我说老公你不是说让小刘拿我的身份证去验车用吗，怎么忘了带走了？

"哦，"洛然迟疑了片刻，"我昨天在我爸家住的，反正你也没在家，我就没回去。"

"噢，那好吧，没事了。你刚才在开会吗？都没接我电话。"

"啊对。我这边儿正忙着呢……"

说话间，一个陌生的女声隐约传来："吃药！"

"老公，旁边谁呀？"

"哦……我在医院病房呢，看个朋友，回头再说。"


晚上洛然很晚才回家，脸色很是憔悴，他一向讲究，我还头回见他同一件衣服连穿两天的。我问他谁住院了，他说生意上的一个朋友，多了也没解释。

"梅兰，我明天出差，去深圳。"

"这么急？都没听你说。"

"今天才决定的，公司临时有事，明天必须去一趟。"他生意上的事我向来不过问。

"去几天？"

"还不知道，怎么也得一礼拜吧，要看情况。"

"那行老公，我帮你收拾行李。"

小离别的前夜洛然心事重重，并未与我亲热，我隐隐感到有些不安，问他是不是有什么心事，他说在想明天去深圳开会的事儿，我不好再问，只是从背后轻轻抱住他说："早去早回亲爱的，落地给我信息。"

黑色的夜弥漫沉重，我却听不见平日熟悉的鼾声，想支起身子看看他是否入睡，又怕惊扰了他。

是什么让我的男人在今天如此少言？又是什么让他背对着我佯装入眠？

都说人这辈子里总会遇到一个前来讨债的人，比如张亚奇之于燕子，方亮之于方沁，左骁之于菲儿。

似乎也只有我的人生一帆风顺，但愿岁月静好，一直如是。

# 第三十四章　突现的谎言

早上洛然离家时依旧眉头紧锁，我关心地问是不是没睡好，他摇头一笑，说还不就是想着公司的项目怎么谈，我吊住他的脖子，在他脸上轻轻一吻，说生意上的事儿永远都忙不完的，别太累了，爱你。

我给菲儿打电话告诉她我一会儿去陪她，菲儿说不用，你别来了，我得去公司，好几天没去了，一大摊子事儿呢。

我这么一听心落了地，她倒是远比我预料中坚强得多。我问左骁那边你打算怎么处理？她说我实在不想想这些，先放一边儿吧。

其实暂时搁置也好，免得冲动了后悔，毕竟她爱左骁，时间是最好的良药，见面尚有三分情，只要两个人还在一起，就有破镜重圆的希望。

我去美容院和燕子待了半天，她说明天准备去医院检查一下，最近小腹总是隐隐作痛，顺便也检查检查看看以后还能否怀孕。

我说这就对了，人总要往前走嘛，她说反正张亚奇人都找不着，爱怎么着怎么着吧，这么拖下去也不知道什么时候是个头，我先把自己调整好了，人生是自己的，也不能为了他就都不过了。

第二天微信铃响，一看是燕子发来了一张照片，照片上赫然是"通往病房"四个大字，正寻思燕子这要住院了？她的电话就打了进来。

"什么情况啊？什么病？这是要住院吗？"

"哎呀，你先别管我……我问你，你昨天不是说你们家洛然去深圳了吗？"

"对呀，下飞机还给我发信息了呢。"

"不可能啊……我刚才明明看见他了。"

"啊？不会吧？你眼花了吧？"

"我花什么呀我……我在楼上等着叫号，不是那种挑高的大厅吗？前面挺多号的，我闲得没事儿往下看，就觉得楼下有个排队交费的挺像洛然的，一想不对他应该在深圳呢，就没敢叫他，我仔细看啊仔细看，还真就是他……一看他交完费了我赶紧下楼远远跟着，然后就看他去了住院部。梅兰，洛然是不是有事儿瞒着你？我保证眼睛绝对没花，绝对是他。"

医院？前天我给洛然打电话时他就说在探望病号，晚归又一脸愁容，他昨天说去深圳出差，怎么会出现在本地医院？

结婚以来我从未发现过洛然对我有什么欺骗和隐瞒，如果燕子眼见不虚，那就蹊跷了。

心下不免想起大前天洛然说住到了父亲家，他与后母一直不睦，这么多年也没见他回去住过，为什么偏偏挑了我不在家的时候？又为什么不事先通知我一声？

难道他也如左骁一般……

不可能，我们的婚姻虽快到七年之痒，但一直感情稳定，难不成真有什么不可描述的隐情？

"爸，"我拨通了洛伟德的电话，"我刚发现洛然的一枚袖扣不见了，纪梵希的，家里各处找了半天也没找着，我记得上次去您那儿时他就穿的那件衬衣，说不准落您那儿了，不知道您见过没有？"

"上次？没听小王说收拾家看见啊……这都多长时间了？你和然儿都快两星期没来了，我还想孙子孙女呢……这周末要是你们没什么特别安排就回来一趟吧。"

我应付了两句，挂断电话，端倪已现，顿时心烦不已，婚姻中再小的谎言都不容小觑，看来真的要深究一番了。

我打电话洛然没接，过了一会儿回微信过来，就两个字：开会。

我呆坐着，在脑海中极力搜索着洛然近来不寻常的表现，想了又想，觉得若是真有什么事也应该是这几天才发生的。他平时应酬多，常常晚归，但一直以来对我、对家、对孩子都很好，再说现已年过不惑的他一向稳重长情，或许会有偶尔瞒着我逢场作戏的时候，但绝不可能在外面有长期固定的情人，联想到他临走前心事重重的样子，我不禁打了个寒战，莫不是他生意上出现了巨大问题？

而那个在医院里住着的人，是谁呢？

那个储藏间里沉甸甸的木盒浮上我心头，即便觉得两者不可能存在联系，也是时候打开了。

我冲进储藏间，搬出底层的大纸箱，手脚并用把上面层层缠绕的胶带撕扯开来，因为太过紧密，待华美的木盒再次出现在面前，我愣是出了一身虚汗。

可惜拨了几个密码仍是不行。

想要打开，唯一的方法是撬，里面若只是些洛然少时的尘封记忆最好，如若不是，也能解开我内心日久的谜。

我拎来工具箱，揣摩着如何下手，这木盒背面有两个五金折页，螺丝是从里面拧上的，想要完璧归赵唯一可行的方法便是用极细的金属把折页中的连接杆捅出来，但这绝非易事。

执念既生，也管不了许多了，反正搬家过来这么久了洛然都未动过，想来就算拆了再封回纸箱里他短期内也不会发现。

看起来坚固的折页比想象中脆弱得多，不消十分钟，里面的东西跃然眼前。

两封书信、一本画册、一个影集，还有一小绺用丝线绑着的头发。

两封书信是同一个人的笔迹，字体娟秀，一封写了首极短的情诗："亲卿爱卿，是以卿卿，我不卿卿，谁当卿卿？"

不用说，这是两情缱绻的诗句。

第二封则是言辞明确的分手信。

洛洛：

这是我最后一次叫出你的名字，从此以后，天各一方。

当你收到这封信的时候，我已经在美国了。

原谅我背着你偷偷做了这个决定，也原谅我的不辞而别，人总得为自己打算，曾经我那么坚定地想要与你相携白首，但世事就是这样，总是不尽如人意。

我和你，注定隔了千山万水，也注定做不成今世夫妻。

若是这样，不如先顾了自己的前程吧，各自安好，各自珍重。

你要恨我怨我便由着你吧，我本就是个自私的人，去美国读书远比未知的婚姻来得更实在些。

我答应了你们家所有的条件，钱是个好东西，可保我远在天边衣食无忧。

如此，今生不再联系。

不用祝福你，我知你也会过得很好。

忘了那些雪月风花，忘了我。

珊珊

1998 年 6 月 23 日


从时间上推断，这必是洛然的大学初恋，也能揣测出这个叫"珊珊"的女孩必然是拿了洛家的钱财便抛弃了洛然，远走美国。

这也应了洛丽当初的话。

洛然对此曾三缄其口、含糊应对，也必是内心极深的痛楚，不愿示于人前。

整本的画册里有二十几幅肖像，画的都是同一个女人，眉目清秀，眼波含情，发丝如瀑，这居然是洛然画的？这些年儿子吵着跟爸爸一起画画的时候他总是推托的，没想到笔下竟有如此功力。

我又翻开影集，里面全是他和那女人的照片，有合影也有单人的，或坐或站，无论哪一张，二人脸上都溢满了甜美和快乐。这女人看上去相当面熟，但在记忆里搜索了半天，又一时想不起在哪里见过。

那绺头发静静地躺在箱底，我没敢碰，它让我不寒而栗，浑身起了一层又一层鸡皮疙瘩。

如此看来，这段恋情是洛然心底最不愿翻开的痛和怨，谁都有过过去，这些东西既已尘封便丝毫不会影响到什么，时间也已相隔近二十年，应该与现在正发生的事没有什么关联。

　　我把所有东西小心地放回原处，所幸拆除折页的时候并未损及木头，回头找个师傅换下五金件也就行了。


　　心情依然烦躁，怕电话里跟燕子说不清楚，于是我打给司机小刘，半天却没有人接，过了一会儿他才回过来，我问他你在哪儿呢？来家里接我一趟，天太晚了我不想开车。小刘说哎呀真不巧，洛总出差我就抽空把车送去修理了，车门那儿不是需要钣金吗？得几天工夫。

　　直觉告诉我他在撒谎，一来洛然根本没出差，二来洛然一直有吩咐，司机和车都先紧着我用，虽然我多数时间自己开车，但小刘向来呼之则来，没有道理在这个节骨眼儿上送车去维修。

　　越来越多的疑点叠加在一起，没有问题是不可能的，我再也坐不住，返回储藏间搬了木盒直奔燕子家。

# 第三十五章　影子

"我的天哪！"燕子只扫了一眼那影集就惊叫道，她抬头端详着我，"梅兰，你自己看不出来吗？"

"怎么了？你一惊一乍的，别吓唬人行吗？"

"哎呀，你来，"她把我推进卫生间，指指镜子又指指照片，"你自己看，看看，像不像你？"

"啊？"我对比着镜中的自己，的确越看越像，尤其是眼睛和下巴，"天，怎么回事儿？我只是觉得这照片里的人面熟，根本就没想到……"

"你自己当然看不出来了，我扫一眼就觉得和你太像了，何止是像啊？这笑、这眼睛，你把头发放下来，"说着她把我的马尾一拉，"你自己看像不像？特别是感觉……梅兰，我真的，天哪，我汗毛都竖起来了……"

"怪不得我一直说换个发型洛然都不同意，他说他就喜欢这种清汤挂面的直发，我现在……你吓到我了燕子……"

"是你吓到我了，演《甄嬛传》吗？纯元皇后和甄嬛啊……"

"去你的，还有心情开玩笑，捣什么乱啊？还不赶紧给方沁打电话，看她能不能来一趟，别烦菲儿了，她自己的事儿都顾不过来，我现在特蒙……"

方沁火速赶到，见了照片也是一愣："这里头有事儿啊，这不对啊梅兰。洛然从来都没提过处过一个跟你长得贼像的女朋友吗？"

"没有，真的没有，他姐以前说是用钱帮他解决过前任，我问过，洛然只说是大学时的初恋，还有一个明星，都是过去了，问多了也没什么意义。"我心里一阵阵发毛，与其说是因为照片，不如说是方沁和燕子的态度更让我恐慌，"你们也别太当回事儿了，都快二十年了……能有什么？我打开这盒子不过是因为洛然这两天有问题，可又不知道问题的根源出在哪儿，退一万步，就算是我长得像他前女友，那……那又有什么呀，你们说对不对？过去的就过去了，我们一直挺好的，深究没意义，我就是心里打鼓，洛然干吗要撒谎呢？"

"那你拿着这盒子来给我们看？万一医院里的人是照片上这个女人呢？梅兰你想过没有？"方沁说。

"快别闹了，这么巧的事儿也就电视里才有，这盒子一直是我的心病，我打开……我就是觉得……我给你们看看不行啊？"我语无伦次，越发慌了神。

"哎呀，方沁，你看你把梅兰吓得……别理盒子了，单说现在，梅兰你好好想想，洛然这段时间还有什么不对劲儿的地方吗？"燕子白了方沁一眼。

我努力回忆着，摇了摇头，纵然婚姻生活中总有磕绊，但洛然几乎没有跟我吵过架，就算我要小性子也总是他先哄我，要不是燕子在医院撞见他，恐怕我现在还蒙在鼓里。

方沁说那就别胡思乱想了，说不定洛然有难言之隐，出差什么的可能也是善意的谎言，要是婚姻没什么问题，梅兰你最好别点破那层窗户纸，且再等等看，也许过不了多久洛然会自己说的。

"现在最主要的是医院里那个人，这才是关键。有什么办法能查到呢？方沁你老公能查到吗？"燕子问。

"我的妈呀，大维又不是神仙，什么都能查呀？这可没法查，除非雇个私家侦探……"

"哪有什么私家侦探啊？你真当看电影呢……"

正说着，手机响了，低头一看正是洛然，我示意她俩噤声："喂，老公，怎么这么晚啊？开完会了吗？"

"还没有。"

"啊？都快十一点了，还没开完？"

"对啊，我们先去吃点东西，听小刘说你出去了？"

"噢，我在燕子家呢，美容院的账今天得盘出来，本来想天太晚了让小刘送我呢，结果他说车在维修，我就自己开车出来了。你一会儿忙完到了酒店再打给我好不好？"

"吃完东西我们还要继续，可能要很晚，就不给你打了，你晚上开车路上小心点儿，早点睡。"

"老公……"

"说。"

"深圳热吗？"

"还行。好了，我忙了。"

"噢，你别太累。"

燕子和方沁看我发呆，问洛然说什么了，我摇摇头，说他以前出差不论多晚到酒店总会抽出点时间微信视频一小会儿，可今天却省略掉了。

"会不会是经济上出了什么问题？不想拖累你？"燕子问。

"这方面我也想过，虽然他公司的事情我不怎么清楚，但行贿受贿、操纵股市啊什么的……这些东西跟他不沾边儿呀，我不信他会犯罪。"

"哎，你们说有没有这样一个可能，我就是瞎想哈，"方沁看看我俩，"医院里的人有没有可能……就是照片上这个女的？洛然这么紧张，不惜用出差来掩饰，说明医院里的人一定很重要，要是经济上没问题，那医院里的人一定是女的……"

"不不不，我还是认为这两者之间没有什么必然的联系。不过，燕子你也这么认为吗？有这个可能吗？"

"哎呀，方沁，你怎么又来了？说得我都起了一身鸡皮疙瘩。梅兰你别理她，反正你爱洛然对不对？"看我点头，她继续说道，"那就别想太多，不管医院里的人是谁，你是洛然的老婆，他不说你也别问，夫妻之间有些事一挑破反而不好收拾了。"

"是呀，这封分手信上明明白白说了他们这辈子都不再联系了，也许医院里住的就是一个不相干的人呢？"

"你就当两件事来看。"

"当两件事看，那就只能等着洛然以后跟我解释了。可这盒子里的东西，我也有疑问，你们说当年洛然娶我是不是因为我长得像这个女人？

我仔细想想，当年洛然第一次见我的时候两眼放光，又想尽一切办法追我，难不成……他把我当成了前女友的影子？"

"哎呀，这个就不用计较了吧？你像他初恋他对你有好感，这是人之常情吧？但他如果不爱你，也不会傻到娶你的份儿上！你们也结婚六七年了吧？好像连架都没吵过，你可是我们里头过得最幸福的，别钻牛角尖儿了，要是为了这个吵架，那可太不值当了。"

"可我这心里……怪怪的。"

"都是我多嘴，你也别想了，天底下像的人多了去了，何况洛然把这些东西早就封起来了，只要你俩幸福，别的都不叫事儿。"方沁对之前的猜测很是不好意思。

"要不我打电话直接问洛然，就明说我在医院里看见他了，看他怎么解释？这样行不行？"燕子问。

"别别，梅兰你记不记得我看见左骁带一女的逛街的事儿？我当时问你要不要告诉菲儿你没让，其实道理是一样的，没必要。"

"那现在怎么办？"我也没了主意。

"要我说就先放一放，以不变应万变。"

"洛然，他不会……有外遇吧？"

"你老公是什么样儿的人你最清楚了，他是那样的人吗？还是先抻几天，他出差总得回来吧？"

"走前也没说出个准时间。"

"哎，不如这样，明天你跟我去一趟医院好不好？反正我明天也要去拿检查结果。"燕子想了想说。

也只能这样了。


从燕子家出来，我的心里一团乱麻，旁边木盒里的照片像时刻要自己跳出来，让我不寒而栗，一慌神，车子撞向了路边的护栏。

# 第三十六章　归来的男人

　　我惊魂未卜地站在路边看交警把单子填完，胸口被安全气囊怼得生疼，更郁闷的是洛然连电话都没接，我在微信里把撞车的事儿说了，他回信息问我伤到没有，得到否定的答案后他说马上让小刘过去处理。

　　除了撞倒的一截护栏，还有三辆因为踩急刹而追尾的车辆，好在所涉人员都无大碍，我也无心多说，该赔钱赔钱，该给人修车修车，万幸夜里车少，我开得也不是太快，不然真不知道会出多大事儿呢。

　　小刘是打的来的，我把车扔给他，抬手叫了一辆出租。

　　回到家我用手机把所有东西一页一页都拍了照，合页虽然撬坏了，但盖子还能扣好，如果不打开从正面看也没什么破绽。等把纸箱用胶带一圈圈缠上，我靠着墙根坐下来，觉得筋疲力尽，周身疼痛不堪。

　　夜里我从悬崖边坠落，挣扎了许久蓦然惊醒，那梦中大片的花朵依然绚丽夺目，一如多年前的某个梦境。

　　我打开台灯拿过手机，在百度图片中搜索，目光定格在一张照片上。

　　罂粟花？

　　罂粟花。

　　再无睡意。

　　第二天上午和燕子去了医院，大夫说她肚子里的子宫肌瘤最大的已经快赶上鸡蛋了，而且不止一个，必须安排手术，于是开了单子让我们去办住院手续。

　　我在大厅里张望着，希望碰到洛然却又害怕碰到他，排到我们交费，我问有没有单人房间，护士说VIP病房早就住满了，只有普通病房。我问是在同一幢楼里吗？护士说不在一块儿，VIP病房得从这儿穿过去，在北院呢。

手续办完，我陪燕子回家拿了些必需品，燕子说有可能洛然在VIP，医院这么大，遇到的概率太小了。我说你先操心自己吧，虽说是激光手术，但既然要全麻又要住十天院，想必也轻松不了，我会和阿姨轮流给你送饭，想吃什么提前说。

我跟洛然说了燕子住院的事儿，他语气波澜不惊，我问他什么时候回来，他说事情办完就回，天热你也别老往医院跑，燕子有她妈和妹妹照顾，你别中暑了。

洛然的电话总是很短，纵然我有万般疑虑也不敢刨根问底。在燕子住院的头几天里，我每天都来探望，更会在大厅和北院溜达一圈儿，医院里人来人往，我却从来没有碰到过他。

其实，我更愿意相信，燕子那日是真的眼花认错了人。

时间飞逝，转眼燕子在医院已经住了一个星期，洛然没见踪影，张亚奇却忽然出现在病房里。

"亲爱的，"他微笑着，"我回来了，这次再也不走了，我来照顾你一辈子。"

"我不用你照顾。"燕子把脸别向窗外。

我拉着易母出来，心想这段婚姻既然还没有结束，不论谁对谁错，都应该留给他们一点私人空间。

我推开家门，惊讶地发现洛然居然在客厅里。

"老公，你什么时候回来的？怎么也不说一声呢？"我嗔怪地抱住他，在他脸上一吻。

"也是刚进家门。"他轻轻推开我，"吃饭吧，吃完饭咱俩带孩子去院里玩一会儿。"

了俊和子玲几天没见到爸爸了，自然相当兴奋，洛然一直微笑着给他们夹菜，却极力躲避着我的目光。

吃完晚饭陪一双儿女在楼下玩了半天，又是丢沙包又是爬滑梯，其间我一再问这次怎么出去了这么久，洛然淡淡地盯着远方，说一会儿回家再说。

心下越发不安起来，却又不敢追问，我把头轻轻靠在他肩上，说："你看地上的影子，两大两小，多幸福，我这一辈子，只要有你们在，一切都好。"

洛然的身上有一股微弱的味道，像极了医院的来苏水味儿，我把手窝在他的大手里，感觉到他掌心里的丝丝汗意。

等到哄完孩子们入睡，洛然把卧室门关上，他回身静静地看着我，像要把我看透了看化了，却半天都没说一句话。

空气中弥漫着讨厌的紧张气氛，我扬起一张笑脸，故作轻松地说："干吗呀你，好像发生了什么事一样，是不是买了礼物送我啊？"

他在阳台的扶手椅上坐下，伸手拿了一支雪茄在嘴边嗅了嗅又放回去，依旧默不作声，我走过去坐在他脚下的地板上，半个身子靠进他怀里："怎么了，老公？哑巴了？搞得气氛好紧张哦。"

"你的头发……还是这么好闻。"他轻声说。

我"扑哧"一笑："又偷偷闻人家头发，讨厌。"抬脸见他一脸凝重，心里更加慌了，他把我从地上扶起按到对面的椅子上，叹了口气。

"到底怎么了，老公？有什么就直说吧，你这样真的吓到我了。"我收回笑容，感觉心跳越来越快。

"梅兰……"

"你说……"

"梅兰……我们……"

"说呀……"

"……离婚吧。"他不再看我，沉默半天后轻轻地吐出了三个字。

"什么？"我以为听错了，直到他重复了一遍。

我直愣愣地呆住，即便想过一千一万个他要告诉我的理由或者故事，但独独没想到是这句话。

"你疯了吗？你知道你在说什么吗？你知道吗？洛然！"我惊恐地盯

着他，希望他只是在开玩笑。

"我知道。"

"不可能，不可能的，我做错什么了吗？我听错了吗？这是为什么呀？"

"别问了梅兰，不是你的错，是我的问题，是我的决定。"

"那你是不是应该解释解释呀？"我过去摇晃着他的肩膀，"什么事儿也得有个前因后果吧？"

"我……真的不想说，别逼我了。所有的东西，房子、车……儿子，如果公司你愿要也拿走，总之所有财产全都归你，我只要子玲。"

"洛然，你……我不相信……你这些天都干什么去了？到底发生了什么事？我们一直都挺好的，怎么就忽然……？你得告诉我，我不相信！我不相信这种事儿会发生在我身上！"

"梅兰你冷静一点。"

"我冷静不了！这是我的婚姻！"

"就算说了你也不会懂。"

"我不是三岁小孩儿！我有什么不懂的？我们结婚这么多年了，儿子女儿都这么好，这么幸福，你还有什么不满意的？是经济上有什么问题对吗？对吗？还是你……犯什么事儿了？"

"都不是，我没犯罪。"

"那到底是为什么？不行，你必须说清楚！你是不是糊涂了老公？你是清醒的吗？"

"我很清醒，非常清醒。"

"那为什么突然做这个决定？一个家呀，这是一个家呀！孩子都还小，子俊九月份才上小学，子玲才上幼儿园……你告诉我怎么可能让他们在单亲家庭里长大？你告诉我为什么要亲手拆散自己的家？"

"梅兰，你别喊，我们好聚好散。"

"好聚好散？你有病吧？又不是谈恋爱谈生意，什么好聚好散？你出差十天了才回来，一进家门就说要离婚，也解释不出个一二三来，还说把什么都给我，你们洛家就会用钱解决一切是吗？"

"别扯上洛家，我有自己的理由。"

"有你倒是说呀……"我随手抓起床头上的台灯，使劲摔在地上。

"梅兰，你要是闹的话我就走了。"洛然的脸无比冷漠。

"闹？离婚不就是要闹的吗？我没想闹，你既然毫无征兆地提出来，我就有权知道为什么！这么多年，我们几乎连架都没吵过，现在你一张嘴就要离婚，还不许我问，你告诉告诉我你让我怎么不闹？"

"那你想闹就闹吧，考虑一下我说的条件，闹够了再来找我。"说罢他从椅子上站起来。

"你不许走！我嫁给你因为你是个爷们儿，有担当有责任，不是因为你姓洛，不是因为你有钱！你明明知道这些，还用我再废话吗？我不相信你不爱我！你必须给我一个合情合理的解释！不然今天别想出这个家门！"

"梅兰，我重复一遍，我想好了，我没有开玩笑，我要离婚，而且非常确定这件事。这些年你是很好，没有任何错，是我自己的问题，我可以净身出户，只要女儿，至于原因，其实都不重要。我今天回公司住，你考虑考虑，离婚协议我会写清楚。"说着他向门口走去。

"你就这么着急回医院吗？"我冷冷地问。

"你跟踪我？"他转过身，凝视着我的眼睛。

"要想人不知，除非己莫为，不用我跟踪你，医院大门不是只有你能进，你应该知道燕子现在就在那儿住院呢。"

"为什么你在电话里什么也不问？"

"为什么我要问？"

"那你现在也可以不问。"

"原来真的跟医院里的人有关，洛然，是个女人对不对？她到底是谁？什么人会危及到我的幸福？"

"我生命里最重要的人。"洛然清晰的回复让我心如刀绞。

"重要过我吗？重要过儿子、女儿，重要过我们这么多年来的爱情和婚姻吗？重要过一个完整的家吗？"

"我答应过她了，在她有生之年给她一个婚礼。"

"洛然，你疯了……"

"就当我疯了吧，我可以对不起全世界，但我不能对不起她。"

"哈哈，你还真敢承认？！那我问你，是因为我长得像她你才会娶我对吗？对吗？或者根本你就没有爱过我！我不过是另一个女人的替代品对吗？"

"你还知道些什么？说，你是怎么知道的？"他越来越近地向我逼来，我不禁后退着，那张脸此刻阴云密布，陌生到让我周身阵阵发寒。

"你的那个盒子……"

"你窥探我的隐私?!"

"我是你老婆……"

"那你也应该尊重我！"

"医院里的就是照片上那个女人对吗？对吗？"

"你为什么非要刨根问底呢？我说了什么都可以给你，为什么你要把一切都掀开？"

"洛然，你搞清楚！我是发现你骗我出差以后才打开的盒子！那些照片……那个女人……我没有想过要问你，我尊重你的隐私，反而是你，是你连向我解释都不愿意，我必须知道一切，这是我的权利！"

"好好好，很好，本来我心里还会愧疚会不舍得，现在……轻松多了。"

"别说得这么冠冕堂皇！你不过是找借口让自己心里少些负罪感罢了，洛然，你父亲当年对我提出的若干条件中有一条，他说不要让洛家蒙羞，现在让洛家蒙羞的不是我，是你！"

"用我爸来压我吗？梅兰，你什么时候学得这么市侩了？我当初娶你就没在乎过家里人怎么想，现在还会在乎跟你离婚吗？"

"你简直是鬼迷心窍，你会后悔的。"

"不，我是想做完这二十年来的一个梦。"

"你就这么爱她吗？我跟孩子、跟这个家在你眼里、心里就一点分量都没有吗？"

"对不起，梅兰，对不起。"洛然说着再次欲走。

"站住！"我说，"你要走也可以，我要见她，不然我永远都不会离婚，既然你这么着急，那见不到她我就拖着，一直拖下去。"

"你敢……"他目光凶狠，硬生生地从唇边挤出两个字。

"天哪，"我的泪水决堤而下，"你还是你吗？你是洛然吗？我简直不敢认你了。逼着我离婚，逼着我腾地儿，告诉你，不要小看我，我什么都敢，当别人威胁到我的家庭时，我什么都做得出来。"

# 第三十七章　高珊

　　VIP病房里卫生间、小厨房等设施一应俱全，病床旁边的沙发上有床毛巾被，想来洛然这些天一直是睡在这里的。

　　那个神秘的女人斜靠在病床上，肤色蜡黄，形容枯槁，额头处有两条暗色的疤痕，脸上也满是岁月爬过的痕迹，她的眼神已不清澈，眉目间丝毫没有照片上的半点风采，若是与洛然年纪相仿，算起来她应该才四十出头，可她就像一个干巴巴的小老太太，瘦骨嶙峋，似乎窗户一打开就会随时被风吹走。

　　她冲我无力地微笑着："听说……你要见我？"

　　我回头看一眼门口的洛然："我要单独和她谈。"

　　洛然望向她，后者向他点点头，我的心被猛刺了一下，门口站着的分明是我丈夫，他却要看其他女人的脸色行事。

　　"我叫梅兰。"

　　"我知道，我叫高珊。"

　　"你恨我吗高珊？"

　　"我为什么要恨你？"她的头巾被枕头蹭开了一块，露出比她面色要白得多的头皮，"我从来没有恨过你，从我离开他的那一天开始我就知道早晚他都会娶妻生子。"

　　"好，那该你问我了，你可以问问我恨不恨你。"

　　"我又何必要问呢，"她依然浅笑着，有气无力，"生命只有一次，什么都不能重来，我从来没有从你手中抢走他的意思，我本来只想在临死之前见他一面，对，从贵州到北京，跑了那么远，我也只是希望见他一面，梅兰，我快死了，你看看床头上的单子，淋巴癌，晚期，大夫说我活不过这个月了。"

"他要离婚娶你，你知道吗？"

"这是我们以前的诺言，却不是我的要求。"

"也就是说是洛然主动要这么做的？"

"梅兰，我是一个将死之人，什么决定都做不了。"

"别说得这么无辜，好像天下人都欠你的，你的出现即将要拆散一个原本幸福的家庭，我们有孩子，两个，一个男孩一个女孩，你知道吗？"我强抑怒火，拳头攥得生疼。

"他跟我说了。"她的声音依旧很轻很轻，仿佛来自另一个世界。

"对，他一定对你知无不言。我很好奇，我真的很好奇，这么多年了，你不是出国了吗？你既然已经放手了，为什么还要出现在前男友的生活里？你既然时日无多，就算洛然跟我离婚娶了你，那你撒手而去以后呢？你破坏了他的生活破坏了一个家，又有什么意义呢？"

"梅兰，其实我劝过他的，不让他跟你离婚……"

"不让他跟我离婚？也就是说是你左右着我的幸福？"

"听我说，我今天精神还不错，要是你愿意，我讲给你听……是的，既然你这么好奇，我就都告诉你吧。"

1995年夏末秋初，洛氏集团已经形成连锁，洛伟德雄心勃勃，正准备涉足金融、房地产等各个领域，洛丽刚刚进入集团，洛辉还在上初中。

那年洛然二十岁，是北京××大学金融系一名大二的学生。

每年新生入学都会引起不小的骚动，今年也不例外，上铺的许治强闪进宿舍，神秘兮兮地对舍友说："今天新生里有一个学妹特出挑，你们不去看看？"

洛然翻了个身，眼睛依旧黏在手里那本《鹿鼎记》上，头也不抬地问："能比得上奥黛丽·赫本吗？"

"赫本是天使，不是凡人，谁比得了？但这个绝对比咱现在的校花漂亮。我刚帮她拎东西来着，特好看，不信你们去瞅瞅，叫高珊，这会儿说不准还没去宿舍呢。"

有两个同学跟着许治强跑出去，洛然无动于衷，只想把小说看完。但从这天开始，"高珊"这个名字就不时灌入耳中，洛然心下不以为意，本校漂亮女孩儿不多，现在的校花，估计也只是有几分姿色罢了。

直到上大课时在阶梯教室见到她。

高珊走进来的时候，身边的许治强拿胳膊肘碰了碰他，"嘿，"他说，"那个，白衬衣那个，看见没？那就是高珊。"

洛然抬眼望去，一个娉婷的身影越来越近，一件简单到极致的白衬衣和牛仔裤把她衬托得身材高挑，多一分则嫌肥，少一分则嫌瘦，那张素颜的精致面孔上美目生辉，五官恰到好处，微微上翘的嘴角纵然不笑也颇具甜美，偌大的空间似乎都因她洋溢的青春而瞬间明亮起来。

洛然甚至闻到了阳光的味道。

高珊在隔了两排远的斜前方坐下，长至腰际的深褐色头发用橡皮筋松松束在脑后，在几乎所有人的目光追随下，洛然不由自主地用笔勾勒着她的侧脸和倩影。

那是洛然为她画的第一幅肖像。

与许多男生一样，洛然开始寻找机会接近高珊，只是他不想表现得太明显，据说高珊很少跟男同学说话，羞涩又温柔。

洛然是学校篮球队的主力，每次打球都希望能见到高珊，可她偶尔经过也不会停留，在食堂遇上了，也总是端着饭菜低头擦肩而过。

一个多月后，洛然兴奋地发现高珊加入了他所在的诗社，高珊极喜欢纳兰性德和刘大白，爱屋及乌，洛然就尽可能搜罗了他们的诗词，一首一首地死记硬背，甚至连梦里都在吟诵，这终于引起了高珊的注意，她对他笑，那明媚的笑容，仿佛能化解世间万种忧伤。

他送给她那幅肖像，还有一首模仿刘大白的诗：

> 是谁把心里相思，
> 种成红豆？
> 只待其蔓延缠绕，
> 为看你莞尔一笑。

是谁把天上明月，

捻得如钩？

我愿来�钩作镜，

此生共团圆永久。


渐渐地，两颗年轻的心越靠越近，当洛然终于以护花使者的身份站在高珊背后时，她身边的那些追求者也悄然散去。

恋爱的日子单纯又美好，他为高珊画了一幅又一幅肖像，他照顾她呵护她，他和她，都是彼此生命中的醉人初恋。


高珊来自贵州省一个极为偏远的小山村，下了火车倒完汽车还要走一大段山路，她家境异常贫寒，父母早亡，多年来与哥哥、奶奶相依为命，为了供她上学，哥哥高进小学没毕业就已辍学务农。

她简单的行李里只有可怜的几件衣服，别说化妆品，连擦脸油都是最便宜的袋装郁美净。

即使两人发生了性关系之后，高珊也总是婉拒洛然在经济上的各种帮助，她说我有奖学金，够用。

洛然害怕伤了她的自尊，也不勉强，只能在假期为了一点微薄收入帮她一起去路边派发小广告。记得那年冬天好冷，高珊的右手生了冻疮，痒得难受，洛然一边心疼地给她涂药一边说何必呢我又不是养不起你。高珊说你现在上学用的也是家里的钱，我有手有脚能养活自己。后来洛然帮她联系了一份家教的工作，高珊很是开心。

整个暑假高珊都在打工，她想等到春节回一次老家，洛然说那我陪你，高珊说我哥要是知道我现在谈恋爱了肯定很伤心，他会以为我不好好学习的，再说我们家太破了，你可能受不了。

"你都受得了，我一个大男人有什么受不了的？"

"那等毕业了我再带你回去。"

"等你毕业了我就娶你好吗？"洛然问。

"傻瓜，这算是求婚吗？"高珊微笑着，幸福地依偎在他怀里。

"是。"洛然坚定地点点头。

1997年深秋，洛然大学毕业，周五那天，两个人商量着驾车去郊区游玩，但近郊都几乎玩遍了，高珊说想去爬山，洛然说现在正是赏红叶的时节，周末出来玩的人太多了，不如去长城一带找座人烟稀少的野山，自然风光肯定很美。高珊一听很兴奋，来北京那么久，城市里的生活千篇一律，怎比得了天高地阔朗朗乾坤。

两个热血沸腾的年轻人准备了一应必需品，驱车来到远郊，背着巨大背包的他们一路说说笑笑顺山而上，在山顶吃了点东西，兜兜转转，下山时已是黄昏，深秋的北京郊区气温骤降，野山路陡峭崎岖，在昏暗的天色下路途越来越不好辨认，高珊心里埋怨着自己不该凭着在山区的生活习惯逞强冒险，洛然似乎看出了她的心思，说怕什么有我呢，话音未落就一脚踩空摔了下去。

在那个荒无人烟的夜里，高珊把衣服撕成布条为昏迷的洛然包扎伤口，除了身上薄薄的一件线衣和裤子，她几乎把所有衣服都套在了洛然身上，寒冷让她几近昏厥，荆棘使她遍体鳞伤，她一边拼尽全力连背带拽地把洛然拖下山，一边不断呼唤着洛然的名字："你不能死亲爱的你不能死，洛洛，洛洛，我等着你娶我，我爱你我爱你……"

救援人员用了近十个小时才找到他们，彼时洛然依然昏迷着，高珊下身血流如注、浑身僵直，寒冷和疲惫让她的大脑完全处于一种游离状态，气息微弱，可能再晚一点点，她就会死在爱人的身边。

洛然从医院里醒来却不见高珊的身影，他的腿摔断了，刚动完手术打上石膏，那时他才知道是高珊拼了命救自己回来，而她却在下山途中不慎流产。

这是高珊第二次怀孕，之前她已为他偷偷做过一次人流。洛然内疚得不能自持，一是因为自己鲁莽的决定惹此横祸，二是居然不知道爱人再次怀孕，这是作为男友的失职。

高珊静静地躺在病床上，听护士说她被送来时身上裸露的部分几乎全都被荆棘划伤，虽是浅表，但光是刺就拔了几百根出来，连额头上也留下了两道不浅的疤痕。

"嫁给我珊珊，我爱你，我要让你为我穿上婚纱，成为我的新娘。"

这句话，洛然记了一辈子，高珊也记了一辈子。


尽管洛然一再强调高珊救了他的命，但父亲却对这个贫穷的女孩依旧抱有巨大的敌意。他是生意人，身边有一位跟随多年的算命大师，大师说高珊属龙，洛然阴历为74年尾属虎，龙虎相争必有一伤，若在一起此生大难无穷，对此深信不疑的洛伟德，固执地认为这个女孩就是一摊祸水，正是她将儿子置于险境。加上两家门户极不登对，于是洛伟德暗中指使洛丽欲用钱财打发掉这段孽缘，但高珊死活不允，两两相爱的一对璧人早已心无旁骛，都下定了非卿不婚的决心。

一计不成，洛伟德又找到校长，高珊因在校期间怀孕被通报批评，取消奖学金，并接到了勒令退学的通知。

洛然拖着一条瘸腿去教务处，恳求校方不要轻易断送一个人的前程，几次三番之后，校方才表示会重新考虑处理决定。

恰在此时老家传来消息，高珊奶奶病危，人已处在弥留之际，洛然不放心，要陪她一起回老家，但高珊说你石膏还没拆呢行动不方便，下了车还有几十里的山路要走，你放心，我处理完事情就尽快回来。

洛然递给她一部手机，说到了打电话给我。高珊说带了也没用，老家那地方偏得很，哪有信号呀？我到家以后就去大队给你打，放心吧，等我。

没想到，这一等，就是将近二十年。

再见时，物是人非，咫尺天涯。

情犹在，却要面临生死离别。

# 第三十八章 可惜不是你

高珊千里迢迢赶回老家，却还是没能见到奶奶最后一面。破败的小院里，哥哥高进正和挺着六个月大肚子的嫂子忙活着丧事，由于家境贫寒，三年前邻村嫁过来的大嫂从小就有残疾，腿脚不太利落，脑子也不灵光，生活的重担几乎全压在哥哥高进一个人身上，虽然只比自己大五岁，但他早已一脸沧桑。

高珊放下简单的行李，还没来得及跟哥哥说两句话，胳膊就被人拽住，回身一看，是村长的儿子高春豹，他家离自己家不远，小学时还是同桌，但这小子从小就闹腾，上到四年级就退学了，去北京之前，高春豹的整个青春期都在跟高珊纠缠，经常把高珊吓得门都不敢出。

"哟，珊子妹妹回来啦？呀，头上这是怎么啦？倒也不碍事儿，还是那么漂亮……"高春豹指了指高珊额头的伤痕，同时一张脸凑过来，嘴里的黄牙不禁让人反胃。

"豹子，家里正忙着呢，你是来帮忙的吗？"高进把妹妹拉到一边，强壮的身体挡在两人中间。

"哥，我就跟珊子妹妹叙叙旧，没别的意思。"高春豹讪讪地笑着，"可不就是来帮忙的吗？乡里乡亲的。"

整个下午，高珊都在战战兢兢地躲着高春豹，也抽不出时间去大队部给洛然打电话，等到晚上村里人都走了，心想大队也锁门了，只能明天再打。于是坐下来跟高进唠了会儿家常，看着哥哥疲惫的脸，高珊心疼不已。

第二天发完丧，村里人都在院里吃酒席，高珊向大队部的方向跑去。

刚转了个弯，身子突然被人一把搂住，高春豹一边上下其手一边嘟囔着说："你可想死我了珊子妹妹，你是不过春节不回来，这要不是你奶奶走了还见不着你，你是不是把哥哥我给忘了……"

"你撒手高春豹，你撒手……"高珊使劲掰着他的手，心里后悔不已，埋怨自己为了抄近路没有绕开高春豹的家门，"青天白日的你要做什么？"

"我要干吗你还不知道吗？从小我就看上你了，等了你这么多年，你就从了我吧。"高春豹丝毫没有放手的意思，一张嘴反而拱了过来。

"你再不撒手我喊人了！"

"你喊啥也不好使，都去你家吃席了……咱俩是正经谈恋爱……我就要跟你谈恋爱，我还要娶你呢……"

高珊还要呼喊，却被高春豹一手捂了嘴，踢开院门连拖带拽地把她弄进屋，任她再怎么挣扎都无济于事。

高春豹脚后跟顺带勾上了房门，把她往床上一扔便心急火燎地扑了上去，高珊用尽全力却怎么也对抗不了一个壮年男子，她哭喊的声音渐渐变成呜咽："我求你了豹子哥，我求你了，别这样，我在北京已经订婚了……"

"订什么都不好使，北京都是小白脸侍候不了你。"高春豹的手已经解开了高珊裤子上的纽扣。

"那你你……你先去把院门关了行吗？这四敞大开的……"高珊想支开他。

"不关，我不怕人看，全村都来才好呢，全村都来了就知道你就是我的人了……"

在这个冒着寒气的初冬，当高春豹进入高珊身体的那一刻，她突然觉得天塌地陷，洛然温柔的笑容在脑海中闪过，现在自己最干净的肉体和最纯洁的爱情都被彻底玷污了。

还有对未来最美好的希冀，在这一刻都消散得无声无息。

半晌，高春豹从她身上下来，满足地咂了咂嘴，回手又伸进上衣一把握住她的乳房又捏又揉："光顾弄下头了，刚才都没摸着。"他撇着嘴笑了，从膝盖下提起自己的裤子，"这么多年终于把你给弄了……做梦都想弄啊……嗯，就是有点快，咱晚上再来，保管让你舒舒服服的……"

高珊脑子里一片空白，屈辱的泪水一茬接着一茬，她不住干呕着，用冰冷的双手颤抖着整理衣服，恨不能一头撞死在墙上。

院门"砰"的一声被撞开，几个人闯了进来，打头的是气势汹汹的高进。高春豹一惊，想把屋门插上已经来不及。

高进进屋一看已经明白了八九，他揪住高春豹的脖领子问高珊："珊子，他……他……弄了吗？"高珊哆嗦着嘴唇说不出话来，高进青筋暴起，一拳打在高春豹的脸上，"王八犊子，要不是张家二小子跑来告诉我我还不知道，我们家刚发完丧，你这个没有人性的东西！"

后面跟来的人有过来拉架的有看热闹的，院子里人渐渐多了起来，小孩子围在门口，高珊捂着脸缩在床角嘤嘤哭泣。

"村长来啦村长来啦。"有人喊道。高春豹借机挣脱开往屋外跑，高进从后面追上去，顺手从墙边拎起一把铁锹。

"杀人啦，杀人啦……"高春豹回头大叫着在院中躲闪。

"别打了！高进！"村长站在门口大吼一声，但这丝毫无法阻挡愤怒的高进，他挥舞着铁锹边骂边追，却不知被谁抱住，手里的铁锹也被硬生生夺走。

"还有没有王法了？×你们妈，谁不滚开我弄死谁！"五大三粗的高进疯狂地甩开所有人，再次扑向高春豹。

高春豹踉跄间脚下一滑，脸朝下摔倒在地，然后发出撕心裂肺的声音："啊！眼！我的眼！"

他抬起头，左眼珠上扎着半个啤酒瓶，碎碴儿上挂着一个眼球。

黑白分明，筋还连着眼窝。

鲜血滴滴答答淌过他的脸落入土地。

黏稠又惊心动魄。

很多很多年以后村里不少人说到那个场景还会不禁打个寒战。

"原来人的眼珠子那么大，那么圆。"他们说。

高春豹在那个初冬的黄昏睡了梦寐以求的女人，却永远失去了他的左眼。

村长告诉高珊，事已至此，想高进不坐牢，你就只能嫁进我们家门。

面对为自己操劳了半生的哥哥和挺着大肚子的嫂子，高珊毫不迟疑地答应了。

尽管心如刀割。

我的爱人，此生此世，你我缘尽。

还有我的未来，我的人生，从此都将在这个小山村画上句号。


为了不让洛然起疑，为了让他永远地放弃自己，高珊给洛丽打了电话，告诉她我可以离开你弟弟，条件就是你得告诉他我接受了洛家的条件。

"钱我一分都不要，但请你务必告诉洛然我拿了你一大笔钱，而且你已经把我送到美国了。我会写一封分手信寄给你，你记得一定要换一个信封再转交给他，不然邮戳上有地址，我怕他会找来……让他恨我吧，永远都恨我。"

洛丽简直不敢相信自己的耳朵，她问到底发生了什么事才会有此决定，高珊却闭口不提。

"这不正是你想要的结果吗？"她说。

"你真的不要钱？"

"如果要了，我的心会脏一辈子。"


高春豹的义眼还没装上，高珊就发现自己又一次怀孕了，她知道这个孩子是高春豹的，但高春豹却不信，他咆哮着问是不是那个北京小白脸的杂种。

高珊静静地看着他，忽然微笑着说："对，就是他的，你开心了吧？"

这邪媚的笑容激怒了高春豹，被他结结实实地好一顿毒打，而这顿揍完全开启了之后永无止境的家庭暴力。

村长说既然不是个整货你还娶她干吗？高春豹说我为这个臭婊子眼都瞎了你让我放过她？门儿都没有。

高珊没有做人流，她甚至不知道肚子里的孩子到底是被高春豹白天毒打掉的还是被他夜里无休止的性交做掉的。

当鲜血顺着裤腿淌下来的时候高春豹用一只眼恶狠狠地瞪着她，连医院都不想送。

婚礼那天的气氛特别诡异，新娘新郎脸上都没有半分笑容，高春豹的义眼暗淡无光，他死死掐着高珊的手，把她的手掐得生疼生疼。

至少疼痛是真实的，高珊想，这在以后的麻木人生里应该是自己唯一的感觉了吧？

婚后的日子可想而知，挨打是家常便饭，高珊又怀过一次孕，但也许因为流产次数太多而没能保住，这让婆家非常不满，高珊说反正我也生不了，干脆离婚吧，高春豹说你他妈想得美，把老子害成独眼龙还想跑到北京去找你那个娇头吗？你就算死也得死在老子手里。

直到结婚第五年高珊终于生下了一个儿子，这似乎让她度日如年的生活有了欢乐和盼头，可偏偏儿子长到六岁，跟几个大孩子去游泳溺毙在了村头水塘里，高春豹面对未老先衰的高珊渐渐失去了折磨的兴趣，他说你就是个扫把星，谁沾上你算是倒了八辈子血霉了，这才得以离婚，没过多久他就娶了村里的一个年轻寡妇。

孤独的高珊回到哥嫂家中，青春流逝殆尽，多年的操劳已经让她彻头彻尾变成了一个山里的农妇，她的手骨节粗大，脸上密布了细小的皱纹，身材也臃肿不堪，她早已不再刻意遮掩额头上的那两道疤痕，因为那是洛然留给她的唯一纪念，那个曾经在北京的大学里意气风发的校花早已不在，时光谁也不曾放过，尤其对长年饱受苦难的她而言。

半辈子就这么过去了，消磨了所有的心志，帮哥哥看孩子、做饭、洗衣，还要照顾越来越疯癫的嫂子。她终于可以大胆地搜索着所有关于洛然的记忆，那个远在天边的至爱，那个曾经也深爱着她的男人，他的一颦一笑，他的举手投足，他说过的所有的话。

今生已矣，只待来世。

琐碎的生活循环继续着，两个月前高珊忽然觉得浑身无力，耳后肿起了一个大包，吃了好多消炎药也无济于事，辗转山路去城里大医院检查了两次，最后确诊为淋巴癌晚期，早已哭干了眼泪的她手拿检查结果仰面对着天空大笑不止，也许这才是上天给她的最好的解脱。

　　她没有告诉哥哥实情，心里那个愿望愈发强烈起来，对，我要去北京，不论我现在有多丑，不论他是否还记得我，我都要在临死之前见他最后一面。

第三十八章　可惜不是你

# 第三十九章　你的痛苦不能成为终结我幸福的理由

高珊没有躲避我的目光，她温柔地看着我，似乎眼前是一抹美丽的风景。

是的，我同情她，怜悯她，但她的痛苦却不能成为终结我幸福的理由。

"你给我讲了这么多，我懂，可是，对不起，我依然不会让你破坏我的家庭。"我说，"你的苦难不是我造成的，也不是洛然造成的，见到你之前，我们一直很幸福，我不会允许任何人拆散我本来完整美满的家。"

"完整美满？可你不能不承认我其实一直横在你们中间。"

"但洛然从来都没有提起过你。只要你不出现，我们会一起幸福下去。"

"要是我不会死，我也不会出现在你们面前。"

"这不是理由。"

"请你相信我梅兰，我从来没有要求过他做什么，也不会要求他，能在有生之年再见到他我已经很满足了。"

"可洛然现在要离婚。"

"那不是我的事。"

"高珊，我问你，你有没有想过洛然只是怜悯你？只是为了报当年的救命之恩？早就结束了，二十年了，你和他早就不是过去的人了！"

"你可能小看了我们的情意，"她笑了，干瘪的眼角皱纹堆垒，"真正的爱不会因色衰而松弛。"

"真是可笑，你哪来的自信？"

"可现在急的是你，不是我，对吗？"

"你太自私了！你根本就没有阻止过他！你心里其实还是渴望满足自己年轻时的愿望，为他披上婚纱对吗？"

"我已经没有这个权利了。"

"那你又何必出现?! 你用以前的情意绑架他, 让洛然为你放弃一切!"我的声音在房间里回荡着。

"我没有绑架任何人! 我根本就没想到过洛洛会兑现二十年前的那句承诺!"

"洛洛? 呵呵, 你……你……"听到她这样叫洛然, 我气得头晕眼花。

"梅兰, 你可以不同意离婚, 一切在你……反正, 我快死了, 人活一辈子, 总会有些遗憾。"

"高珊, 我求你了, 算我求你, 你放手吧, 毕竟你走后生者还要继续活着, 如果你真心爱他, 不是应该看着他幸福吗? 而不是妻离子散, 老来无依!"

"那……我可以为他穿一次婚纱吗?"高珊怯怯地问, 蜡黄的脸色泛起一丝娇羞。

"穿婚纱? 那不就是结婚吗? 结婚不就意味着让我们离婚吗?"

"不是的, 你可以不离, 我只是穿穿, 在这个病房里。梅兰, 如果我真的想把他抢回来, 那我早就来北京了, 何必要等到这个时候?"

"因为你根本就不敢见他! 你看看你自己, 你照照镜子, 生活把你打磨成了什么样儿?! 你根本就不愿意让洛然看见自己!"

"呵, 不要低估了我们的感情, 也别高估了你的婚姻!"高珊被我激怒, 语气也不再平静。

"你有什么权利这么说? 我们儿女双全, 我们一直很幸福! 洛然跟我从来都没有红过脸!"

"那你有没有照过镜子? 你觉得自己长得像谁呢?"她所说的每一个字都扎进我心里。

"太可笑了, 你太可笑了! 简直是变态! 为什么? 为什么近二十年过去了你还要打扰别人的生活? 为什么你都快死了还不放过我们?! 你简直是个魔鬼, 你这种女人, 根本就是心术不正! 活该把自己的人生过成这个样子!"我忍无可忍, 眼前的高珊浑身散发着腐败的死亡气息, 却在临终之前还要把别人一起拖进地狱。

"梅兰! 你在胡说八道什么?"洛然突然推门进来, 一脸的愤怒, 他大步走过来拽住我的胳膊，"你给我出去！"

"你有没有搞错啊？你们是不是都疯了，洛然麻烦你用正常人的思维想一想，你在做什么？你到底在做什么？爱一个人不是要自私地拥有，是要看着对方幸福啊！她都快死了，难道你要拿我们的婚姻来殉葬吗？一个死人……"我失控地大喊大叫着，脸上狠狠挨了一个耳光。

这一巴掌，打翻了数年的恩爱。

"你走吧，她需要休息，我跟你说的你再考虑考虑。"洛然垂下手，语气冷漠，转过身去帮高珊披了披被子，而高珊就那么静静地看着我们争吵，毫无表情。

人生的苦难已经让她心理变态，变态到要看着别人痛苦才会释然。

"你听好，洛然，我不会离婚的，要离，也是等她死了再离！"我恶狠狠地咬着牙说。

他一步步走近我，我扬起脸："还想打我是吗？来啊！来啊！打死我，你就心愿得偿了！"

"滚蛋！"他拿起床脚的包往我怀里一扔，"爱干吗干吗去！滚！"


北京夏日的黄昏，天边晕起一层晚霞，我在车里号啕大哭，认识洛然七年了，我为他生儿育女、耗尽青春，却横空蹦出来一个曾经跟自己有着相似容貌的女人，所有的恩爱承诺，所有的岁月静好，都抵不过一个将死的前女友。

若我是个局外人，这会是我此生听过的最不可理喻、最荒唐可笑的事，洛然啊洛然，我甚至可以不去追究你为什么会爱上我，但你怎么舍得把眼前的幸福随手扔掉？


我带着两个保姆和孩子回了烟台，每个夜里我都会慢慢咀嚼这些年来和洛然的一点一滴，那些真实美丽的记忆让我微笑，我甚至怀疑现在正在发生的只是一场噩梦。

对，噩梦，如同我梦到的罂粟花，如同那万丈深渊的悬崖。

也许从爱上他的那一天开始，我就站在了悬崖边，即便可以转头离去，脚下却灌满了铅。

多少爱情，便是一步一步挨近危险，待发现时早已抽身不得。

不光是我，我们四个——梅、燕、方、菲，哪个不是倾尽心力去爱？到如今哪个又能轻松地全身而退？

内伤。

不寒而栗，痛入骨髓。

痛到需要一次又一次咬紧牙关、屏住呼吸。


我并没有告诉父母这些事，因为无法启口，倒是方沁她们很关心我的想法，我说我不想想，别拿这事儿烦我。

那个女人总会死的，不是吗？

假如离婚可以救她一命，或许我会犹豫一小下，但她的命运并不是一纸离婚证书就可以挽回的。

傻瓜才会让自己的婚姻跟着一起陪葬。

我反过来劝菲儿复婚迫在眉睫，她沉吟片刻，说我根本消化不了那张照片带来的伤害。

"你还爱左骁吗？"我问。

"我不知道。"

"那你怎么打算？"

"我不知道。"

"左骁还住在家里吗？你没撵他走吧？"

"他每天除了上班就在家，每天接送女儿然后陪她玩儿，分房睡着呢……我当他透明。"

"看，你还是舍不得他……既然他有悔过，好歹给人家个机会吧。说真的，两口子过一辈子，男人不出轨的也是凤毛麟角，孩子那么小，亲爹亲妈总好过拆了重找……别到时候抻得久了，再把他推到别的女人怀里。"

"你说的我都懂，可我还是接受不了。"

"他没有提复婚的事？"

"他每天都小心翼翼的，似乎在看我的脸色。"

"菲儿，我说句话你别生气，左骁跟你结婚的时候太年轻，肯定没玩够呢，就算今天没有这事儿以后也会发生的，早发生总好过晚发生，真的……况且现在房子握在他手里，你赶他他却不走，说明他真的在乎你，还是爱你的。"

"就是因为爱才接受不了，岁数大了，没有以前那股狠劲儿了，做不到说散就散……"

"那就别散……你们以前总是羡慕我嫁得好，现在呢？我碰上的事儿电影里都编不出来。"

"洛然没打过电话吗?"

"没有。"

他真的没有打来过，倒是洛伟德因为想念孙子孙女打过几次电话，我说北京夏天太热，回烟台避避暑。别的什么都没提，听口气他也不知情。

也许，此刻在那个充满着死亡气息的病房里，瘦骨嶙峋的高珊正穿着洁白的婚纱，脸上荡漾着幸福。

也许，此刻她已经死在了爱人的怀里。

也许，洛然会猛然回头，发现这整个过程竟然是如此的荒谬。

# 第四十章　死水微澜

在我回烟台的这段时间里，燕子和方沁的日子也没消停过。

燕子出院后张亚奇跟着回了家，易母觉得小两口之间的事应该自己解决，于是劝女儿能过就好好过，什么都没有原配好。

张亚奇也志在必得，他尽心尽力忙活着一切，细致入微，连小时工买菜的活儿都包了，又跟着手机里的菜谱学烹饪，比曾经追求燕子时有过之而无不及。

燕子却坚硬得像块暖不过来的石头，她在微信群里说连看张亚奇一眼都心烦，自己现在都怀疑是否爱过他，当初结婚必定是鬼迷心窍。

我们说嫁也嫁了，别想那些有的没的，先把自己的日子过好吧。

但劝了也没用，张亚奇愈是耐着性子天天拿热脸生贴，燕子愈是日复一日地冷眼相待，半个多月下来张亚奇心里不免烦躁起来。

方沁现在一直在做代购，包括各种奢侈品和国外古董、首饰。这天去客户家里送项链，在门口刚准备按门禁正巧门从里面被推开了，方沁正想直接进去，一抬眼间却愣在了原处动弹不得。

推门的是陆青平。

那个自己曾经一心一意想要托付终身的人。

陆青平也愣了，十几年过去，岁月的沉淀和历练并未让他有过多沧桑，依然一副儒商的模样。

而他眼中的方沁，比少时更加时尚，眉梢眼角之间，淡抹着成熟女人的柔媚风情。

"方方……"陆青平身子不由自主地向前一步。

方沁张了张嘴，旧日的伤痕虽已被岁月消磨，但芥蒂仍在，她浅笑道："你也住这儿吗？"

"哦……对，你呢？难道我们住在一个楼里都没碰过面？"

"不是，我是来找朋友的。"

"噢噢……这么多年了，你……好吗？"

"还好。你呢？"

"日常吧，差不多。"陆青平含糊地答道，"如果你有时间，我是说如果方便的话，可以一起吃顿饭吗？"即使这么多年过去，即使于商海所向披靡，陆青平在方沁面前依然是那副等待她的模样。

"我约了人，你不是也要出去吗？"

"对，我现在去办点事，但很快就办完了。你看你的时间。或者晚上有空吗？"

"看看吧，我要安排一下。"

"那可以把微信加上吗？"陆青平打开手机递过去，期待地询问着。

扫完码，陆青平说我等你信儿，然后从口袋里掏出门禁卡刷了一下，再把门拉开，做出了一个"请"的姿势。他的笑容还是那么亲切，似乎还是曾经那个愿意把自己捧在掌心里的男人。方沁心思微动，点点头闪进门去。

直到穿过大堂，她依然能感觉到来自背后温暖的目光。


方沁打电话问赵大维晚上能不能早点回来，儿子上下学有校车接送到门口，但晚上也要有人陪伴，赵大维说你得给孩子辅导功课呀我可弄不了，方沁说才三年级你就辅导不了了？赵大维说那你也得回家做饭呀，我妈又不在北京，我这上了一天班了难道还让我做饭吗？你一天到晚又啥事儿都没有。方沁说我怎么就一天到晚啥事儿都没有了？那我一天到晚忙啥呢？赵大维说那是你乐意，家里不缺吃不缺喝，我分的三居室还不够你住吗，不能踏实点儿呀？做饭、看孩子不应该都是你们娘们儿的事儿吗？

方沁这个气呀，每回赵大维都不忘强调"我分的三居室"，好像没了他方沁就活不下去了，而且在他的观念里，媳妇就只是那个在家伺候老公、孩子、婆婆的人。

"你爱咋咋地，反正我晚上约了人吃饭。"方沁气呼呼地挂了电话。

赵大维立马打过来："你挂什么电话？啊？你跟谁吃饭啊这么重要？连家都不顾了？"

"跟客户行吗？"

"男的女的？"

"你有病！"方沁懒得解释，再次挂断。

连续又挂了他两次电话，方沁去闺蜜群里抱怨了几句，我们的重点倒都在她与陆青平的偶遇上，方沁说我上电梯了，客户等着呢，回头再说。


送完项链方沁给陆青平发微信说晚上可以一起吃饭，对方马上确定了时间和地点。

看看表才刚过三点，于是方沁先回家做了一锅疙瘩汤，又把几个包子放在屉上，寻思赵大维和儿子回来也有的吃，这才坐在梳妆台前化妆。

十几年前的旧事浮现在脑海，那时候的自己多么年轻啊，纵然处理事情太过幼稚，但至少还清清楚楚地知道自己在爱和被爱着，不像现在，柴米油盐酱醋茶，反反复复，混混沌沌。

若不是陆青平当年的离弃，哪来与赵大维的闪婚？婚姻这件事，本就是人生中一次最大的赌注，区别在于有没有看过底牌，而这张底牌就是感情。

是爱。

自己有没有爱过赵大维，方沁心里一直是清楚的，纵是当初有一点点喜欢，也被这些年的鸡毛蒜皮消磨殆尽了。

更何况，两个世界的人，何来共同语言？

多年来的隐忍和凑合，在与陆青平的不期而遇之后，忽然让方沁死寂的内心微澜涌动，虽然在她固有的保守的观念里并未期待与老情人再发生点什么，却无法阻止自己的心思起伏如潮。

她挑了一条稍微紧身的裙子，在镜子前伫立了半天，心想自己还是美的，即使芳华不再，但岁月也并未薄待自己。

陆青平把吃饭的地方安排在了丽思卡尔顿酒店的西餐厅，方沁落座之后把包随手一放，并没有抬头看他，只是接过来菜单扫了两眼："你点吧。"她把菜单推回去。

"好，"陆青平笑笑，"还是喜欢鹅肝对吗？"

"对。别点酒，我开车呢。"

"这些年，你，还好吗？"把菜单交给服务生，陆青平问。

"结婚、生孩子、过日子。"方沁简短地回答，依然没有接触他的目光。

"那好不好呢？"

"重要吗？日子过来过去最后都是一样的。"

陆青平一时不知道如何接话，短暂的沉默之后，他放下手中的杯子，"方方，"他说，"我知道以前伤了你，伤挺重的，我心里也有愧，那时候自己处理得实在不够好，但我是有苦衷的，我不奢求你的原谅，只希望这些年你能过得好，开开心心的，就足够了。其实后来我找过你很多次，可你和梅兰的电话都换了，你以前的房子也卖了……"

"你什么时候找的我？"

"几年前吧，三四年了。"

"我们分开都十几年了，你直到三四年前才找我吗？"方沁抬起头来，露出一抹嘲讽的微笑。

"不不不，我可能表达得不准确，我是说一直到三四年前我还试图找到你，当初你不接电话，梅兰也不搭理我，而且我家里的事情……"

"行了，还提那些干吗？都过去那么久了。"

"晓雨出国了。"

"哦。"

"你不想知道我的情况吗？"

"你想说自然会说。"

"我没别的意思，就当是老朋友叙叙旧吧。"

"好啊，你……复婚了吗？"

"复了……那是因为当年晓雨逼得太紧了，抓着窗户要往下跳……"

"懂了。"

"不是，方方，"陆青平似乎急于要解释什么，在方沁面前，他从来没有变过，甚至连措辞都像以前一样小心，"世界上的事有时候真的身不由己，我想让你相信我从来没骗过你，我对你当时所有的承诺都是发自内心的。"

　　"事过境迁，再说什么也没用了。"

　　"可我一直想告诉你这些。"陆青平顿了顿，"岁数越大就越想以前的事，挂念以前的人，五十而知天命啊……晓雨她妈一直在加拿大陪她，晓雨毕业之后嫁在那边儿了，我现在一个人在北京。"

　　"所以就想起我来了？"

　　"我一直都很挂念你，是一直……不管你相不相信，你始终是我心里最牵挂的人。"

　　方沁低下头，不管过去多久，至少这句话算是对自己内心的一种安慰。

　　"真高兴今天能碰到你，真的。"陆青平接着说，"你好吗？方方，你过得好吗？"

　　"你不是问过了吗？平平淡淡的，没所谓好不好。"

　　"娶你的那个人真幸福。"

　　"那得他也这么想才行。"为了掩饰唇角的苦笑，方沁拿起了面前的水杯。

　　"他难道对你不好吗？"

　　"说不上来，结婚就是搭个伴呗，等老了、死了也就散伙了。"

　　"怎么那么颓废呢？方方，这不像你。"

　　"那时候年轻，总会长大的。"

　　"我以前说过要呵护你长大。"

　　"老提以前，都说别提了，没意义。"

　　"对我却是一辈子的记忆。如果你有什么不开心，说出来也好，怎么我们也是老朋友了，再不成拿我当个垃圾桶也行，有什么苦恼通通都倒给我。"

　　"垃圾桶？你倒是像。"方沁嫣然一笑，这笑容如同阳光般在瞬间穿透了陆青平蒙尘的内心，早已形成习惯的宠爱也随之苏醒过来，如果当年不是小女儿的以死相逼，他恐怕早就与面前的这个美丽女人共结连理了。

有情人难成眷属，怕是这世间最痛的情事。

方沁的眼神渐渐柔和起来，这时手机骤响，是赵大维。

"你干吗呢？在酒店干吗？"不容方沁开口，赵大维劈头盖脸地问道。

"吃饭！"

"在酒店吃饭？"

"什么酒店？"

"你说呢？我手机上有你停车记录！没想到吧？啊？现在科技这么发达，装个软件就知道你在哪儿，说，你在丽思卡尔顿干吗？那不是酒店吗？"

"你闲的吧？没事儿查我干吗？装个破软件就了不起了？"方沁向陆青平摆摆手，起身边说边踱到洗手间。

"别跟我扯没用的，我就问你在酒店干吗？！"

"吃饭！"

"酒店里头吃什么饭？"

"那在哪儿吃？大马路上啊？"

"饭馆儿多了去了……得得得，你别跟我掰饬，你跟谁吃呢？"

"朋友！"

"什么朋友？"

"老朋友！"

"你吃饭，那我跟儿子吃什么？"

"锅里不是给你们做好了疙瘩汤吗？"

"光吃那玩意儿能吃得饱吗？撒泡尿就没了。"

"你不会馏点儿包子啊？不就在锅里吗？都给你放屉上了。大热天的，我特意赶回去给你们做好了饭才出来的，还怎么着呀？"

"你发个视频过来，我看你跟谁吃饭呢！"

"发什么视频？你哪根弦又不对了？"

"在哪儿吃不好？你吃饭吃到酒店去呀？正常吗？"

"我懒得跟你说。"

"我告诉你方沁，你心里有点数，一天天的不着家……不是见客户就是跟那几个娘们儿在一块儿，我看你跟她们学不出什么好来……"

"你胡扯什么呀？"

"我胡扯？你说那个蒋菲儿找了个多大的？啊？是不是以后也带着你找个小的啊？"

"你有病吧？无聊！"

"你说什么？"

"行行行行行……我真跟人吃饭呢，要吵回去吵行吗？"

"你什么时候回来？"

"吃完就回去！"

"儿子作业等你辅导呢！"

"三年级的东西你不会呀？"

"英语我不会。"

"好好好好好，我尽快。"

"半个小时必须到家！"

"一道菜都还没上呢！我飞过去啊？"

"那你还打算吃到什么时候？啊？什么人这么重要？比你儿子还重要吗？你早点走不就完了吗？"

"赵大维，你差不多得了，我都说尽快了，还怎么着啊？"

"你等会儿……"电话里随后传来儿子的声音："妈妈，你什么时候回来呀？"

"妈妈跟别人吃饭呢，一会儿就回去，好吗？你乖乖的。"

"一会儿是多长时间呀？多少分钟？"

"妈妈也不知道，反正妈妈尽快回家好吗？"

"那我睡觉之前你能回来吗？"

方沁看了看表，儿子每天八点半上床，现在还不到七点，算上堵车的时间四十分钟也能到家，怎么说也还富余一个小时。

"能，能的，宝贝，妈妈肯定在你睡觉前回去好吧？"一安抚好儿子方沁立马挂了电话。

稍微平复了一下情绪走回座位，陆青平投来询问的目光，方沁叹口气，断断续续说了一些，其中包括方亮吞店的事，赵大维又来过两次电话，她也没接。

陆青平听着，一脸的爱怜和痛惜，他问方沁是否需要帮助，方沁说你能帮什么，自己的日子还是得自己过，你要真想帮就加我另外一个微信号，想买什么可以找我代购。陆青平满口答应，方沁说哎呀我就随便一说，你可别勉强。陆青平说男人也爱美啊，难不成你还不许我打扮打扮了？

又匆匆吃了几口，看看表也七点半了，方沁就说下次有时间再聊吧，我真得走了。陆青平也不阻拦，起身绕到方沁身后把椅子拉开，又把包挂在她肩头上，轻轻捏了捏她的肩膀，说："你瘦了。"

那一刻方沁忽然想哭，这个她深爱过的男人在久别之后近在咫尺，她甚至闻到了那股轻微的古龙水味儿，还是那个牌子，还是没有变。

变的，是岁月，是容颜，是事过境迁后的无奈和苍凉。

# 第四十一章 你一定有事瞒着我

一进家门就看到了满面怒容的赵大维，方沁抬了抬手，示意有什么意见一会儿再说。

脱了高跟鞋，方沁坐到沙发上温声细语地问了问儿子今天在学校的表现，又问作业是不是都完成了，小家伙点点头，眼一眨不眨地盯着她说："妈妈，你今天真好看。"方沁亲了亲儿子，感觉到赵大维如锥的目光，她在心里苦笑了一下，走进卧室换衣服。

刚拉开裙子的拉链，赵大维在身后问："你今天到底干吗去了？"

"哎哟，吃饭哪我的天，我说过多少遍了，还要再说几遍？你怎么一天到晚跟防贼一样……"

"你看你穿得像个什么样子？！"赵大维伸手拽了一把她的衣服，"又露又透，啊，你看看你看看！这像个居家过日子的人吗？"

"哪露哪透了？那我天天穿得跟个买菜大妈似的你就高兴了？"

"那也不能穿得跟个鸡似的！"

"你说谁是鸡？"方沁急了。

"良家妇女谁能穿成这个样子？说你说错了吗？"赵大维不依不饶，"你少跟我转移话题，你不是说去吃饭了吗？跟谁？几个人？男的女的？"

"有意思吗你？我就跟一老朋友吃个饭，你左一个电话又一条微信的，这总共也没吃一会儿我就回来了，没完了你还？"

"打扮成这样，还浓妆艳抹的，你当我傻啊？"

"我现在连化妆都不行了吗？你真是……不想跟你吵吵，我哄儿子睡觉去了。"方沁转过身，快速地换下家居服。

赵大维挡在她面前："不行，你得先把话说清楚。"

"没什么好说的，就跟朋友吃了个饭。"

"男的女的？"

"男的。"

"哟，还真敢承认啊。"

"普通朋友！十多年没见了，今天偶然碰到的。"

"是老情人吧？"

"神经病。"方沁试图推开他，赵大维却一把抓住了她的手。

儿子这时在门口探进头来："妈妈，快来给我讲故事啊。"

方沁白了赵大维一眼，甩开他，揽过儿子走了。

身边的儿子进入梦乡，方沁大睁着两眼在黑暗中发呆，心想看来今天赵大维肚子里那团邪火是发定了，但也不能由着他无理取闹，反正自己身正不怕影子斜，只要不惊着孩子就好。

起身出来刚把房门掩上，赵大维一骨碌从沙发上站了起来，方沁瞥他一眼："屋里说去，别打扰孩子睡觉。"

"你心里还有孩子啊。"赵大维嘟哝着，尾随着走进卧室。

"说吧，那男的是谁呀？"他摆出一副审查的架势。

"我十几年前的一个朋友，今天给客户送项链时碰上的，这么多年没见了，人家说请我吃顿饭叙叙旧。"

"跑到酒店去干吗？北京没有饭馆了吗？"

"我们去的酒店的西餐厅，懂了吗？点了汤、沙拉，我点了一份鹅肝……还想问啥？"

"你敢说你只是去吃了顿饭？"

"敢说，特别敢说！怎么了？"

"那你还有理了？放着孩子孩子不管，老公老公不管，跟不三不四的男人去什么酒店？！"

"大维，你想多了吧？你是不是巴望着我非跟别人有什么心里才舒服啊？"

"你什么意思？你自己承认了是吧？啊？"赵大维眼珠通红，一把拧住了方沁的胳膊。

"哎哟，你弄疼我了……你神经病，我一直说就跟人吃了个饭，你……你自己脏心眼子可以，别把我也想得那么脏行吗？你给我松手，我天天侍候你侍候你妈侍候孩子，还得忙着代购的那摊子事儿，就今天出去跟人吃个饭，你还没完没了？"

"我妈回山东才几天就没人看着你了是吧？你这一天到晚出去的少啊？天天不着家，要不就是去给客户送东西，要不就是跟那仨娘们儿混，我告诉你方沁，你小心犯错误！"

"赵大维，你别没事儿找事儿，我还不能有点儿个人空间了？我是你老婆，又不是卖到你们家的奴隶！再说了，你的工资你攒着，我一分都没要过吧？这些年家里吃的喝的还不都是我挣的？"

"你……"赵大维抬起手来作势要打，"你有理了是不是？从来你就没有正眼看过我！我是堂堂公务员，你有什么资格嫌弃我？"

"你想打我吗？"方沁把脸凑过去，"你住院的时候是谁寸步不离地伺候你？打我？我嫁给你这么多年犯过什么错？我这一天忙得跟王八蛋似的，不就是为了你们吗？你现在病好了，脾气也长了，一点儿不顺心就找别扭，还能不能过了？连点儿最起码的信任都没有还过个什么劲?!"

卧室的门开了，儿子光着脚丫站在门口揉着眼睛问："爸爸妈妈你们干吗呢？你们是不是吵架了？"

方沁擦了擦眼角的泪水，走过去搂住儿子："没有宝贝儿，爸爸妈妈说事儿呢，走，妈妈今天陪你睡。"说罢抱起他："你越来越沉了儿子，妈妈快抱不动你了。"


这一夜，方沁几次听见赵大维的脚步停在房间门口，结婚整十年了，真希望时光倒流，再给自己一个选择的机会。

选择一个起码可以在夜晚一起相拥着看电视、唠闲话、嗔怪着开玩笑的伴侣。

赵大维确实是个正派人，他的生活圈子一向单纯狭窄，思想也过于保守。从农村融入大城市，相貌堂堂的他一直是全村的骄傲，最初遇到方沁，他在明知追不上的情况下依然无法阻挡内心的仰慕，没想到方沁居然答应了求婚，这一下满足了他的虚荣心，再次确定了自己必是人中龙凤，把她娶回家也让人生履历中横添了一笔值得骄傲的资本。可后来跟梅兰燕子菲儿她们一接触，才发现他与她们的消费及生活理念截然不同，突如其来的自卑一而再、再而三地激发了他内心强大的不安，生病时他一度担心方沁会离他而去，现在病虽好了，但两人渐行渐远，平日里也说不上几句话。

他走不进方沁的世界，正如方沁也不理解他的内心。

初识的倾慕和仰望，早已变成了如今的多疑与警惕。

多少婚姻都是因为松懈而分崩离析的，必须把老婆看住，她才三十来岁，又长得如花似玉，赵大维在心里不断提醒着自己。

第二天方沁起床照旧做好了早餐，饭桌上两人冷眼相向，都未跟对方说过一句话。吃完饭把儿子送上校车，方沁在路边磨叽了好半天，等她回到家，赵大维果然已经去上班了。

但方沁知道，昨日的争吵不过只是一个开始。


晚上方沁依然是跟儿子睡的，赵大维半夜起床，把一支小小的录音笔偷偷放进她包包的夹层里。

# 第四十二章　叫我拿什么原谅你

张亚奇半夜爬上了燕子的床。

燕子从睡梦中惊醒，闻到了一股强烈的酒味儿。

"你干吗？你干吗张亚奇？你这是喝了多少？"她使劲推着他。

"反正……不少，"张亚奇醉醺醺地回答，"想你了老婆，想要你。"他微睁着迷离的双眼，一只手伸向燕子单薄的睡衣，嘴巴也凑了过去。

"你疯了张亚奇，我这刚做完手术才几天？连半个月都没有……你给我出去，出去睡去！"燕子厌恶地别过脸去，"满口的酒味儿，真恶心。"

"我恶心？我是你老公，多长时间了？多少年了我都没碰过你……"张亚奇紧紧压在她身上，双手依然忙个不停。

"滚开！滚开！"燕子一时间挣脱不了，情急中狠狠扇了他一个耳光。

"妈的，打我？"张亚奇被激怒了，酒精在体内汹涌地燃烧，长久压抑的占有欲致使他完全失去了理智，他受够了面前这个一次又一次羞辱他的女人，受够了自己像个奴隶一样处处讨好她。

他恨这张像狐狸精一样精致的脸，他恨她柔软的身体，更恨她那颗暖不化的心。

她是他的，永远都只能是他的。

于是所有的挣扎变得徒劳，当张亚奇野蛮地进入燕子的身体，来自下身撕心裂肺的疼痛几乎让她昏厥。

燕子的再次入院促使我急切地飞回北京。伤口撕裂、子宫感染，她咬牙切齿地诅咒着张亚奇，仇恨的种子撒了一层又一层。

不是冤家不聚头，燕子当年的一步棋，如今似乎怎么走都不对了。

到家已近黄昏，家里一切如旧，洛然的衣服整整齐齐地或摆或挂在衣柜里，似乎并没有什么改变。

那个女人还在吗？她还活着吗？

还在苟延残喘吗？还在觊觎着我的婚姻吗？

而洛然呢，又在哪里？


我给方沁打电话告诉她现在接她一起去医院，方沁说我下午和菲儿去过了，大维这两天闹得紧，等孩子睡了我再联系你。

我去楼下餐厅点了三个燕子平日爱吃的菜打包，然后直奔医院。

刚到病房走廊就听见里面传来的哭声，小跑到门口一看，地上撒满了饭菜，易母正搂着燕子，张亚奇唯唯诺诺地站在墙边，似乎想要争辩什么，护士对他说："你先回去吧，病人情绪这么激动……"

"这个人以后都别让他进来！永远都别让他进来！"燕子愤怒地指着张亚奇对护士喊道，手指颤抖不停。

张亚奇咬了咬牙，转身正看到门口的我："你看看你看看梅兰，燕子这脾气，我这好心好意地送饭来……"

"滚！"燕子声嘶力竭。

"行了行了，这是病房，别妨碍其他患者休息，你快走吧。"护士轻轻推了张亚奇一把。他不甘心地摇了摇头，冲我使了个眼色，我把饭盒放下，用手指梳理了一下燕子凌乱的头发，对易母说："阿姨，这几个菜都是燕子爱吃的，您先让她消消气，这地下撒的我一会儿回来再收拾。"

"你不许搭理他！"燕子对我说。

"乖，不许哭了，先吃饭，我去去就来。"


走出病房，张亚奇远远站在走廊尽头等我。

"你呀，也不怪燕子急眼，刚做过多久手术你心里没数吗？大夫说至少都得一个月不能同房，这有半个月吗？疯了你简直！"我劈头盖脸地指责道。

"这……这回是我的错，我也后悔。主要是喝酒了……再说，这都好几年没碰过自己媳妇了，我也是个男人……"

"那你也不能不管不顾啊……"

"梅兰，别的我也不问，你就告诉我句实话，燕子是不是有人了？"

"有什么人？你跟燕子都没离婚，你觉得她可能有别人吗？"

"可是她对我……"

"她对你怎么了？那是你作的。"

"我作什么了？我回来以后就老老实实地照顾她，天天跟个哈巴狗似的，还想让我怎么着哇？我怎么做什么都是错的？"

"那这次住院呢？这错不是明摆着的吗？"

"唉，她……当时啊，你不知道她那种眼神，她老是那种眼神看我你懂吗？就是那种死活都不待见的眼神，把我弄急了。我现在有钱，真的梅兰，我跟以前不一样了，我现在能给她好日子，可她瞅我就跟……妈的，这辈子欠她的，就是扳不过来！"

"你也别这么多理由了，有钱怎么了？燕子嫁给你跟钱有关系吗？现在这事儿搁谁谁心里也过不去，术后感染，伤口撕裂，我就问你你是使了多大劲儿啊？这不知道的还以为你心里有多恨她呢。"

"是她恨我好不好？不就是掉了个孩子吗？都怪我头上了，说来说去当初还不是因为想让她过得好我才进去的。"

"哎，你可别把这事儿推到燕子身上，是你自己的决定。"

"梅兰你是个懂事儿的人，难道连你也这么想？"

"不是你一意孤行，燕子当初至于那么痛苦吗？现在孩子都满地跑了……"

"大夫都说胎儿停育有各种可能！"

"你掰饬个什么劲儿啊？就算是别的原因，那哪个老婆怀孕的时候不是希望被老公当公主一样宠着？你进去了，她一个人，你让她自己扛？天天哭天天哭，好人也经不住……"

"行了行了，别说了，是我掰饬还是你掰饬？都他妈过去好几年了……"张亚奇懊恼地打断我，"反正不管怎么着我都不离婚，她是我的，她永远是我的懂吗？"他的眼睛直勾勾地盯着我，目光凶狠，我心里一惊，忽然觉得燕子这辈子可能都要耗在这个男人身上了。

"张亚奇，你怎么想是你的事，我只希望燕子开开心心快快乐乐的，爱一个人不是非要占有她，应该……"

"行行行行，别来这套，找你是想让你说和的，还没完了……女人就是碎叨。"张亚奇不耐烦地挥挥手，转身走了。

夕阳透过窗户斜洒了一地暧昧的光芒，我眯着眼看了一会儿窗外，鼻子里满是掺杂着来苏水的医院气味儿。

高珊苍老的脸闪过脑海，那个方向，就是她的病房，我甚至有种冲动，想去看看她，这个阻止了我幸福人生的女人，是在苟延残喘还是已经痛苦地离世了呢？

洛然自以为是个绝世无双的大情种，但其实他就是个傻×。

为了捧住一个灰飞烟灭的芝麻，丢了一整片瓜田。

# 第四十三章　无休止的吵闹

方沁把一堆东西放在陆青平面前，这些都是前两天他找她代购的奢侈品，有衣服、鞋子、眼镜、手包，还有一块手表。方沁当时问他这是要开店啊买这么多？陆青平说这不支持你工作嘛，方沁说那也不用一下子买这么多，不用为了买而买，陆青平说一时没搂住，找你代购我放心。

这是东三环外的一家咖啡馆，除了散座还有几个包厢可以打麻将，此刻他们就坐在其中一个包间。

"你这是约了人玩牌吗？"方沁问。

"不玩，这里头安静，咱们可以聊天，这儿也不是酒店，他总不至于怀疑你了吧？"陆青平的细心一如以前。

喝着香浓的咖啡，方沁整个身心放松下来，此刻没有什么比跟十几年前的情人叙旧更惬意的事了，一抹明媚的阳光穿透玻璃照射进来，她仿佛依然是旧时光里的风华绝代。

俩人聊着说着，多数时间陆青平只是一个倾听者，感受着方沁这些年来的心情和际遇，方沁的心扉一敞开，记忆便从开了锁的闸门里汹涌而出，一丝丝、一桩桩、一件件……时间不紧不慢地流淌着，有时她甚至觉得似乎是在讲别人的故事，却在别人的故事里流着自己的泪。

陆青平的手轻轻搭在她手背上，像家人一样安慰她，自然又体贴，那是方沁无法抗拒的温暖。

但她知道，陈年旧爱虽然深重，却再也不想俯身重捡。


"方方，你……还愿意回到我身边吗？"陆青平问道。

"别闹了。"方沁笑笑，抽出手来。

“我说的是真的。”

“早就事过境迁，回不去了……永远都回不去了。自己选的路就算哭着也得走完。”

“你还在生我的气对不对？你刚才也说了，嫁给他是因为觉得他当时对你好，搭伴过日子而已……可他不是你想要的，何必折磨自己的下半生呢？”

“我想要的……”方沁苦笑着牵动了一下嘴角，“我想要的是什么都已经不重要了。”

“方方，你从来都没有放下过我对不对？就像我从来没有放下过你一样！”

“不对！这么多年来，梅兰她们从来没有在我面前提起过你的名字，你已经从我的世界里消失了。时间是最好的良药，我早就不恨你了，一切早就淡了……”

“可我相信重逢自有天意。”

“那又怎么样？你有你的生活，我有我的家庭。”

“你不爱他……”

“我爱孩子。”

“我目前一个人。”

“你只是在国内一个人而已，你是有家的，我也有家……”方沁摇摇头。

“如果我离……”

“不！”方沁打断了他的话，“没有如果！‘如果’这两个字早在十几年前就已经结束了，再也别聊这个问题了，没有意义。”

“方方……”

“以前我们在一起时你是单身，我不是一个会去拆散别人家庭的人……现在我只想努力把自己的日子过好，大维也许不适合我，但我选择了他，婚礼上我们发过誓了，要一起白头。”方沁的睫毛微微颤动，一颗泪珠滚落下来，晶莹剔透，不染纤尘。

陆青平的五脏六腑被拧得生疼，他抬手拭去那滴泪水，站起身来绕到方沁椅子背后轻轻抱住她：“不管怎样，我想让你知道，我一直挂念着你，如果你愿意，我还是想照顾你一辈子。"

他的呼吸落在方沁的头发和脖子上，那股久远以来熟悉的古龙水味儿无比亲切，刹那间她仿佛回到了从前，回到少不更事心高气傲的青春岁月，是的，在很多泪湿的夜里，她对他的怀念也正是对青春的祭奠。

"没有一辈子了，都过去了，醒醒吧，如果你再这样，我们……还是不要再见面的好。"方沁闭上眼睛，泪水不争气地又一次滚落下来，真怕自己会转过头去扎在他的怀里哭个痛快。

陆青平俯下身在她发上轻轻一吻："多少年了，梦里也想着能再拥你入怀……你知道我是从来都不会勉强你的……如果你有顾虑，那我们就做朋友吧，老朋友，好朋友，真正关心你的人……"他松开手返回椅子坐下，温柔的笑容里隐藏着些许失落。

"不说了，我得走了，"方沁收拾了一下心情，"还得回去做饭呢。这好几个小时，我就像个怨妇似的跟你吐了一下午苦水，我自己都嫌烦。"

"不烦不烦，我愿意听。归根结底也有我的责任……本来可以呵护你的，是我没做到……"陆青平自责着，"唉，你看我，又说这些没用的……只要你需要，随时都可以联系我，只要我能做到的，我都愿意，什么都愿意。"

从咖啡馆出来一路开车回家，方沁的心始终无法平静，都说造化弄人，一晃过去数年，她能感受到他的爱和渴望，但正因如此她才更应该和他保持距离，他和她，都有各自的家庭，不论和赵大维多么不合辙，她也永远都不想背叛自己的婚姻。

就这么过吧，即使凑合着，也是个完整的家。

回到家赶紧收拾做饭，却怎么也打不着火，原来是没气了，翻了半天抽屉也没找着煤气卡，仔细一想好像上次自己买完没搁回原处，于是拉开了包包的夹层……

方沁攥着那支小小的录音笔，然后一抬手狠狠砸向墙壁。

赵大维打开客厅的灯，儿子房间的门缝已是漆黑一片，他走过去把耳朵贴近听了听，确定方沁和孩子已然睡下了，于是从衣架上拿过方沁的包向卧室走去，边走边把手探进皮包夹层。

本以为那支小小的录音笔一定静静地躺在里面，但摸了几遍也没摸到，不禁发出"嗯?"的声音。

"在找这个吗?"一个冰冷的声音传来，赵大维不由得抬头一愣。

方沁的轮廓隐没在黑暗里，她摁亮台灯，用右手两个手指轻捏着那支精致的录音笔，似笑非笑地盯着赵大维。

赵大维表情不自然起来，把包往床上一扔，想去拿录音笔却又缩回手，最后在床角的软凳上坐下，歪头看着妻子，也不说话。

方沁把录音笔放在床上推到他面前："摔坏了，听不了了。"

赵大维喉咙里轻蔑地"哼"了一声，拿过录音笔把玩着："方沁，我实话告诉你，别拿我当傻瓜蛋蒙，就算没有这东西，我今天也得问问你，你下午去七日了吧?"

"什么七日?"

"演，继续演! 我看你不是舞蹈学院的，是电影学院毕业的!"

"你把话说清楚!"

"七日! 连锁酒店! 快捷酒店! 怎么了? 你敢说你没去?!"

"我什么时候去了?"

"今天下午!"

"胡说八道!"

"停车记录显示你在七日停车场呢!"

"不可能! 我都没听过这么个酒店!"

"好好好，你自己看!"赵大维把手机打开，点了几下扔过去，方沁看着截图，忽然明白原来那咖啡馆居然和七日酒店共用着一个停车场，而"七日"黄色的大招牌在脑海中也渐然清晰起来。

"呵呵呵呵呵，"方沁不禁笑了，"我当什么呢，我今天下午跟客户约在蜜糖咖啡了，旁边的确有个七日，停车场是共用的，你好好看看，"她指着手机屏幕，"这不是蜜糖吗?"

"嘁，"赵大维摇摇头，"你反应倒真快。"

"你什么意思啊? 我又没骗你，咱结婚这么多年我什么时候骗过你?"

"少来这套，一天天的，我都不知道你在干吗，孩子也不管，连我妈都看不住你。"

"真是无聊，你闲得没事儿就喜欢吵架玩儿吗？录音笔这事儿我还没问你呢！"

"你别反咬一口！你说咖啡馆就咖啡馆啊？那我还说是七日呢！"

"大维，你也不用脑子想想，我要是去跟人开房会去快捷酒店吗？"

"哟，你要这么说就是只去五星级酒店呗，丽思卡尔顿呀！可不就是五星的吗？"

"赵大维，你别胡搅蛮缠！"

"方沁，你别给脸不要脸！有本事别把录音笔弄坏了，有本事光明正大地让我听听！"

"神经病！你要老是这样咱日子还怎么过?!"

"怎么过？你说怎么过？我看你早就不想过了吧？"

"赵大维，你能不能别这么偏激？两口子最重要的是信任，你老跟防贼一样防着我，你让我心里怎么想？"

"信任？信任也得靠自觉！男主外女主内，你就应该踏踏实实地在家照顾好我们，而不是天天往外跑！"

"赵大维，你讲不讲理?！我的钱又没花在歪处！还不是都给家里用了！"

"家里根本就不用你天天往外跑，孩子上学花不了什么钱，房子房子有了，车车有了，你还想要什么？"

"你的工资是死的，不够花懂不懂？孩子以后长大了不用钱吗？不上大学吗？"

"我现在是正团级，以后是要当处长的！用得着你抛头露面吗？"

"这是两回事啊大维！你挣你的，我挣我的，咱是一家人，我又没做什么丢人的事儿，犯得着这么上纲上线吗？而且你一个人能挣多少？什么地方少得了用钱？"

"说来说去你还是嫌我挣得少！在多少人眼里我可是块香饽饽……"

"嚯，香饽饽？那是你自己认为，你要是天天这么疑神疑鬼的，就是个金蛋子我也看不上！"

"你他妈打心眼里从来就没看得起我过！你说你有什么呀方沁，啊，你说一天天的有什么可骄傲的，半老徐娘了，在北京混了这么多年连套房都没有，开个店还让你亲弟弟挤对走，你们一家人都一个德行，你现在就趁一辆破车，你有个屁呀，离了我你活得了吗？"

"你够了，赵大维！够了！"方沁柳眉倒竖，"你你，行，我半老徐娘，我屁都没有……那咱们离婚，我就让你看看离了你我活不活得了！"

"你敢！"

"我有什么不敢的？你不说我看不上你吗？你心里看得上过我吗？我又没干过什么见不得人的事儿！"

"干没干你心里有数！"

"滚犊子！"方沁从床角拎起包却被赵大维拽住，"想走？门儿也没有！想去找你相好吧？"

"呸！"方沁朝他脸上准确地啐了一口，赵大维恼了，一把把方沁推倒在床上，拳头还没挥起来房门被推开，儿子迷迷瞪瞪地站在门口揉着眼睛，方沁撞开赵大维，搂着儿子走出卧室。

赵大维窝了一肚子火，越想越气，他笃定方沁一定是背着他干了什么，如果这次不把她治改了，那以后的日子也过不好。

一个什么都没有的半老徐娘有什么资格跟我叫板，我还就不信你真敢离婚。

# 第四十四章　躲不过的本命年

赵大维把离婚协议拍在方沁面前，方沁看看那页A4纸又看看他一言不发地转身就走。

她心里知道这个婚不能离。

她没有房子、没有固定职业，儿子的抚养权是断断不可能给她的，那是从她身上掉下来的肉，她舍不得。

赵大维着实将了她一军。

我问她到底想要什么？是凑合着过还是长痛不如短痛？她说我一直以来的状况你还不知道吗？过也能过，就是憋屈，他这一闹，我一服软，恐怕以后连自由都受限制了。

"那就先缓一缓吧，为了孩子。"

"唉，这一步一步走过来，就算感情再淡，可我什么时候背叛过他？连这份儿心都没有过。"

"我懂，可是，大维他懂吗？"

"我现在也没个主意，闹得这么厉害，真要是我有什么实打实的错也行，可说来说去还不是他多疑？他现在这状态是认定了我有外遇，可没影的事儿我凭什么服软？早知道这样，唉，就是天底下没有后悔药……"

"给彼此多一个机会吧，亲爹亲妈对孩子总是最好的。我还不是一样？把自己吊在这儿，都不知道下步棋怎么走。"

"洛然到现在还是没音信吗？"

"不知道，爱干吗干吗。"

"他爸也不管吗？"

"我在烟台时他爸倒是来过几次电话，我说带孩子过暑假呢，这回来得匆忙还没跟他们联系呢。"

"洛然会不会带那女人去国外治病了？"

"都晚期了，你没见她那样儿，说个话都费劲，医院说也就一个月了。再说她这辈子没出过国，办护照、办签证不得时间呀？"

"要不要去医院问问人还有没有？"

"别问了，心烦，生死有命……这事儿先撂下，咱还是去医院看看燕子吧，她还得有几天才出院呢。"

话虽如此，我还是按捺不住拽着方沁去了一趟 VIP 病房。护士并没有让我们进去，我问起高珊这个人，她翻了翻记录说没有，我还想问什么人家也没再搭理我。

"估计是没了吧？"方沁说。

心里五味杂陈，我虽然恨她，但毕竟是条人命，我只是纳闷于洛然的销声匿迹。

病房里菲儿也在，许久未见，她气色甚好，我问她和左骁怎么样了，她淡淡一笑，说："复了。"

"你看，"她摊开双手，"咱们四个人，现在都在婚姻里，可每个人的婚姻都像死了一样。咱都三十六了吧？就梅兰还没过生日，唉，这本命年，真是要多邪有多邪。"

"你既然复婚了就说明原谅了左骁了，怎么还这么悲观呢？"

"原谅？我怎么可能原谅他？等房子过完户，看我怎么报复他！"菲儿眼中寒光一闪。

"你可别闹了，自己找不痛快，伤害一个自己爱的人心里就能好受了吗？"

"那我这心里就一辈子别扭着吗？"

"你想怎么报复他？"

"不知道。"

"你们现在的关系……"

"他睡客房呢。"

我们也不好再说什么，好在已经复了婚，总是感情犹在，也许假以时日，慢慢好了也未可知。

"那谁，张亚奇呢……"

"别提他，让我恶心！打心眼儿里恶心！"燕子喝断方沁，"我已经跟我妈说让她去把家里的锁换了。"

"换锁有什么用？他要真想回去，找个开锁公司留个身份证号就能开，再说你们也没离婚，名义上那还是他的家。"

"做人得有脸有皮吧？他还好意思回去吗？"

"他当时什么手段娶的你你又不是不知道，要无赖这事儿你觉得他干不出来吗？"方沁心直口快，没半点遮掩。

"我真是够了……天哪，我怎么才能摆脱掉这个混蛋？"燕子烦躁地把脸埋进被子里。

"协议离不成要不就找个律师打官司吧，这样下去也没个头啊……"

"那你们谁认识律师？梅兰你们家洛然认识人多……嗒，瞧我，还提他……梅兰，他人呢？"

"你问我？呵呵……"我苦笑着，"我问谁呀。"

"他不可能不出现了吧？公司、他家，你没找过吗？"

"我为什么要找？爱咋咋地吧。"

"要是他回来了呢？"

"离婚。"我抬起头来，迎着她们的目光，一本正经地说。

"离婚"，当这两个字脱口而出，连我自己都为之一震，曾经坚定地以为会与他共赴白首，可现在才知道，我是那么渴望着对他严肃地说出这两个字。

我不会让一个将死的女人成为我们离婚的理由，但是，我也不会因为她而让这段婚姻从此变质、腐烂。

玉可碎，瓦不全。

洛然，你等着。

洛伟德坐在我的面前，脸上的肌肉因为愤怒而扭曲。

在我详细告知了近来发生的一切之后，他哆嗦着双手抓起电话，可洛然根本没有开机。

洛伟德捂着胸口，面色惨白，洛母急急地生他嘴里塞了两颗药，当救护车呼啸着在门口停住，他忽然拽住我的衣服，嘴巴动了动，却什么也说不出来。

洛然，你，你们洛家，咎由自取。

# 第四十五章　我在尽力，你却要推我出去

方沁在电话里告诉陆青平最近就别见面了，刚说了两句就断了，陆青平马上用微信语音呼叫回来，说这边儿信号不好，好在有 Wi-Fi，发生了什么事吗？方沁说我也不瞒你我现在家里闹得厉害，咱们还是少来往吧。陆青平说好不容易再遇见你，没想到给你带来这么多麻烦，都是我的错。方沁说你有什么可自责的，清者自清，只是他多疑我也没办法。陆青平说那我要找你代购东西呢？方沁说我可以直接寄给你，多一事不如少一事吧。陆青平沉默片刻，说看来我不同意也不行，都随你，只要你觉得能过得好、过得舒服，都听你的。

放下手机，方沁抱着沙发垫子号啕了一场。

等情绪平稳下来，她去厨房里炖上排骨，又蒸了一锅馒头。

赵大维是山东人，最喜欢吃面食。

接儿子回到家，左等右等赵大维却迟迟未归，给他发微信也没见回，直到十一点多他才带着酒气打开家门。

方沁迎上前去，刚问了一句你去哪儿了，就被赵大维抱住又亲又咬，方沁也没躲闪，心想就由着他吧。

事毕，赵大维连牙都没刷就转头昏昏睡去，方沁辗转了好久还是睡不着，索性起身去了客厅。

方沁从厨房抽屉里翻了半天找到一盒烟，点上烟坐在电脑桌前发呆。

多少年不抽烟了，似乎还是炒更的时候抽过几回，时间真狠哪，弹指红尘，记忆也都烟消云散了。

自己才不过三十六岁，前半生都还没过完，难道这辈子就这样别扭下去吗？委曲求全的日子就能过好吗？

现在唯一能维系这个家的，是年幼的儿子。

方沁陷入深深的苦恼之中，她把已燃到头的烟头扔进垃圾桶，关上灯，在沙发上和衣而卧。

黑夜中，她似乎听到了一些细微而不知所终的声音，一个声音告诉她："离吧，你还年轻，何苦要委屈自己？"

"不能离，离了就什么都没有了，你会净身出户的！"另一个声音告诉她。

"我只在乎儿子！"她喃喃地说。

"赵大维是不可能把儿子给你的！"

……

她和那些声音一句又一句地对着话，半梦半醒，半真半假。

赵大维蓦然醒来，伸手一摸，方沁并不在身边，看看表已经是凌晨两点，他一骨碌坐起来打开灯，如猎犬般警惕地绷起神经。

第一个反应是给方沁打电话，刚拨通就听见了振动声，他伸长身子从另一侧床头柜上把方沁的手机抓到手里，愣了愣神走出卧室，发现了睡在沙发上的方沁。

赵大维放下心来，去了趟洗手间，本想叫方沁进卧室睡，却听到她在梦中的呓语。

他凑上去竖起了耳朵，但听了半天也没听出一个完整的词汇，但又似乎听到的是一个名字。

越是这么怀疑那句嘟哝便越为清晰起来，他内心笃定地认为自己妻子一定是在睡梦中叫着其他男人的名字。

这简直是奇耻大辱，他本想把方沁摇醒又马上缩回手，思虑片刻轻手轻脚地挪过去半蹲下身子，把方沁的食指指纹按在手机开锁键处。

返回卧室，赵大维一一查看着方沁手机里的信息，一个叫"阿平"的电话引起了他的注意，除此之外还有微信里的一段语音聊天，名字是同一个人，时间长达近二十分钟。

"阿平，阿平……"赵大维念叨着，觉得这两个字似乎就是刚才方沁梦里呼唤的名字。

对，肯定是！必须是！

赵大维翻了翻之前的微信记录，知道上次去丽思卡尔顿和去七日那天方沁都和这个人在一起，虽然言语间都还正常，但这一定是用来蒙蔽他的假象！

哼哼，好啊方沁，心眼儿不少啊。他在心里说，然后想了想，写了条微信发过去："睡了吗？"

没想到对方很快就回了："还没，你呢？"

"都这么晚了还没睡？"

"我在想你。"

"我也是。"

"真的吗？"

"嗯。"

"真高兴听到你这么说，方方，你知道我的心。"

"什么心？"

"对你的那颗心，一直都没有变过。我在这儿永远等你。我知道你过得并不幸福，别委屈了自己。"

"如果我离婚了呢？"

"那我就没有顾虑了，我可以为你做一切，只要你愿意。"

所有的猜忌无疑已经变成现实，赵大维快步来到客厅，一把薅住方沁的头发，睡梦中的方沁被疼醒，不由得"哎呀"大叫，赵大维一手捂着她的嘴巴，一手连拖带拽地把她弄进卧室关上房门，方沁惊魂未卜，恐惧地盯着赵大维，本能地躲向床的另一边。

"不要脸的货，还说你没偷人！"赵大维咬牙切齿地把手机扔给方沁。

方沁拿过手机一看，陆青平还在给她发微信，连发了几条见没动静才说"早点睡吧明天再聊晚安"云云。

"你查我手机？还用我的口气跟别人聊天？"方沁惊诧道。

"不查能知道吗？这就是证据！"

"我再说一遍，我没有别的男人！真的没有！你没权利这么做！"

"我是你老公，你有权利偷人我就有权利查你！"

"放屁！"

"你给我嘴巴放干净点儿！白纸黑字，你他妈的还敢糊弄我！"赵大维怒火中烧，尽量压低了声音吼道。

"你这叫什么？叫……对，叫诱供！是你引诱他这么说的！"

"你们要是清清白白的，怎么会聊得这么露骨？"

"大维，你听我说，你真的误会了！结婚十年了，我什么样儿你心里没数吗？"方沁极力辩解着。

"你他妈给我小声点儿！把儿子吵醒了看我不弄死你！"

"你说话客气点儿！"

"我要是不看在儿子在家的份儿上早打死你了，贱人，耍我！都聊成这样了还敢耍我！"赵大维额头青筋暴起，面目有些狰狞。

"好好好，大半夜的，你要是疼儿子，咱明天再说行吗？"

"说什么说，离婚！家里的东西你一分一厘都别想拿走！"

"赵大维，我发誓跟阿平……他的确是我前男友，但都是十几年前的事儿了，自从我和你结婚以后我就没有过其他男人！我希望你能相信我，你能冷静一点儿吗？"

"方沁，你、你们一家，你和你那个弟弟都是一路货色，坑蒙拐骗无所不能……"

"别带上我们家里人行吗？"

"你少扯别的，别给我废话，明天一早离婚！"

"我不离，这事儿我必须跟你掰饬清楚！我没做过就是没做过！你别冤枉我！"

"你不离是吧？你不离是吧？信不信我打到你离！"赵大维越来越近，方沁感到一阵恐惧。

"行了，行，离，我离！你别闹！"她说，"我现在能去陪儿子睡吗？有什么事儿咱明天等孩子上学了再说，我会给你个解释的，我问心无愧。你气性也不用这么大，咱们都冷静冷静，明天再说。"

方沁绕过床，赵大维却堵在她面前，他满眼血丝，怒气冲冲地瞪着她。

"大维，我恳求你，明天等孩子上学了给我一个机会好好谈一谈，孩子还小，我们还是一个完整的家。现在，麻烦你让一下，我去睡觉。"

赵大维越想越气，越想越亏，越想越别扭。这么多年来，即使父母在村里再扬眉吐气，他却一直在方沁乃至她的闺蜜们面前微不足道。方亮夺店之后他反倒有点窃喜，以为这样妻子就能安分了，但她依然打扮得花枝招展地到处跑，看都看不住，母亲对此也早有怨言。他是堂堂国家干部，分的房子地理位置优越，孩子都快九岁了，难道她还有什么不满足的吗？

怎么就这么作呢？

我让你作、让你作，等你什么都没有了我看你能不能老老实实跪下来求我。

第四十五章 我在尽力，你却要推我出去

# 第四十六章　结婚是因为你，离婚也是因为你

看着儿子登上校车，方沁在大街上站了半天，她不想回家，不想面对赵大维，那些猜忌的恶语就像钉子，一根一根嵌在肉里，想拔出来就得带出一身血。

但事情总要解决，方沁希望和盘托出，坦诚地和他谈一谈，怎么也要消除误会才行。

推开门，赵大维端坐在沙发上，头也没转地递过来两张纸，一张是单位同意离婚的介绍信，一张是离婚协议书。

"签字吧。"他简短地说。

方沁没接："大维，你想好了吗？"

"这不正是你想要的吗？"

"我真的没有做任何对不起你的事。"

"我不想打女人，你快签了吧。"赵大维把那页A4纸拍到她面前。

方沁看了看，孩子、房子全部归男方，个人存款归个人，方沁那辆用作代步的小车归方沁。

"大维，咱们谈一谈行吗？我真的没出轨！"

"我不想再看你演戏了。"

"我没演，阿平真就是我跟你认识之前的前男友，十多年没见面了，偶然遇到的，他从我这儿代购的东西，我送给他而已，也许他对我还有点以前的旧情，但我都跟他说清楚了，我不想离婚，孩子还小，我没做错过事……"

"编，还编，都是板上钉钉的事儿了，还打算花言巧语地蒙我吗？"

"我蒙你什么？我蒙你有什么好处？"

"有什么好处你心里知道！好，我再给你最后一个机会证明，你现在就给那个男的打电话，把免提打开！"

"太早了，人家可能还没起床呢。"

"哼，你了解得真清楚，我可是给你机会了！"

"大维，你别逼我行吗？咱们是两口子，有什么不能好好说的？"

"是你逼的我方沁！放着好好的日子不过是吧？现在害怕了？你出去浪的时候怎么不怕？"

"好好好……我打，我打。"方沁拿过手机，心想现在也只能让陆青平来证明自己的清白了。

"喂？方方？这么早啊，你睡够了吗？"陆青平的声音温柔得能拧出水来。

"你起了？"

"对啊，昨天夜里那么晚你还发信息给我……"

"你先别说那个，我希望你现在说清楚，我和你是什么关系。"

"方方，你是不相信我吗？我都说了只要你离婚我就离。"

"陆青平你别胡说八道，我什么时候说要离婚了？昨天晚上发微信的不是我！那是……"方沁还没说完，电话已经被赵大维一把夺去。

"喂！"他粗声大气地说，"你全名叫什么？哪个单位的？啊？一个电话号码我就能查到你你知道吗？"

电话那头沉默了两秒钟："噢，赵先生吧？有什么事吗？"

"装什么装？我问你，你和方沁到底什么关系？"

"朋友啊。"

"朋友？你当我傻是不是？那些微信就是证据，奸夫淫妇！"

"请你说话客气一点！"

"你破坏军婚，是要负法律责任的！"

"别吓唬我，你要非扣帽子我也没办法。"

"阿平！你什么意思？你把话说清楚！我跟你之间明明只是朋友！"方沁在旁边急得叫起来。

"方方，我和你之间真的只是朋友吗？你忘了我们……"

"你什么意思？你是要毁我吗？"原指望陆青平能给赵大维一个真实的解释，没想到他的话竟如此暧昧。

"这个人不适合你，你应该离婚，我说过了，如果你离我也会离！"陆青平回答得非常清晰，让方沁不寒而栗。

"你们混蛋！男盗女娼！贱人！贱人！"赵大维暴跳如雷，在他把手机朝墙上摔去的同时，听到方沁疯了一样冲着手机喊道："姓陆的，我恨你！我恨你！"

赵大维甩手给方沁一个耳光，这一巴掌又狠又准，打得方沁在原地转了半圈才摔倒在地，她没有爬起身来，委屈和迷惑让她觉得天旋地转，她不明白陆青平为什么要在这个节骨眼儿上给她致命一击。现在纵然满身是嘴怕也解释不清了。

赵大维紧咬牙关却停了手，再多的争吵他都没有对她动过手，这是第一次。就算内心容不下这份屈辱，他也不愿用当兵的手来对付一个弱女子。

两人对视着，赵大维大口地喘着粗气，半响，听到方沁一字一顿地说："他叫陆、青、平，青云直上的青，平静的平，住在东湖公馆5号楼，你去查他！去查他！好好查！听懂了吗？"

"你承认了是不是？"

"我没做过的事永远都不会承认！"

"你敢说跟他没有发生过关系？"

"该说的我都说了，他是我前男友，结婚以后再无来往，前段时间给客户送东西碰到他，当天一起吃的饭。后来又见过一面，在蜜糖，是给他送订过的东西。我已经跟他说不再来往了……"

"我问你有没有关系？！"

"那是以前，很久以前！"

"还咬着牙硬挺……方沁，这个人已经承认了。"

"我不知道他为什么要这么说，但我没做过……你去查他，去查他！最好能杀了他！"方沁失控地大叫着，嘴唇翕动，肌肉抽搐。

"呵呵，算了，有什么意思呢？这日子，都过成这样了……"赵大维垂头丧气地说道。

"不不，你必须得查，必须得查……我可以答应你离婚，但你得查，我没偷人，没偷人！"

"不重要了，方沁，跟你在一起太累了，日防夜防……"

"你为什么要防我？"

"你说呢？你在家安生过一天吗？老婆孩子热炕头，日子就应该这么过，可你呢？天天往外跑……"

"我要出去赚钱啊……咱家吃的花的用的难道是天下掉下来的吗？"

"我从来没有要求你出去赚钱！"

"你熬到现在一个月才一万多块钱，我不出去赚以后拿什么留给孩子？"

"那也不用赚到别的男人的床上去！"

"赵大维，你不要再污蔑我！"

"行了行了……人证、物证都在……"

"什么物证？"

"你的停车记录！还有昨天跟那男的发的微信！"

"那是你发的！"

"我发的又怎么样？我不用你的手机发能查出事儿来吗？"

"你、你们……大维，即使事到如今我也不恨你，换位思考一下，我也会气急败坏，可是，可是我真的没做过！"

"你凭什么恨我？还有，平白无故的，谁会往你头上倒脏水？"

"我怎么知道？我是真的没想到他会这么说，我……我简直……简直怀疑你们是一伙儿的，全都往我头上扣屎盆子！"

"怎么回事儿你心里最清楚！"

"我把陆青平叫出来，咱们对质！三方对质行吗？"

"你快别恶心我了，我根本没兴趣见你那个姘头！"

"赵大维，我……难道就这么完了吗？十年的婚姻……"

"是你自己作的！十年了，是你自己作的……"赵大维心绪难平，表情复杂。

"你你……"方沁从地上爬起来，她死死地盯着他看了一会儿，爬起身在客厅里来回踱步，赵大维也不说话，只是漠然地看着她转磨，一趟、两趟、三趟……方沁拿起离婚协议书，端详了半天然后笑了，她飞快地签上名字："走，咱们去民政局，离婚。"

坐在民政局的椅子上等着叫号，赵大维扭脸偷偷看了一眼方沁，真就这么结束了吗？十年了。可让我如何来原谅她的不忠？如果她现在求我，求求我，也许我会给她一次机会，这么多年来，她总是趾高气扬，她总是让我觉得高不可攀，我要看到她求我。

但方沁只是呆呆地坐着，面无表情，似乎世间所有事都再与她无关。

拿到那个印着银字的暗红色小本，方沁头也没回地上车离去，陆青平，你必须给我一个交代。

当年闪婚是因为你，现在离婚也是因为你，梅兰她们说人这一辈子都有一个冤家，她们说我的冤家是方亮，不对，不对，是你，陆青平，你又一次毁了我。

# 第四十七章　有多远滚多远

陆青平一打开门方沁就冲了进来，她眼睛血红，一把薅住陆青平的衣服："你为什么要那么说，为什么？你为什么要拆散我的家？"

"方方，你别激动你别激动，其实我刚说完也后悔了，想去找你又不知道你家住哪儿，我主要是怕你吃亏，他……他没怎么样你吧？"

"你希望他怎么样？他连杀了我的心都有！你到底为什么要那么说？我跟你，多少年没见面了，我们明明是清白的！"

"不是，你听我说，我其实是为你好，我真的是为你好……方方，我想过了，真的，你离婚吧，我们都这么大岁数了，我不想再犯以前的错误，不想让你再从我身边跑掉……我也会马上离婚，真的，我本来就准备今天打国际长途让她回来办手续的！"

"我不关心！那是你的想法，为什么要扯上我？"

"没有你，我离婚是毫无意义的！"

"天哪，我明白了，你是先把我的家拆了再拆自己的家对吗？"

"我这都是为了你，你跟我说过的话我都记得，你根本就不幸福，何必要难为自己呢？"

"怎么过是我自己的事，我的婚姻为什么要别人来做主？陆青平，你毁了我，毁了我你知道吗？"

"可你根本就不爱他……"

"爱不爱是我的事，我们有孩子！"

"方方，你清醒点儿吧，这不是你想要的生活，你不能因为孩子把自己一辈子都耗在一个自己不爱的男人身边……"

"你卑鄙！无耻！你诬陷我！"

"方方，我们以前在一起同居了那么久，他是问我和你有没有关系，也没有问是不是现在啊……"

"你简直强词夺理！他问的是现在！现在！正常人从你的回答里都会认为我出轨了！"

"我是在拉你一把！不然，你永远都不会下决心离婚的！"

"你、你……即使我离婚也不会再重蹈覆辙！多久了，十多年了！十多年什么都改变了，我已经不爱你了陆青平！"

"不可能，别骗自己了，从那天遇见你我从你眼睛里读出来了，你和我一样还在怀念过去对吗？以前是我错过了你，现在我不想再错过你了，我会离婚的，我们会携手过完下半辈子，方方，相信我……"陆青平揽住方沁，把她的头按在自己的胸膛上，"相信我亲爱的，我们本来就不应该分开，这么多年，这么多年，你一直在我心里，我想明白了，我什么都可以不要，只想余生跟你在一起……"

"滚开！"方沁用力推开他，"你、你让我无地自容，让我羞愧！是你打好了小九九故意陷害我，是你想要得到我！"

"对，我想得到你，你是我的，我本来就不应该让你走……现在老天爷给了我机会让我再把你找回来，我管不了那么多了，如果不推你一把你也许永远都不会离婚！方方，我会好好对你，你想想我们以前，你想想那些美好的日子……"

"我不想想！当年陆晓雨肆无忌惮地凌辱我，而你选择了你女儿，是你抛弃了我！"

"对，正是因为我当年大错特错，所以现在才要不顾一切地弥补！"

"不可能的，我对你的心早就死了！这么多年我用尽全力去遗忘你，我也已经忘了你了！没有了，回不去了陆青平！"

"我会离婚的，方方！"

"你还不明白吗？你离不离婚跟我没有关系！你现在做的这些事情让我恶心！恶心！"

"不对，方方，不对……你心里是有我的，我会让我们回到从前……"陆青平再次紧紧抱住方沁，用右手去探索着她文胸背后的小钩子。

从来从来，他没有勉强过她，但这一次，他必须征服她，反正她已经没有回头路，那现在他便可以成为她唯一的依靠了。

方沁挣扎着，一切让她觉得羞辱，曾经的伤害痛入骨髓，这么多年来，她费力地把那些刻骨铭心的爱用刀一点一点剜干净，现在他却又忽然出现，不费吹灰之力就拆散了她的家庭，那些记忆中留存的少许美好，也因为早上的电话涤荡得无影无踪。

昨夜和今晨的争吵犹在脑海，几乎彻夜未眠使方沁的思维一片混乱，慌乱中她探身拿起茶几上的水果刀，回身奋力挥向陆青平。

艳红的鲜血顺着刀尖滴落下来，陆青平低头怔怔地看着自己的胳膊，当他意识到危险时，方沁再一次挥刀刺来。

"方方！"陆青平叫道，他甚至有那么一刹那根本不想躲避，要不就让我死在她怀里吧，我欠她的。

可本能让陆青平紧紧抓住了方沁因鲜血而浸得滑腻的手："方方！你理智一点！方沁！方沁！"他一遍又一遍大叫着她的名字，方沁一激灵，突然像醒过来一样盯着陆青平一胳膊的血，傻傻地呆在原地，一动不动。

陆青平试探着去拿水果刀，无奈方沁死死攥着，他也不再勉强，转身去药柜里找了卷纱布用牙齿和右手绑住伤口，好在方沁当时并不顺手，只是刀锋划过流了些血而已，未及要害。

自从偶遇方沁后，陆青平仔细回顾了自己的前半生，毋庸置疑，方沁是他心里最难释怀的心结。

他爱她，这段时日，他每天想的都是要跟她在一起共度余生。

妻子和女儿远在异国，孤独了这么久，他更加渴望着与自己深爱的女人长相厮守，他试探着让方沁做他的情人，以后各自离婚便可顺理成章地共赴前程了，可方沁不同意，他也只能从长计议。只是不眠的夜实在太长，他越来越等不及了，心里只想每天醒来能看到她美丽的脸，听到她温柔的话。

昨晚他并不知道发微信的是赵大维，相互诉说过思念之后他在黑暗中笑了又笑，想着今天如何打电话和妻子协议离婚，晓雨已为人母，不会再像小时候一样不懂事。他的前半生已经顾念了太多俗事，而今年过半百，虽非豪富，就算妻子分掉一半财产，也能保余生与方沁生活无虞。所以今天一大早接到方沁电话时他很开心，没承想赵大维也在，他立刻明白赵大维不过是要用他的嘴证明方沁的清白，只一瞬间陆青平心念微动，觉得是时候推一把了。

电话那头传来巨大的声响，陆青平后悔自己太过急于求成，他怕赵大维一怒之下做出什么出格的事，现在方沁终于完好无缺地站在自己面前，那颗忐忑的心也落了地。

可他没想到方沁居然如此抵触，这么多年了，她还是那个性子，她可以为平庸的婚姻委曲求全，却不愿接受自己最真心的承诺。

陆青平走回客厅，见方沁还愣在原处，他再次去拿水果刀，方沁挥手把刀扔在沙发上，她甩了甩手上的血，转过身，直勾勾地看着他："这一刀，是你应得的，从此你我两不相欠，再无余情……"

"方方……"陆青平叫住她，"问问你的心，给你、给我、给我们一次机会好吗？我会让你幸福的！真的！"

"从我的生活里滚出去，有多远滚多远，永远都不许再出现！"方沁没有回头，她狠狠地吐出这句话，摔门而去。

鲜血洇出了纱布，艳过红酒的瑰丽，陆青平颓然地坐下，喉咙像被什么东西堵住了，许久许久，他张开嘴，失声痛哭。

我的爱人，你爱我时我背身离去，如今当我准备好了一切，你却给了我致命一击。

是的，我欠你，但现在，我还清了。

若是还有来生，我不会饮下奈何桥上的那碗孟婆汤，而你，也千万不要变了模样。

# 第四十八章　生活就是一团乱麻

方沁暂时搬到了我家，但她每天还是会到校车站接儿子一起回家，给他做饭，给他辅导功课，给他讲睡前故事，等他熟睡之后再回到我这里。

我说你就住着吧，踏踏实实的，不用忙着租房子，我这儿离你也近。

她笑笑，说看，没想到吧，咱们之中最先离婚的人居然是我。

"先是菲儿呀，你忘了？"

"她那是假的，我这是真的……再说菲儿不也已经复了嘛。"

"未来的处长你扔了，陆青平你也不要……"

"记不记得我以前说过的话？永远永远……都别再提这个人。"方沁垂下长长的睫毛，如同旧梦一样，陆青平再一次成为她内心的疮疤。

"你恨他们吗？"

"至少不恨大维，他是个好人，我明白在那种情况下是个男人都受不了……可惜我们不是一个世界的人，他永远都不能理解我。至于那个人，在我心里已经死了。"

"一晃这么多年，改变的东西太多了。"

"你呢？你这儿也悬而未决呀。"

"他爸心脏病犯了，正住院呢，洛然电话一直关机，公司说他有十多天没去过了，好多需要他签字的东西都压下来了，几个经理都不知所措。"

"不会出什么事儿吧？"

"倒是不至于，他之前主动联系过他爸一次，就在我回烟台的时候，虽然没说什么实质性的东西，但至少言语上挺正常。我寻思着最大的可能要么那女人死了他去散心了，要么那女人还没死他们一起去旅游度过最后的时光了……也有可能转到别的医院了。"

"生死的事儿，咱说了都不算。"

"早晚他得回来，如果真出现奇迹了，洛然也得回来找我办离婚手续，如果人没了，他更得回来，不回家他去哪儿啊？他最疼子玲，提离婚的时候说只要女儿。我不急，我真不着急，我等着……日子过成这德行，我算是懂菲儿那句话了，她说'突然感觉从天上掉到地下'，真的，真是从天上掉到地下……没意思透了。"

"别想了，人这辈子，除了生死都是小事儿，如果不是因为那女的病入膏肓，洛然也不会这么绝。"

"可他们当年非卿不婚啊，我老在想，如果高珊好嘛秧地出现在我们生活里，洛然会不会离婚？"

"不会的，你们感情那么好，孩子又可爱，正常人做不出来那种事。"

"可现在正常吗？"

"你呀，心事太重，爱情可以自私，但婚姻这东西还是需要大度些。你还爱他对不对？"

"唉，还不如不爱，不爱了就淡了，也就谈不上伤害了。我这心里，就是难受，难受得一抽一抽的……"

方沁叹口气，在我身边躺下来，把头轻轻靠在我肩膀上。

我们都不说话，呆呆地看着窗外的一团月色。

各自的心事，如月华昏黄。

混浊不堪。


燕子出院了，一回家就看见张亚奇正坐在沙发上捧着iPad玩游戏。

"张亚奇！你怎么进来的？你给我滚出去！没见过你这么不要脸的人！"燕子大叫着。

"哟，媳妇儿回来了！"张亚奇笑脸相迎，赶忙起身上前从易母手中接过包，"妈，您累了吧？"

"你别玩儿这套，你走！"燕子边说边去推他，却被张亚奇绕到背后抱住两条胳膊按到沙发上，"快坐下老婆，我也不知道你今天回来，妈也别走了，我这就去做饭！"言罢不由分说进了厨房。

"妈，您锁换了没有啊？"

"孩子，妈是想换来着，可那天正换着，亚奇就来了，他求了妈半天，哭得跟什么似的，妈这心一软……"

"妈！"

"燕儿啊，我这当丈母娘的怎么给你往外撵啊？"

"那我报警了！"

"你报什么警啊，你俩还是两口子，警察来了能怎么样？他也没打你没骂你，总得有个由头吧？"

"妈——"

"好孩子，妈在这儿陪你好不好，亚奇不会伤害你的，啊，听话……"

"他伤害得我还不够吗？"

"唉，你们俩啊……不是冤家不聚头，你们夫妻的事儿妈也不好说什么……不行你再看两天，给他个机会，好歹也结婚这么多年了……"

"结婚哪么多年了？您又不是不知道，我刚结婚没俩月他就进去了，出来又跑了，一跑好几年，这才露面儿几天呀……"

"那不也是你撵的人家吗？"

"妈！您……还帮他说话，您简直气死我了您！"

"好闺女，听妈的，他要愿意伺候你就让他在这儿吧，看他表现……别一竿子打死。"

"看什么表现啊，我不想跟他过了，我要离婚！"

"别动不动就离婚离婚的……"

"我早就想离婚了！"

"宁拆十座庙不毁一桩婚，闺女，"易母看了一眼关着的厨房门，声音压低下来，"妈那天不是跟你谈了吗？其实亚奇这孩子不错，是真心实意对你，他当年进去你觉得两百多万不是钱，可他是个男人不想靠老婆，这份儿心你不懂妈懂，你一直因为孩子没了的事儿怪他怨他，他也跑出去好几年，现在回来了就是想跟你好好过……这次住院是他的错，我也特想抽他，可他是你丈夫啊，可能喝了酒一时没把持住……好孩子，你得替自己想一想，你不是十几二十岁了，说话都快奔四十的人了，就算离了能找着什么样儿的？妈是为你好，乖，你就听妈一句劝吧。你要是不放心，妈妈就住在这儿陪你，不过我相信亚奇那孩子现在也只有求和的心，一定会好好照顾你的。"

"妈，你不懂，我真的不想看见他……"

正说着，张亚奇从厨房出来，把一块一块切好的什锦水果盘子放在茶几上："妈，老婆，你们先吃点儿水果，燕子，你可别吃西瓜，那西瓜是给妈吃的，西瓜性寒，你现在还不能吃，少吃一点儿别的。妈，我去做饭了哈。"说着笑嘻嘻地点点头，返身回了厨房。

"你看看……燕儿，真的听妈一句，再找也不见得找着这么尽心尽力的了……夫妻呀，什么都比不上原配……"

"行了行了，我不想听，我去睡觉了。"燕子烦躁地站起身走向卧室。

"那一会儿饭做好了妈叫你。"见女儿听不进去，易母叹口气，心想还是去厨房一边帮忙一边跟张亚奇聊聊吧，再听他说些如何好好对待燕子的话，心里也能踏实些。

燕子在群里说起这事儿，我们提醒她千万别让张亚奇再犯上回的错。

"我怎么可能再让他碰我？以后进卧室就锁上门。上次就应该告他婚内强奸。"

我们劝她别想得那么极端，易母说的也不是没有道理。

"我妈不懂你们不懂吗？我一天都不想跟他过下去了，我就想离婚！"

可离婚又谈何容易，张亚奇心里本就打好了要赖着她一辈子的心思，除非分居半年再打官司，可现在这情形，连赶都赶不走，总不能鸠占鹊巢让燕子搬出去住吧。

我们四个人的婚姻在这一年都像商量好了一样发生了翻天覆地的变化，甚至坏到了无以复加的地步。

这一年，都大差不差在三十六岁的坎儿上。

这份儿本命年的邪，不信不行。

我们似乎都走错了路，选错了人，生活就是连锁反应，步步走来，前因后果，万事皆有缘由。

这一生，是你要的也好，不是你要的也罢，没有退路，没有回头，即使风雨飘摇，也得咬着牙生扛到底。

凤凰涅槃，置之死地而后生。

# 第四十九章　醉眼看世何妨

洛然打开了家门，脸上带着不知从何而来的黄紫色瘀青。这若是在以前，我一定会大惊失色地上前询问，但我只是冷漠地瞥了一眼，继续低头刷着微信。倒是一旁的方沁尴尬地问了句："回来啦?"

洛然点点头，算是打了招呼，他把手里的小件行李放下，走到儿子和女儿的房间门口站了一会儿，知道两个保姆带着孩子已经睡下，脸上不免露出一丝失望，再瞅瞅我们，脚下略微犹豫了一下，然后拎着东西走进客房。

方沁看看我，我摇摇头，把灯一一关掉，拉着她一起回卧室。

"他脸上你看见了吗?"方沁问。

"看见了。"

"你不问问?"

"不问。他想说自己会说的。"

"是磕着了还是被人打了?"

"你要好奇自己去问。"

"你说他知道他爸住院的事儿了吗?"

"爱知道不知道，他们家的事儿跟我无关。"

"唉……你这个脸摆的，我回屋睡觉了……"

"你今天在这儿睡吧，聊会儿。"

"心里不痛快了吧?"

"能痛快得了吗?"

"唉，这家家有本难念的经……反正我是离了，也挺好，只要我儿子好好的比什么都强。"

"孩子还是不知道你们离婚了?"

"他懵懵懂懂地应该感觉到了点什么,倒是问过我为什么东西都拿走了……"

"赵大维态度好点儿了吗?"

"没有,回回吊着个脸……反正也离了,爱咋咋地吧。"

"你以后有什么打算吗?"

"想多代理一个品牌呢,正在跟法国那边谈,有点眉目了。"

"我是说感情。"

"没有,也没心思。"

"慢慢来吧,总会有个好男人出现的。"

"我还是明天出去找找中介吧,既然洛然回来了,我再赖你这儿不合适。"

"'赖'字可是你说的,我可没嫌过你,都说了愿意住多久都行。何况现在房租这么贵,要租也得在这附近,照顾孩子也方便。"

"那肯定的……你说我这命啊,来北京快二十年了,混啊混的现在连套房都没混下。"

"嗐,别提了,咱四个这一年都不痛快。"

"菲儿也不知道怎么样了,要不约她出来咱仨喝点酒去。"

"晚不晚?"

"问问。"

"也行。"

菲儿倒是爽快,很快就到了温莎。我们把音响一关,边喝酒边聊天,倒也放松。

我看菲儿容光焕发,又恢复了以前的婀娜模样。于是问她左骁老实了?菲儿一笑,说:"随他吧。"

"你什么意思嘛,咋叫'随他'呀?"方沁问道。

"你不老说'爱咋咋地'嘛,就这意思。"

"想开了?这么豁达了?"

"一切都等过完户再说。"

"啥时候过户？"

"说是房产证下个月就该下来了，下来就过。"

"嗯，这事儿的确得抓紧。"

"然后呢？"我问。

"然后……哼哼……"菲儿眉角高挑，"我想好了，也让他尝尝被出轨的滋味。"

"啊？你有目标了？"

"跟男人上床还不是分分钟的事儿？只要我愿意。"

"那你俩现在怎么样？"

"分房睡呢。"

"他表现咋样？"

"他当然努力表现喽，天天想着法儿哄我，也疼孩子，但我就没让他碰我……心里别扭。"

"菲儿，宝贝儿，"我笑着说，"你这么想，你比比我、比比方沁，再比比燕子，至少你们还相爱着，你还爱他对吧？"

"就因为爱，所以才恶心。"

"唉，不知道怎么跟你说，没法儿劝你，你一向太有主意了。要是放下这一段，其实你们已经找到以前的感觉了不是吗？"

"找到以前的感觉和回到以前是两码事，我永远忘不了他那段日子对我的折磨，也忘不了他那副混蛋的嘴脸，我确实不舍得，但心里又憋屈得不行，总觉得自己需要一个平衡，这个平衡就是我要扳回来一局。"

"那你出轨了心里就舒服了吗？"

"对。"

"不对！"方沁说，"不对！就为了寻求一个平衡而把家给毁了不值得！为了孩子想想嘛。"

"那你这么多年为了孩子一直忍着最后还不是离了？"

"我和大维的感情能和你俩比吗？你自己心里多爱左骁呀？那我问你，你要是出轨了是告诉左骁还是不告诉他？告诉了那肯定过不了了，男人和女人还不一样，不告诉的话又怎么能伤害得了他呢？根本没意义呀！"

我也赞成方沁的话，菲儿紧绷着嘴唇不吱声，半晌才说："我就想要一个平衡……不然心里过不去这个坎儿……"

"说白了还是自己的心结。你说人活着不过就这么几十年，把前头不经世事的十几年掐掉，再把五十岁之后的那半拉掐掉，咱们还剩多少岁月可以扑腾？为了寻求心里的一个平衡去伤害自己的爱人和家庭真的挺不值得。报复了别人又怎样？等报复的快感一过去自己还不是要面对现实？你要是真舍得他也就算了，那就把房子过完户你爱干吗干吗去，但你不是啊，你心里有他，你爱的还是他，你想报复完了继续跟他过日子，那以后你怎么去面对他？菲儿，你是聪明人，千万别钻牛角尖儿，有些事儿不是你打我一拳我还回去一脚就能解决得了的，孰轻孰重得先分清，咱都不是小女生了，可以随便找个人谈谈恋爱玩玩情绪……这是一个家呀，像燕子那样没孩子还好说，像别的夫妻之间没爱情也好说，但你爱左骁，他现在也愿意浪子回头，何必把自己和他都逼入绝境呢？"我越说越激动，由彼及此，经历过高珊的事情之后，其实我挺羡慕菲儿和左骁，至少他们的爱情更加纯粹些。

菲儿点燃一支烟，烟雾在灯光下袅袅上升，她轻轻地弹掉烟灰，深深吐出一口长气："再说吧，等过完户再说……"

短暂的沉默过后，菲儿问起我的打算。

我耸耸肩，从她烟盒里抽出一支烟："我想离婚。"

"我以为你上次说的只是气话呢！"方沁惊讶道。

"是气话，但话一出口似乎我也只有这个选择了。"

"梅兰，你刚才还给我上课说不要心存报复，说了那么一大堆，怎么到了你这儿也有这个心呢？"菲儿说。

"旁观者清、当局者迷，那你们说，经过了这么大一件事，我还能怎么做？"

"那女的呢……人在呢，还是没了？"

"去问过医院，医院说没有这个人了，这家医院是国内权威，除非洛然带她去国外治病了……他今天既然能回来踏实在家里住，估计高珊人是不在了。"

"你应该好好跟他谈谈。"

"我等着他先开口呢。"

"他爸总得管吧？"

"他爸听说以后一着急心脏病犯了，正住院呢，不知道洛然有没有去看过。但话说回来，当年他们家对我们的婚事也是一千一万个不同意，洛然还不是照样把我娶进门。他跟他们家，一向顶着干。"

"唉，真够闹心的。"

"是啊，方沁今天还跟我说家家有本难念的经，这是亘古不变的定律，都是人，都有七情六欲，也都得柴米油盐酱醋茶地活着，谁都不是三头六臂……以前你们天天羡慕我嫁得好，现在呢，真的'咔嚓'一声天上就突然劈下来一个大雷，快把我劈碎了……"

"反正有什么事儿都商量着吧，你也别一个人搁心里难受，再不济我们仨帮你出出主意也是好的。"

"你也是一样，心里苦闷了得找我们聊聊，也别窝着说出轨就出轨……"我拍了拍菲儿的手。

"是是，好好好，我要是准备出轨了一定先跟组织汇报一声，必要的话手写个报告。"菲儿笑道。

那一夜我们直到凌晨五点才散，酒是个好东西，喝多了便可疗伤，不管爱情、不论欲望，醉眼发花，目之所及，一切美好如初。

第四十九章 醉眼看世何妨

# 第五十章　噩梦开始

　　洛然朝九晚五，有时候还会去接儿子放学，他辅导儿子功课，陪女儿过家家，客厅里经常荡漾着两个孩子的笑声。

　　他从来不与我对视，我也当他透明，如同天底下所有的夫妻冷战的模式一样。

　　我已经写好了离婚协议，现下住的这套房、顺义的别墅、上海的公寓归我，泛海国际、美国、杭州的房子归他，典当行的股份归我，其余公司产业我一概不要，两个孩子归我，他可随时探视。

　　他开口跟我说话的那一天，便是我拿出协议的时候。

　　我肯定那个女人已经没了，不然洛然是不会心无旁骛地日日做出一副好父亲的模样的。

　　没有了她，把我逼到了这份儿上，洛然，你居然能像没事儿人一样？

　　说出口的话如覆水难收，当初那么坚定地要抛弃我和这个家，如今，你还舍得吗？

　　燕子把头埋在被子里，厌恶地听着门外的催促，张亚奇已经敲了三次门了，他语气温柔地一遍又一遍地说饭菜都快凉了老婆你就吃一口吧，你再怨我身体也是自己的，别因为我的错误惩罚自己，见没有回应又接着说这回家都半个月了，你连看都不看我一眼，宁可叫外卖也不吃我做的东西，我这爷们儿当得也够可以了，这么个伺候法儿你难道一点儿都不往心里去吗？

　　燕子"腾"地打开卧室门，面色如冰，她静静地瞪着张亚奇良久，问："你什么时候能滚出我的家？"

"这怎么叫你的家啊，这家也有我的一半不是吗？咱们是夫妻啊。"张亚奇挤出一脸笑容。

"夫妻？你在我心里早就死了，不论你做什么都没用。"

"亲爱的，别闹了，杀人不过头点地，过日子哪有勺子不碰锅沿儿的，吵吵闹闹也总有个结束的时候吧，咱别得理不饶人，台阶该下就下吧……"

"我根本没要求你为我再做这做那，我只想离婚，这么简单的两个字你难道听不懂吗？"

"别闹啊……"张亚奇拉住燕子的胳膊，"乖，咱吃饭去，看看老公今天给你做了什么……"

"你别碰我！"燕子甩开他的手。

"呵呵……"张亚奇的表情变得僵硬，他抵住燕子准备关上的房门，"行了宝贝儿，差不多得了，今天给你做了你喜欢吃的西红柿炖牛腩，还有……"

"我说的话你听不懂吗？听不懂吗？"燕子咆哮着走到餐桌前，用力把桌子上的饭菜用胳膊一扫，随着碗碟的摔碎声汤汤水水洒了一地，"我不用你做给我，我不用！我就要离婚！离婚!!!"

张亚奇看着她，垂头蹲下来收拾地上的残局，他沉默着，把碎碗片一片一片捡到手里，动作很慢很慢，捡到第五片的时候忽然停下来，他站起身，腮边咬肌乍起，笑容消失得无影无踪，他猛然扔掉手里的东西，扑过去用双手掐住了燕子的脖子，燕子浑身一紧，被蛮力推到了墙上，她感觉到了他手上的油腻和炒菜混合的香味儿。

"×你妈，易燕子，折磨老子折磨够了吗？还有个头儿吗？你有什么可牛×的，老子天天像条狗一样伺候你，低三下四地捧着你、宠着你，你连一个笑模样都没有，你他妈拿老子当人了吗？"燕子被掐得连连咳嗽，这才让他的手略略松了力气。

"有本事你掐死我吧……"燕子闭上眼睛。

"呵呵，"诡异的笑容在张亚奇眼角弥漫开来，"你想什么呢？啊？我以前坐牢是为了你，现在，哼哼，为了你这个臭婊子不值懂吗？不值！"他把双手移到燕子的胸脯上反正擦着，直到把油汁尽数擦净，"你给老子记住，"他捏住燕子的下巴，"我他妈永远也不离婚，你也永远跑不了！"

"张亚奇，这么相互折磨有意思吗？"

"有……特别有意思，本来我是想好好过的，但你不识抬举……想甩了我门儿都没有，不是想找别扭吗？好啊，从现在开始，咱俩谁也别想好过！"

"姓张的，你也记住，我可能永远都生不了孩子了，你难道想让你们张家断后吗？"

"你不能生，不代表我不能找别人生……你个傻×，明白告诉你，老子现在有的是钱，我就是要看着你在我手心里怎么个跑法儿。"他狞笑着拍拍她的脸，"就你现在这操行老子根本不会睡你，你不是不愿意跟我上床吗？好啊，老子有钱就什么都不缺，从今儿往后，你就守着你的活寡，要是敢在外面找男人，老子先杀了他再杀了你！然后杀了你妈和你妹你们全家！我等着你求我，跪下来求我的那一天！"说完他松开手，在椅子上坐下点燃一支烟，"把地下给我收拾干净！要是有一点儿不干净的地儿，老子今天打得你找不着北！"

"张亚奇！你……"

"我什么我？易燕子，老子忍你很久了，有本事你弄死我，弄不死我就老老实实地待着，敢再动什么心思我就把你们全家一个一个全弄死，包括你那三个闺蜜，妈的一个个全是贱货！全他妈该死！我看就没给你出过什么好主意！"

"我们的事儿跟别人没关系！"

"喊，我就乐意，反正这辈子就这样了，我姓张的就跟你姓易的耗上了，咱谁也别想跑……"他转动了一下脖子，"听不懂人话是吗？干活去！老子饿了，你收拾完了给老子去煮碗面……还有，家里的锁你敢再换一回试试？我是什么样的人你心里清楚，把我逼急了什么都干得出来，你就死了这条心吧……"

燕子倚着墙瘫坐下来，本以为不给他好脸儿，日子久了他总会同意离婚，但自己失算了，这么多年过去，她依然是那个手无缚鸡之力的女人，他也依然是那个不择手段的混世魔王。

这以后的日子，莫不是就成了万劫不复的深渊？

吃完面，张亚奇没收了燕子的手机，并把家里的电话线一一剪断。他捏着燕子的脸说："老子现在要出门儿，回来时要是看见你不在家我今儿就到你妈家睡去，要是你敢玩失踪，我就挨个儿去你妈家、你妹家，包括梅兰那几个臭骚×的家里去闹，一个个地强奸……我倒要看看是你狠还是我狠，你们不让我好过，那咱就谁也别想好过！听懂了吗，老婆？"

　　燕子痛苦地闭上了眼睛，张亚奇"哼"了一声："你最宝贝的就是你这张脸吧？就是因为这张漂亮的脸蛋才天天在我面前耀武扬威的吧？信不信我毁了它？没了这张脸我看你还有没有本事再喊着离婚，还有没有本事再去勾引别的男人！"他用指甲在她脸上重重划过，"现在知道后悔了吧？让你逼我、让你逼我！呵呵，这往后的日子可长着呢。"

　　片刻之后，张亚奇收拾停当离开家门，临走前意味深长地看了一眼依旧坐在原处发呆的燕子。

第五十章　噩梦开始

# 第五十一章　极端的爱已经成为极端的恨

那天晚上张亚奇午夜过后才回来，在床上半梦半醒的燕子分明听到了他和一个女人的调笑声。

"把门给我开开！"张亚奇粗鲁地踹着卧室房门，"以后都他妈不许锁知道吗！"

"哟，你们家还有人啊？"那个女人的声音很年轻。

"忘了我说的话了吗，易燕子，×你妈的把门给老子打开！"

燕子拧开锁，张亚奇一脸轻蔑，他把身后那个女人拽进怀里旁若无人地又亲又摸。

"哎呀，哥你干吗呀，别着急嘛，当着人呢……"那女人边笑边躲闪，目光投向燕子。

"妈的又不差你钱，你管有人没人……"张亚奇的手野蛮地伸进那女人裙底，黑色的蕾丝内裤已经被扯下来一半，燕子紧咬牙关，气得瑟瑟发抖。

"别呀别呀，"那女人一手拽住，"有人，我不习惯……"

"×你妈的，别神经病，老子给你双倍的钱还不行吗?!"张亚奇抱起那女人扔到燕子床上，说了一句"自己脱"，然后打开了灯，他一把拽住燕子的胳膊，"敢走?! 给我老实在旁边看着，你不是不让我碰你吗? 行，我就让你看看有没有女人愿意让我碰！"

"张亚奇，我求求你……"

"求我? 现在求我了? 哼……那老子下面都硬了，不上她上你?"

"我……我刚出院……"

"那就看着……把眼睛大喽……"张亚奇回身扑向那女人。

"别别，大哥，我得先去洗个澡。"那女人惶恐地看了燕子一眼，在心里极力厘清着面前这两个人的关系。

"洗他妈什么澡啊，哪那么多事儿……"张亚奇不容分说上下其手，呻吟和喘息声越来越大，燕子觉得自己脑海中一片空白，恍惚间她感到强烈的恶心，不禁跑到卫生间抱着马桶"哇哇"大吐起来。

本来胃里就没什么东西，这一吐，像是把自己掏空了，掏得什么都剩不下，尊严早在今天傍晚就已离她而去，越飘越远。

张亚奇赤身走进来，叉着两腿站在她面前，然后朝地上撒了一泡尿。尿液溅到燕子光着的脚甚至脸上，她急忙站起来，张亚奇"嘿嘿"一笑："下回你他妈再占着马桶我就尿你脸上！"说罢打开淋浴房去冲凉了。

地面上黄黄的尿液洇成一大片，如强酸般腐蚀着脚底，燕子的拳头越攥越紧，这时身后响起那个女人的声音："姐，还有别的卫生间吗？我也得洗洗。"

燕子转过身，幽灵一样地盯着她，那女人向后退了一步，赶紧走开，随后走廊尽头的卫生间传来关门和锁门声。

我能不能杀了这个畜生能不能杀了这个畜生？！燕子在心里一遍遍问着自己，这种日子刚刚开始，他不会放过我的，他说了这辈子都不会放过我的……杀了他所有人都安宁了，不是吗？杀了他杀了他！

她走进厨房，先是掂了掂菜刀，继而打开柜子拿出一把锤子，她用左手紧紧握住右手的手腕，试图减轻右手的颤抖，谁知整个人却剧烈地哆嗦起来。

"你他妈的去哪了？易燕子！来把地上给我擦干净！害得老子又踩了一脚尿，刚他妈洗完又得洗……"张亚奇的声音传来，燕子一个激灵，手里的锤子也落了地。

不不，不行，不论是菜刀还是这把破锤子我都弄不死他，现在不是时候……我得等等，我得等等……燕子把东西收起来，抱紧双臂靠着灶台站了一会儿，然后拿起了拖把。

张亚奇瞥了眼正在拖地的燕子，绕过她身后一把抱住，并拉过她的一只手握住自己的下身："还没完呢宝贝儿，一会儿还能有一回，你老公的本事你是知道的对吧？你要是看得起性了可以来求我，跪在地上求我……"他放开燕子僵直的身体，对着镜子抹了一把脸，"痛快！舒服！"说完哈哈大笑着走出卫生间。

卧室里再次传来浪笑和低语，燕子逃一样跑到另一头的客房，这里也自带卫生间，在她怀孕初期本想做婴儿房的，但因为张亚奇的入狱而停止了改造，现在里面只有一张上下铺的儿童床和一个柜子，床品倒也齐全。

她打开淋浴，连衣服都没脱，一任水混合着眼泪流过全身。

她一遍又一遍地使劲搓着手和脚，直到搓出红色的血点，然后擦也没擦，赤脚走到床边，就这么湿漉漉地躺下拉过了被子。

她不知道自己是怎么睡着的，只觉得周身越来越冷。我是不是快死了？她心里有一个声音传来。

不能死，死我也要先杀了张亚奇。

睡梦中似乎有一丝奇怪的气味传来，难道是房子着火了吗？她想睁开眼睛，无奈浑身疼得厉害，在若有若无的味道中，燕子感觉自己的身体忽轻忽重、晃晃悠悠、磕磕绊绊，最后飘浮在天花板上。

"这么烫？亚奇，燕子怎么发烧了？"她迷迷糊糊地听到了母亲的声音，身上那件湿漉漉的睡衣早就被自己的体温焐干了。

"哎呀，今天早上还好好的呢，妈，您别着急，我这就去拿退烧药。"

"你等等，我闺女怎么睡到这房间里来了？"

"嗐，我寻思把大卧室的床单换一下，早上跟她说了她说没睡够就跑这儿睡来了……妈，都是我不好，我先去拿药。"张亚奇的瞎话张嘴就来。

燕子睁开了双眼，泪水夺眶而出，她紧紧抱住妈妈，那一刻多想告诉母亲一切啊。

"怎么了孩子，怎么了？哭什么？哪儿疼吗？"

"妈——"

"怎么了怎么了，不哭不哭，是不是手术的问题？这都有半个来月了呀……不行咱再回医院看看……"

"怎么了老婆？怎么好好的又哭开了？"张亚奇端着冲好的泡腾片，他试图从岳母怀里揽过燕子，但燕子死死抱住母亲，已经泣不成声。

"好老婆，别耍小孩子脾气了，老公在你身边呢！老公昨天是怎么跟你说的你全忘了吗？乖，先把药吃了……"张亚奇的声音特别温柔。

"就是，好闺女，咱先把药吃了。"易母拍了拍燕子的后背，"快，听话，先退烧，你要哪儿不舒服就去医院。"

燕子抬起一双泪眼死死盯着张亚奇，张亚奇微微一笑把药递过去："什么都没有自己的身体重要对不对？先吃药……"

若是这时候翻脸恐怕他会大打出手，而且事情发展到这一步，怕是除了她自己，别人帮不上忙不说，反而会激化矛盾。

燕子长叹一声，接过药喝了："妈，我没事儿，可能受凉了。"

"要不要去医院？"

"真不用，让我睡一会儿吧，浑身疼。"

"发烧可不就是浑身疼吗？那你睡一会儿，妈给你们做饭去。"

"别别，妈，您老歇着，我做饭去，老婆你想吃什么？要不老公给你叫点儿外卖什么的？"

"这发烧能吃得下什么？我去熬点儿粥。"易母边说边站起身。

看着易母走出房间，张亚奇坐下来凑到燕子的耳边："还真得夸你，就是懂事儿，看来我说的话你听到心里去了。不错，就这么好好表现……以后说什么、做什么心里有点×数，我就能保你们全家平安无事……既然发烧了就老老实实躺着，说不准老公一高兴就把手机还你，跟梅兰她们怎么聊你也先在肚子里打打草稿，别忘了我可什么都干得出来……还有，你这眼泪忒不值钱，别他妈哭了，哭得老子心烦意乱的。我现在去给我老丈母娘打下手去，戏总得做足了是不是？还有，从今往后你不许锁门，没有我的允许也不许迈出家门半步！"

燕子晚上在张亚奇的监视下给我们发了微信，只说住了这么久院还没好利落最近就不参加聚会了，我们说你别动弹了回头去家里看你，她说大家别跑了，不是都有烦心事吗？等都处理好了再聚。

# 第五十二章　初识只道平常

方沁走进一家图文店，老师在微信群里留了作业，让家长帮助孩子把前天同学们去王府井做公益的行动制成手抄报，方沁是来洗照片的。

一个面目清秀的男孩接待了她，笑容很是暖心。她把要洗的照片传给他，说回头来取，然后开车去给客户送东西。

到了约定地点，方沁不禁打了一个冷战，因为她忽然意识到自己居然把手提袋落到图文店了，那里面可是价值十多万的沛纳海，刚才下车时不放心拎在了手里，没承想洗几张照片要一两个小时，所以就没等，一走神竟忘拿了。

最近总是丢三落四的，可这块表实在丢不起，方沁急得出了一身冷汗，马上掉转车头往回开，边开边按单子给图文店打电话，接电话的正是刚才那个男孩，他说是有一个袋子，你一走我就帮着收起来了，你回来跟照片一块拿吧。

心里一块石头才落了地，于是告知客户路上太堵了，能不能晚一点儿，好在是熟客，也倒没介怀。

拿回了手表，方沁问那男孩要了微信，微信一通过立刻就给他发个两百元的红包以示感谢，男孩却执意不收，说不用这么客气，举手之劳而已。

晚上回来方沁跟我说起这事儿，我说这世上还是好人多，代购的都是贵东西，你以后也小心点儿，方沁说真觉得欠了人家一个大人情呢，我说有空就请人吃个饭呗，多亏他收着，要是万一叫别人拎走了还真就是个大麻烦。

方沁后来确实请他吃了顿饭，那男孩叫潘昱齐，湖南宜宾人，今年刚二十二岁，少时父母双亡，家中也没有什么亲戚，十四岁便出来打工，现在这个图文店就是他和老乡一起盘下来的。

方沁心里一阵唏嘘，虽然他只是轻描淡写，但背井离乡无依无靠的，小小年纪就一个人闯荡社会，想来也必然经历了太多坎坷。

"还以为你是员工呢，原来是老板啊。"

"嗐，一个小店，不值一提。"

"那也是你的心血。以后你就叫我方姐吧，虽然我没什么本事，但以后有什么能帮得上你的我一定帮。"这是真心话。

"嗯，方姐。"潘昱齐咧嘴一笑，露出一口整齐的小白牙。

这之后两人每天都会微信聊上一会儿，潘昱齐有什么事都爱和方沁念叨，对她的关心也渐渐形成了依赖。

我问方沁那小孩儿长什么样，方沁给我看了微信头像，我说还挺清秀的，你是不是有什么想法？方沁说你有病，人家才二十二，我都三十六了，一个没爹没娘的孩子我心疼一下怎么了？我说你可悠着点儿，人都是有感情的，发展发展指不定成什么样儿呢，他才二十二，耗几年都还青春着呢，你不一样，你没几年可耽误的了。

方沁不以为然，从她每天捧着微信窃笑的模样可以看得出，她很享受这种感觉。

什么事一旦养成了习惯，便成了牵挂。


方沁从中介租到了房子，尽管我一再挽留，她还是说希望有个自己的空间。再说我和洛然的事情还没解决，她毕竟是个外人，说不准她走了以后我们之间能缓和一下。

我说能缓和成以前的样子吗？洛然已经把我逼到绝境了。

"那也得等洛氏上了市再离，不是说快上市了吗？你别犯傻，那可不是个小数，真金白银啊。"

"呵呵，这你也信，自打我认识洛然开始，洛家就说上市上市，这都说了多少年了，谁都看得出他们早就在走下坡路了，今时早已不同往日，洛家的事业顶峰是他爸制造出来的，洛丽根本就扛不起来，偏偏还捂得死死的就是不让洛然进集团。我们也早就习惯了，上不上市的都无所谓，钱再多也是没有生命的东西，我们现在别说对半分财产，就是把北京这几套房给我，两个孩子以后的生活也一点儿问题都没有，何况美容院一直盈着利呢……"

"洛然最近没动静，会不会防着你把财产转移了？"

"他如果是那样的人倒好了，我就死心了，也没什么可留恋的了。"

"你要是这么说说明心里还是爱他……你想想，洛然这段时间天天回家，跟高珊那档子事儿算是过去了，她人要是没了，也就没有什么隔在你们中间了，你又何必离婚呢？"

"洛然可以黑不提白不提，我却不行，省得让洛家以为我是好欺负的……"

"有什么欺负不欺负的，婚姻又不是给别人看。就说我，如果不是陆……唉，算了，如果不是大维铁了心地要离，看在孩子面上我也能凑合过下去。该忘就忘吧，亲爹亲妈对孩子成长是最好的。"

"我也知道这道理，就是说服不了自己。"

"好好谈谈吧，沟通一下，你们之前的感情没毛病，我就是因为和大维实在没办法沟通才越走越远。"

"都说七年之痒，真就是个坎儿。"

"三年、七年、十年……都是坎儿。咱们四个年龄都大差不差，也都差不多在本命年上，古人多牛，早就算好了人这一辈子十二年一轮回，十二年一个坎儿，不信都不行。反正要我说啊，少年夫妻老来伴，老了以后就知道了，其实最后能陪在身边的还不就是那个他嘛。"

"可你看洛然回家跟我说过一句话吗？"

"他可能没脸吧，也可能不知道要怎么解释，但现在看来，他一定是想好好过下去的，也许他觉得时间久了，慢慢慢慢就把那些伤害抹干净了。"

其实比起洛然对我，我可能更怕独自面对他，我爱这个家，我怕他开口跟我说第一句话，也不想拿出那份离婚协议，更不想看着一双儿女与亲生父母分离。

但我没有退路，如果在发生了这么大的变故之后我还能选择淡然处之，那就不是我了。

洛然却依然不急不慢地跟我周旋着，除了不与我对话之外他几乎无可挑剔，洛伟德已经出院，只是身体大不如前，他如何训斥洛然我不得而知，只在电话里一再希望我能宽宏大量，给这个家一个机会。

我忽然觉得洛伟德挺可怜，叱咤风云了一辈子，也操心了一辈子，但谁又敢说从高珊到我，哪一件没有他种下的因由？

我尽力躲避着洛然，孩子们问起我最近为什么那么忙，我笑笑说妈妈也要工作啊。作为补偿，我周末会全天跟他们在一起，带他们去公园、游乐场，而孩子总是缠着爸爸一起去，洛然笑盈盈地答应着，瞥我一眼又赶紧收回目光。

我知道自己怯了，在躲在逃，但这一天终究会到来。

# 第五十三章　变本加厉

燕子昏昏沉沉地醒来，窗外天色黢黑，也不知道几点了。她觉得嘴里苦得要命，于是挣扎着起身去倒水。

刚下地没走两步就听见开门音，燕子如惊弓之鸟般赶紧折回床上裹上被子。这一次，张亚奇居然带回来两个女人。

张亚奇探头看了一眼床上的燕子，"嘿!"他大声叫道，燕子闭紧双眼大气也不敢出，张亚奇鼻子里"哼"了一声，不再搭理，一左一右搂着两个女人向卧室走去。

"哥，那是谁呀?"一个女人问道。

"不该问的别问，先管好你们自己吧，把哥伺候舒服了要什么有什么。"

两个女人，真的太肆无忌惮了，燕子狠命咬着被角，难道他对我的羞辱还不够吗? 我怎么才能结束这种可怕的生活呢?

实在太渴了，饮水机在客厅，燕子蹑手蹑脚地走出来，闻到了一股怪怪的味道，她想起这味道昨天似乎也有过，她没敢开灯，躲在墙边望向卧室的方向，房门紧闭着，她悄然走近，气味渐然清晰起来，是什么呢?

里面的声响并不大，他们并没有在做爱，这真是一件奇怪的事，张亚奇昨天把女人带回来当着她的面儿交媾，今天却关严了房门，难道……

啊……燕子忽然张开了嘴巴，天哪，难道他们……在吸毒? 是呀，肯定在吸毒吧?! 只是自己从来没接触过任何毒品，所以无从判断这气味的来由。谈恋爱那会儿张亚奇绝对没有吸毒的恶习，这次回京后自己跟他渐行渐远，却也没发现什么端倪，他说他现在有的是钱，那他那么快挣到的钱是从菲律宾赌场里赌来的还是看场子得来的? 抑或就是在贩毒?

而且张亚奇在狱中胖了几十斤，但从菲律宾回来后却消瘦得厉害，把这些蛛丝马迹连在一起，一切皆有可能。

一丝笑意浮上眼梢，张亚奇带女人回家也罢，威胁她也罢，但并未对她拳脚相加，所以就算报警也无济于事，可如果跟毒品扯上关系，性质就不一样了！

燕子似乎看到了希望，转念一想，吸毒也不是重罪，怕也只是进去一段时间而已，一旦出来反而会激怒了他，不急，不能急，得搞清楚他是不是在贩毒，新闻上说了吸毒者一般都会以贩养吸，只要能抓到他贩毒的证据一切就好办了。

或者，他会不会在家里藏匿了毒品？也未可知，等他不在的时候我必须好好找找。

正想着，房间里传来呻吟和喘息声，是了，开始了，张亚奇你好好玩吧，报应或早或晚，总会到的。

回到房间，燕子在百度上搜索着有关毒品的所有知识，但依然不能确定刚才闻到的是什么，烧又发起来了，她吃了药，昏昏睡去。

这一夜并不踏实，主卧那边愣是折腾了一夜没睡，后来仁人在客厅里又说又笑地聊到天亮。好不容易挨到大清早都出去了，可没过多久张亚奇又带着其中一个女人回来，这次连房门都没关又做起爱来。

燕子把头蒙在被子里，忽然之间，她对这种恶心的声音似乎麻木了，她掀开被子，觉得那女人的叫床声虽夸张了些，却也有些享受的成分，张亚奇在性事方面固然可圈可点，倒也不至于让一只鸡爽成这样。

是不是冰毒？她记得资料上显示，只有冰毒才会让人兴奋异常，成宿成宿地不睡觉。

笃定了这件事，燕子觉得离张亚奇这个混蛋又远了一步，肚子也有些饿了，这时易母发微信问女儿的病是否好了些，燕子说没事儿了，我一会儿要去美容院，住院这段日子净是梅兰盯着，我也得去忙活忙活，您就别来回跑了，放心吧。

主卧的声响已经消停，燕子蹑手蹑脚地出来，想去冰箱里寻点东西吃，刚到客厅却发现那个女人在饮水机边接水，看见燕子她一愣，裹了裹身上的浴巾："你是……"

"啊，我是他表姐……"

"啊，姐呀，你……"

"我吃点东西，你们继续玩。"

"我就接点水。"

"溜完冰口渴吧？"燕子轻描淡写地微笑着。

"可不，嘴里干得不得了呢。"

"你那个姐妹呢？"

"哟，这你也知道啊？她有事先走了，张哥说让我继续陪他。"

"嗯，好好陪，你张哥不会亏待你的。"

返回房间，嘴里的面包还没咽下去，张亚奇"嘭"地踢开房门，他倚在墙边笑嘻嘻地说："表姐是吧？嗯，好，既然你都知道是怎么回事儿了，那表姐就跟我们一块玩儿吧？"

"别呀，"笑意浮现在燕子脸上，"我这烧还没退呢，病病恹恹的，你总不能不管不顾吧？等我好了……"

她这一笑让张亚奇很是错愕，四年了，燕子的笑容似乎已经是上个世纪的事，"你说什么？我没听清……"他诧异道。

"我说——等我病好了也试一下，老听别人说'冰、冰'的，我这辈子还没试过呢。"

"啊？"

"啊什么呀，我饿了吃点东西，吃完了再躺会儿，你愿意忙就去忙你的吧，不用管我。"

"我他妈是不是出现幻觉了？你……"张亚奇审视着她，眼珠一转，"你不是憋着什么坏心眼子呢吧？把手机给我。"说着他从床头拿过燕子的手机，"我可告诉你易燕子，要么你有本事一下子把我弄死，要么就老老实实的。"

"干吗？看把你吓的，要报警我早就报了，我又不傻……"

"你到底什么意思？"

"亚奇，这两天我也想过了，有些事情我是太过分了些，你的做法虽然让我特别生气，但细想想……从你的角度出发也不是那么难理解，你心里是爱我的，这才是你做这一切的出发点……人生在世，开开心心的最好，在一块儿既然分不开也不能别扭一辈子啊。"

"啊？×，嗯……你让我捋捋……这脑子……你等一会儿……"张亚奇迟疑了片刻，转身出去了。

不多时，燕子听到那个女人离开的声音。

张亚奇一屁股坐到地板上翻看着燕子的手机，燕子把消炎药吃了，躺下来闭目养神，看来自己的温柔依然是张亚奇的软肋，他那极端的爱和恨也不过源于自己的态度。

这么一想，心下倒生出一丝怜悯来。

张亚奇翻了半天，把手机往旁边一扣，他背靠着墙貌似思索了许多，然后走到床边，死命盯着燕子的脸，燕子睁开眼睛嫣然一笑，眼波流动，伸出双手勾了他的脖子："看什么，这几天难道折磨得我还不够吗？"

突如其来的撒娇让张亚奇如堕五里雾中："你这……你这变得也忒快了，这我消化不了啊！你玩儿什么呢？"

"我不是说了吗？这两天迷迷糊糊地想了很多，倒是真转过弯儿来了，一个巴掌拍不响，我也有过分的地方。"

"不对呀，我在你面前跟别的女人做你都不生气？谁家媳妇这么宽宏大量啊?!"

"我不宽宏大量也跑不了啊，你都说了永远不离婚，与其这样相互折磨，那我也只能生咽下这口气了。"

"扯吧你就，难道你不恨我？"

"有爱才会有恨，你不也是因为爱我才会折磨我吗？可你折磨我也是在折磨自己不是吗？你问问自己心里好受吗？"

"你到底想怎么样？"张亚奇掰开燕子的手，一本正经。

"你先告诉我，你到底有多少钱？"

"问这干吗？"

"我嫁给你时你可是一无所有，我现在就想知道我要托付一生的人能不能养得起我。天天往家带女人得浪费不少钱吧？这么花有意思吗？"

"你不把我逼得没招儿我能这样吗？"

"别转移话题。"

"如果我有很多钱你就能回心转意了？"

"那得看你到底有多少钱。"

"养你、养孩子都够了，这么大的房子买个几套也不成问题。"

"真的呀？天，你哪来这么多钱？"

"鼠有鼠道，猫有猫道。"

"那你有这么多钱，找什么样的女人不行？为什么就是不愿意跟我离婚呢？"

"为了你我坐了一年多的牢，为了你我跑到菲律宾，还用我说吗？"

"爱我就说爱我。"

"不爱你我能被你逼成这样吗？"

"合着倒是我的不对了？"

"傻丫头，就是你不对，全是你不对，早这么说话多好。"张亚奇摸了摸燕子的头发。

"那我以后如果生不了孩子呢？"

"你又不是不能怀孕，咱又不是没怀过……这不是阴差阳错嘛，我倒觉得真不是个大事儿。"

"你还说，这次住院还不是因为你才感染的？说不定真再也怀不上了。"

"别担心，现在科技这么发达，再不济还有试管婴儿呢。"

"你就这么舍不得我吗？"

"全都是为了你燕子，全都是为了你。"张亚奇呢喃着，眼神里是藏不住的深情。

"如果我一直对你不好下去呢？"

"那咱就谁也别想好过，我这一辈子就跟你磕了。"

"真狠。"燕子嗔怪道，发烧使她虚脱，脸上却因此多了一层红晕，张亚奇用手指轻轻拨开她额前的发丝："看，好的时候多美。你别不承认，当年就算我用了点手段，可你也不是三岁小孩那么好骗，你心里还是爱我的。"

"嗯，你知道就行。我好困啊，药劲儿上来了，我想睡会儿。"

"行行，你先睡宝贝儿，你先睡。我去把卧室好好收拾一下。"

"你不困吗？"

"我精神着呢，其实现在特想跟你聊天儿。"

"溜完冰都这样吗？"

"睡吧，别瞎问。"

"等我病好了也想试试……不过，这东西会不会上瘾？"

"烧糊涂了你，谁说溜冰了？"

"你不刚才承认了吗？还瞒着我。我又不跟你玩儿心眼儿，怕什么？"

"你先睡，好吗？乖。"

"哎，老公，我就想知道为什么味儿那么大呢？昨天夜里我还以为房子着火了呢！"

"味儿？什么味儿？"

"还哄我，说不上来的味儿……"

"嘻……你连大麻都没试过吗？"

"没有哇。"

"嚯，那你的青春得多枯燥啊……"

"讨厌……"燕子窝了窝被子，不再应声，张亚奇看她睫毛低垂，忍不住轻抚了几下她的头发，如果忽略掉前两天，哦不，如果忽略掉这四年来的冷漠和暴力，现在的画面看上去温馨又美丽。

事情难道就这么迎刃而解了？就这么轻易地过去了？张亚奇呆呆地坐在床边，觉得一切都转变得不可思议，他想过一百种方案来对付眼前的这个女人，现在不过才刚刚实施了第一步，就像日本鬼子折磨地下党，怎么刚坐上老虎凳对方就招了呢？连辣椒水都还没灌呢！

于是整个审讯的趣味性一下子降到了最低，甚至毫无趣味。

他原以为，从带小姐回家的一刻起，两个人的婚姻就已经没有了回头路，从夫妻做到冤家，这一辈子也只剩下相互折磨的份儿了，但他万万没想到燕子的莞尔一笑如阳光射入心底，让他所有的仇恨和盘算顷刻间付诸东流。

天大的一个反转，让张亚奇内心喜悦之余却又惊诧不安。

但这何尝不是最好的结局呢？

只是这结局来得太过突然，突然到让人慌了手脚。

破镜重圆，女人的心，真真是瞬息万变，让人一丁点儿都琢磨不透。

无论如何，人心隔肚皮，他还是得防着点儿，张亚奇站起身来踱到自己住了数月的客房里，抬头看了看天花板，然后从柜子里拿出一套床上用品，是得赶紧把主卧的床单换换了，三个小姐滚过的地方，他自己都替燕子感到恶心。

# 第五十四章　重归于好

从昏睡中醒来，燕子感觉身上爽快多了，烧也退了，张亚奇听到动静进来问肚子饿不饿，说我熬了粥，还买了你爱吃的六必居酱瓜，我这就给你端过来。燕子说别麻烦了，我觉得好多了，头也不疼，去餐厅吃吧。

多年来习惯了吵架和冷战，乍一坐下来一起吃顿饭，两个人倒安静起来，似乎连正常的沟通都不会了，张亚奇偶尔给夹一筷子咸菜，燕子笑笑也不吱声，在她甜甜的笑容里，张亚奇如沐春风，心情舒畅。

"哎——"张亚奇小心地问，"老婆，我就是想知道，你怎么突然就……"

"还是这个问题呀？你怎么变得碎叨了呢？傻瓜，不是说了吗？既然分不开、跑不掉，那索性就好好过呗。"

"我就是不敢相信，你是不是给我下了什么套儿？"

"神经，"燕子嗔怪地拍了一下他的手背，"咱是一家人，一条绳上的俩蚂蚱，给你下套儿我有什么好处啊？再说了，你还不知道我，是有心计的人吗？"

"那你……真的不恨我？"

"你指什么？"

"以前和现在，所有的事儿，其实主要是这两天……要说以前吧，我真就是为了你……"

"以前的事儿不说了，我也想明白了，孩子掉了也不赖你，那是跟咱们没缘。"

"那这两天……"

"唉，怎么可能不生气呢？你口口声声地叫我老婆，却还把别的脏女人带回家……"

"我也是一时冲动，这一辈子没跟哪个女人这么较劲过，能想的辙都想了，可怎么伺候也扳不过来你，所以就把心一横，干脆大家都别好过，不就是互相伤害嘛，过好了难，过坏了谁不会，作呗。"

"我懂，可是，我这心里头……硌硬。"

"硌硬就对了，说明你心里有老公。"张亚奇放下筷子，轻轻攥住燕子的手，"我的乖乖，我的小祖宗，一切真都是为了你……咱翻篇儿行不？把这两天都忘了，咱重新来。"

"那你以后……"

"我对天发誓，只有你！"

"可是，别再让我进医院了……"

"那不能，等你好了的，全好利落了的……"

"怎么也得两个月……"

"不急，咱还有一辈子呢，你是我老婆，跟老婆上床有什么可急的，"张亚奇笑起来，"等你养好了咱们就要孩子。"

"老公，我想……我也想试试冰。"

"你这心思啊，转得倒是快。"

"会伤身吗？"

"反正我没觉得怎么着，这玩意儿又不是白粉儿，爽个一两天，完了就完了。"

"不会戒不掉吧？"

"你要真想试试也不打紧，不过话说回来，尝尝鲜就得了，咱还得要孩子呢。"

"那要孩子你也得戒呀。"

"必须的……哎，你这么一说还真是，那我也得有个心理准备。"

"你是不是上瘾了？"

"那倒也不能这么说……"张亚奇迟疑着，"主要是这两年也没注意，想溜就溜，没控制过，不过应该不是问题。"

"那……咱们就放纵一把？"燕子脸上带着调皮的笑。

"你看你，笑起来多好看……行，听你的，你说了算。"张亚奇疼爱地捏了捏她的脸颊。

"你一直没睡吗?"

"溜完冰就这点好,精神着呢,一点儿都不困。我一会儿约了人出去办点事儿,你在家乖乖的好吗?"

"是约了女人吗?"

"再也不敢了再也不敢了……放心,咱不是说都翻篇儿了吗?以后就咱俩,好好过日子。"

燕子满意地点点头:"但那主卧……你跟好几个女人睡过的。"

"我已经把床上的东西都换了一个遍了。"

"不行,硌硬。"

"那咱俩还睡客房,你挑一个。"

"别了,咱最近就别睡一张床了,你可别来招惹我,也省得你把持不住。我还是睡儿童房吧。"

"行……一切都听首长指示。"张亚奇把空碗摞起来,在燕子额头上轻轻一吻,"烧倒是退了,消炎药吃上,好好睡个觉,听话。"

"我手机呢?"

"干吗?"一丝警惕浮上张亚奇的脸。

"我给我妈发个微信,想告诉她明天去上海……"

"去上海干吗?"

"哎呀,笨,骗她的,省得我妈不放心老往这儿跑,我想告诉她要去上海谈美容院的项目……咱俩也清静几天。"

"对对对,梅兰那边……"

"她们自己的事儿都乱成一锅粥了,还真没有闲心管我。我就告诉她们我养病呢。"

"乖。"


燕子发完微信,主动把手机递给张亚奇,他犹豫一下还是接了过来揣进兜里:"那你今天就别出去了好吗?刚退烧。"

"我哪儿都不去,头还疼着呢,就在家看电视、睡觉。"

张亚奇前脚一走,燕子就满屋子翻箱倒柜起来,能找的地方都找遍了，却根本没有发现她想要的东西。

下午张亚奇回到家，燕子佯装睡着，她知道他一定在身旁静静地看着她，以前谈恋爱时他经常这样，他说就喜欢看她眉目低垂的样子，只要她在身边，一切都好。

曾经的过往如虫蚁咬噬着内心，那些再也回不去的岁月似乎早已相隔百年。

世事无常，当极端的爱变成了极端的恨，他所做的一切，即便有他的理由，也早就将曾经的情意蹂躏得面目全非。

许久许久，张亚奇轻手轻脚地关上了房门，燕子转过头来，泪流满面。

张亚奇，我和你，注定是一份孽缘。

# 第五十五章　放过你等于放过我自己

蒋菲儿不安地坐在床上，手心里都是汗水。

在这个横店影视城外最好的酒店房间里，她的内心居然没有预期的一丝丝喜悦，相反，她倒像是一条案板上的鱼，等待着来人的宰割。

这让她无法理解，一向以来对男女之事驾轻就熟的她，怎么会如此紧张和不安？

菲儿是来探班的，为了她公司参与制作的电视剧中的男二号。

一个眉宇间和左骁神似的年轻男孩儿，一样的英俊、挺拔、帅气逼人，如果是几年前，她恐怕早就毫不迟疑地和他上床了。

第一次见到夏涛的时候菲儿眼前一亮，对，就是他，这就是她想要的人，一个可以用来报复左骁、让自己的内心找到平衡的人选。

房产已经变更到自己名下，菲儿固执地认为，只差这一步棋，自己便可以解脱了。

只有和左骁扯平，日子才能继续下去，如果内心还觉得不平衡，大可以理直气壮地告诉左骁，我蒋菲儿也出轨了，能过就过，不过滚蛋。

她看着镜子里的自己，眉目如画，肌肤胜雪，腰肢依旧纤软，胸部也没有因为生育而下垂。怪不得她的一个眼神就让夏涛心领神会，就算不掺杂任何其他因素，单凭自身的风姿依然会让男人趋之若鹜。

门铃响了。菲儿的手指微微有些发抖，她边走边抚了抚胸口，吐出一口长气，把心一横，拉开了房门。

夏涛侧身进来，手里拎着一瓶红酒。

"菲儿姐。"他笑得很是灿烂，虽然彼此心照不宣，但毕竟是第一次约会，多少还是有点儿拘谨。

"坐。"菲儿从柜子里拿出两只高脚杯，看他把酒倒上，暗红色的液体流入杯子，充满了情事前的暧昧气息。

双杯轻碰发出悦耳的声音，酒端到近前，菲儿模糊看到杯里映出的人影像极了左骁，她一阵眩晕，明知道是自己内心作祟，但难言的感觉让她周身不适，她勉强定了定心神，仰头把酒一饮而尽。

夏涛的手从她身后绕过来，轻柔又温暖。

菲儿闭上眼睛，任他的吻滑过肩膀、脖子，直到落在她柔软的嘴唇上……左骁的脸不合时宜地再次出现在脑海中，她用力甩了甩头，额头却因此硬生生地磕到了夏涛的鼻子。

夏涛停顿了片刻，再次吻了上来，菲儿的身体却僵直得如同一截木头。

"怎么了？亲爱的？"夏涛问。

"有点儿喝猛了。"

"你不是平时挺能喝的吗？"

"大概是酒不醉人人自醉吧。"菲儿嫣然一笑，"我去下卫生间，这脸像要烧起来了。"

两朵红晕飞上脸颊，浴室镜中的自己异常美丽。菲儿双手撑住洗漱台，感觉心脏似乎要跳出胸膛，天哪，我这是怎么了？跟别的男人上床就这么难吗？我他妈什么时候成了贞洁烈女了？

没有丝毫预想的刺激和喜悦，内心充满的却是太多太多的不情愿和委屈，甚至还有愧疚。

蓄意了这么久，箭在弦上，难道这不是自己想要的吗？

酒精并没有让她迷乱，相反，左骁的眉目在脑海中越见清晰。

夏涛象征性地敲了一下门然后闪身进来，他把酒杯放在台面上，拥菲儿入怀。他长长的手指滑过她的胳膊和腰肢，轻轻探进她的裙底……欲望的火苗由小及大，慢慢在菲儿体内燃烧，她努力地回应着他的吻，渐渐炽热起来。夏涛抱起菲儿放在洗漱台上，酒杯却在不经意间碰落了，暗红色的液体倾泻一地。

菲儿一激灵，玻璃杯的那声脆响在她日后的回忆中每次都巨如惊雷，她用力推开夏涛："停！停！"

"怎么了，宝贝儿？"

"这碎了一地呢。"

"别管了，我要你……"

"我说了，停！"菲儿跳下来理了理裙子，"那什么……会扎到人的。我得收拾一下。"她的语气强势得不容置疑。

"那我收拾，你到床上去看会儿电视好吗？等我。"

"不，杯子摔了，你回自己房间再拿一个来吧，这儿我来收拾。"

"需要吗？可我现在真的只想要你……"夏涛吻着她的耳朵。

"听话，不然我不高兴了。"菲儿再次推开他。

"噢……那好吧，"夏涛不情愿地整了整衣服，在她耳朵上轻轻咬了一下，"等我。"

菲儿在浴缸沿上坐下来，仅短短几秒钟之后，她冲出卫生间拎上还没来得及打开的行李飞快地跑出房间，"李师傅，你在哪儿呢？"她边按电梯边给司机打电话，"我现在要去机场！"

车上，夏涛的电话追过来，菲儿想也没想就挂了，他在微信里画了一个大大的问号。

"对不起，是我的问题，你千万别想太多，跟你没有任何关系，你好好拍戏，放心，我没有任何为难你的意思。"菲儿回复道，夏涛还小，自己又是出品人之一，倒是怕他有什么心理负担。

快到义乌机场菲儿才意识到今天到北京的航班已经没有了，"李师傅，把我送到上海机场吧。"

无论如何，我要用最快的速度见到左骁，不管日后你会如何待我，我只想告诉你，此时此刻，我想要的，我所爱的，只有你。

一抹初上的红色晚霞漫洒天边，如火如荼，蒋菲儿望着窗外，忽然笑了。

笑声越来越大，最后索性肆无忌惮起来，司机从后视镜里投来询问的目光，菲儿却越笑越开心，有泪水从她的眼角悄然滑落，剔透晶莹。

快乐荡漾在车厢每一个角落里，司机被菲儿感染着，不禁也露出了笑意。

高速公路上行驶着一辆七座本田车。

车里，是两个欢笑的人。

# 第五十六章　该来的终究会来

不过才10月底，但窗外已经缠缠绵绵地飘起了细小的雨夹雪。

这应该算是2017年的第一场雪。

儿子和女儿都去了对应的学校和幼儿园，两个保姆一个休息一个去了超市，洛然像往常一样去了公司，自从他面带瘀青地再次出现，两个月来，我们彼此都在刻意地躲避着对方。

除了上星期我生日那天收到了花店送来的一捧巨大的鲜花。

一束粉红相间的玫瑰，一如每年我的生日。

不同的是，卡片上只有时间和某个餐厅的地址，这无疑是洛然的笔迹。

我没有去，呼之则来、挥之则去，我怎么都不会卑微到这一步。

那晚洛然很晚才回家，他进门看了我一眼，却什么都没有说。

我嗤之以鼻，一个向来都很健谈的男人，居然连解释的勇气都没有。

偌大的房子安静下来，望着窗外飘落如雾般零散的飞雪，我忽然感觉空前的孤独。

时间不曾饶过任何人。

多想还是一个二十岁的姑娘，能把所有欲望都写在脸上。

不遮不挡。

电子锁响了一声，原以为是保姆买东西回来，却不想是满面愁容的洛然。

他越来越消瘦了，我转过头去继续盯着窗外，心想这种鬼大气他回来干吗，他一回来我又应该去哪儿呢？

正待挪步回卧室，洛然轻轻在我身后叫了一声："梅兰。"

他终于开口了，我想起床头柜里躺了多日的离婚协议书，内心冰寒刺骨。

"梅兰，"他再次叫道，"你等一下。"然后闪身进了储藏室，片刻之后，怀里抱着那个曾经一直压在我心头的木盒。

沉重的木盒闪烁着优雅的光泽，洛然把它放在不远处的桌子上，他等着我过去。

我咬了咬牙，一个承载了我无数痛苦的盒子，他还要拿来做什么？难道想再次刺痛我的心吗？

我返回卧室，从抽屉里拿出离婚协议书，轻轻放在洛然面前。

洛然只扫了一眼抬头的四个字，手指并没有从硕大的木盒上移开，他静静地看着我，似乎要把我看软了、看化了。

我迎接着他的目光，没有丝毫回避。

"梅兰……"许久许久，洛然喉头一动，轻轻地吐出这两个字，之后却沉默了。

我们僵持着，柔软的皮质座椅让我感觉如芒针在背，我把那页 A4 纸又向前推了推，洛然两手撑住桌面，坐下以后又站起来，紧接着又坐下，他盯着协议良久，然后再次站起绕到我身后，他抱住我，下巴轻轻抵在我的后脑勺："别离开我，梅兰，别，是我的错，我对不起你，但我不愿意分开……"

我感觉到他的气息，那熟悉却久违的温暖，多想让时间就此停滞，那么，所有我不愿看到和不想想的就可以永远逃避了。

我用力掰开他的双手："麻烦你坐回去。"

"梅兰……"

"我和你结婚这么多年，你从来都不是一个无赖，请你，坐，回，去。"我从就近的门厅抽屉里拿来一支笔，"如果没异议，请你签名。"

他低头不语，一向侃侃而谈的他此刻却悄无声息。

我对这种沉默渐渐失去了耐心："那你看吧，看到愿意签为止。"

"梅兰……"他继续呼唤着我的名字，"我想谈谈。真的，你看——"他掀开了木盒，拆了折页的盒盖被整个端了下来，里面空空如也。

"你看，没有了，全都过去了，和过去一起，全都被埋葬了，是真的埋起来了，和她一起埋在了地底下，埋得特别深，再也不会成为你和我之间的障碍了。"

"哈哈哈……"我忍不住大笑起来，笑出了眼泪，太可笑了不是吗？他的意思是高珊已经死了，那我们之间就应该像没事人一样恩爱下去。天底下还有比这更可笑的事吗？所有的伤害、所有的背叛就全当没有发生过吗？那一巴掌，曾打得我们恩断义绝，当往事如风，洛然居然可以这么轻而易举地厚着脸皮要求我的宽恕？

或者，他根本就不需要我的宽恕，在他自负的世界里，我就应该识趣地把砸入骨髓的痛楚一抹而去，恢复以前好妻子、好母亲的模样。

我那内心满满的伤痕，岂是一个空盒子就能医治好的？

"我什么都不想听，对你、对她、对这个盒子……不关我的事，我只想让你签字。"

"梅兰，对不起，我知道无论我现在说什么都是错的，无论我怎么做你都不愿意原谅我，但我还是想尽力一试，为了我、我们还有子俊和子玲……他们都还小，太小了，我愿意用余生所有的一切来交换家庭的完整，我请求你，真的我求你梅兰，别轻易放弃这个家……"

"你太可笑了洛然，太可笑了，当初口口声声逼我放弃这个家的是你，你步步紧逼，如果不是我的执念，这个家早就没有了！"

"我感谢你当时的执念，那么，请你现在继续固执下去吧！"

"此一时彼一时，我现在的执念就是要离开你！"

"亲爱的，麻烦你再好好想一想，清醒地想一想！"

"我早就清醒了，我终于清醒地知道自己原来不过是另一个女人的替代品！我不愿活在别人的影子里，也不愿意自己所爱的人看着我的时候脑子在想的却是别人！"

"梅兰！"

"洛然，你一直行事果断、思绪清晰，你一直知道自己要什么，当高珊出现，你清楚地选择了妣而不是我们这个七年患难与共的家，不是我，也不是子俊和子玲！你亲手把这个家撕开，撕得支离破碎，现在却妄想用一个空了的破盒子把它重新拼起来吗？用什么拼？用什么？早就碎成一片一片的了，你拿什么再把我们的家拼得完好如初？"

"用我的责任和对你、对孩子的爱！"

"别再自欺欺人了！你爱过我吗？你爱的不过是一个像极了年轻时的高珊的影子！当真正的高珊再次出现时，你义无反顾地选择了她，即使她病入膏肓，即使她已经完全变了模样！但你爱她，她是你这么多年来心心念念的那个人，只要有她在，什么老婆什么孩子什么家，对你都成了累赘！哦，不不不，至少你当时提出离婚的时候还想要女儿，难道我梅兰只是一个给你留下了女儿的人吗？你可以净身出户，你可以为了她露出你内心最丑陋的一面，你可以为了二十年前的婚约把我伤害得体无完肤！现在她死了，你转回头给我一个笑脸告诉我什么都没有发生过，可能吗？可能吗?! 你当我是什么，你当我是有多傻？你还好意思提什么责任？你在病房里形影不离陪着她的时候有想过这两个字吗？怕是你当初想到的只有对她的责任吧？从来从来，在你内心最深处，这个高珊的位置永远都凌驾于家庭之上！我特别特别想问问你洛然，如果，如果她没死，如果她的病好了，那你，你还会回到我身边吗？会吗？"

"可我那时就知道她会走的！你看到的，你也知道她活不了多久的！"

"那你还要用我们的一整个家庭去陪葬？你简直就是个疯子！彻头彻尾的疯子！"

"不是，不是你想的那样，她救过我，我欠她太多了，我只想给她一个婚礼，所以……只能先委屈你……"

"委屈我？先跟我离婚再给她一个婚礼，再回过头来找我复婚吗？这是你的如意算盘吗洛然？你哪来的自信我和孩子会回到你身边？你当时承诺把所有的财产都给我，你已经孤注一掷了，你眼里只有她，根本就没想过任何后路！不过是因为我执意不肯离婚这个家才撑到现在！你不觉得说这些太假了吗？"

"梅兰，我不知道还能怎么解释，我当时实在是……你也太强势了些，话赶话就……我只求你看在孩子的份儿上给我们彼此一个机会！"

"我强势？强势的是你！你说去深圳出差，实际上一直在病房陪她！等你回来了，一句解释都没有就拿出了离婚协议！所有的一切在回家之前你就已经想好了！"

"我没办法解释，无论我怎么解释你都不会同意的，我宁愿那时候你恨我，你越是恨我就越是会……"

"越是会同意离婚是吗？说来说去还不是为了高珊！"

"梅兰，我……"他摇摇头，被我的抢白呛得语无伦次，"是我不对，是我……你从来都没做错过任何事，那，就请你看在孩子的份儿上给我一个机会吧！好吗？好吗亲爱的？好吗？"这个自负的男人终于在我面前低下了高傲的头，在经历了那场铺天盖地的风雨之后，我却根本无法接受他的道歉。

"对你来说也许可以重新来过，但对于我，一切都结束了。"我面无表情地拢了拢头发，"签不签，在你，如果你不肯，就只有诉讼了。"

"亲爱的，别……求你，七年了，想想我的好，想想那些快乐的日子……我希望你能站在我的角度考虑一下，如果你是我你当时会怎么做？高珊……她……她一辈子都过得很痛苦，面对一个将死的人，我实在不忍心……"

"别再说了，我不想听！也别叫我'亲爱的'！你跟她恩深情重，儿子一直缠着你让你教他画画你说不会，我甚至都不知道你居然画得那么好，在你心里，她是你一辈子都不敢碰也不会忘的感情！对于一个妻子而言，哪怕自己的老公在夜总会找小姐都比精神出轨更能让人接受！洛然，我接受不了，但凡有心的人都接受不了！你懂吗？"我吼叫着捂上了耳朵。

"我知道，我懂，可是，你能好好听我说吗？梅兰！请求你，给我一次辩解的机会。"

"好，我倒要听你还能辩解什么！"我把手放下，心绪起伏。

"没错，见你第一眼的时候我惊呆了，我感谢老天爷把一个和她那么相像的人送到我面前，正是这个原因我才接近你。可是，越了解你我越知道，你就是你，你独立、倔强、坚强……你不是任何人的影子，而是独一无二的梅兰！娶你是因为我爱上了你，爱上了梅兰，没有任何其他原因！结婚这些年来，我尘封了所有关于她的记忆，从来没想过会有重逢的一天，这木盒如果不是……我可能永远都不会再打开了。咱们的家，因为有你才幸福，我一直都很满足，我有时候想，也许天底下除了你再不会有第二个人可以让我如此幸运……我……"洛然垂下头，平复了一下情绪，"当她再出现在我面前，我已经认不出来了，我带着她看病、住院，尽可能让她在最后的时光里过得舒服一点，她这一辈子太多苦难，虽然不全是因我而起，但我也是原因之一，我觉得对不起她。我是提出了离婚，当时的确太冲动了，头脑一热，就想末了了，做个好人，做个不忘恩负义的人，帮她完成临终前的愿望吧……你从医院里冲出去的那一刻我特别后悔，但开弓没有回头箭，与其让大家都痛苦索性一条路走到黑……我们的日子还长，我还有几十年去弥补和你的感情，哪怕从头再来、重新追求你也还有时间的……可她，她能活的日子掰着手指头都能数过来对吗？你和孩子回烟台以后没几天她就走了，我带着她的骨灰回到了那个偏僻的小山村，被她前夫，不只是她前夫，是被好多好多人围着打了一顿……我在宾馆里躺了好几天，然后把木盒里的东西全埋在了一个山坡下……做完这一切我突然觉得解脱了，无论如何，对她、对过去我已经问心无愧……回北京的路上我满脑子全是你，还有子俊和子玲，我想在你的怀里，想我们一家四口拉着手在夕阳下散步。我清楚地知道自己心里最爱的人是你，是这个家，是有你的家……"巨大的泪珠从他眼中夺眶而出，滚落在敞开的木盒里，"梅兰，我爱你，从来都没有变过……"

　　几个月来内心承受的委屈此刻如洪水般淹没了我，我用力捂住嘴巴，但依然无法控制地哭出声音。

# 第五十七章　遇见我是你一辈子的错

　　"老公，你到底有多少钱？"易燕子双手托腮，眼波转动，顾盼生辉。

　　"反正够你花了。"

　　"能换大别墅吗？"

　　"行啊，回头咱们看房去。"

　　"真的呀？老公你真棒！可这么多钱，才两年时间你怎么挣的呀？不会有什么……"

　　"放心吧，没事儿。"

　　"那你跟我透露一点儿嘛。"

　　"问这么多干吗？过你的好日子就是了，老公娶你的时候就说了，一定会让你过上好日子。"

　　"那我以后就什么都不干了，安心当我的阔太太？"

　　"嗯，只要你乖乖的。"

　　"可是，我还是有点担心……"

　　"宝贝儿，很多事儿知道多了不好懂吗？"

　　"我只是好奇……"

　　"别'只是'了，"张亚奇的脸忽然一冷，他皱了皱眉，"你是不是有什么想法？可别出幺蛾子啊……"

　　"哪有什么幺蛾子……既然我们都和好了，我还不是担心你，马无夜草不肥……说好了过一辈子谁也跑不了，我不想糊里糊涂的。"

　　"老公不告诉你肯定有老公的理由，是为你好。"

　　"你这么一说反而吓到我了，你是不是……"

　　"不许问了，吃饭！"张亚奇把叫来的外卖打开，"你爱吃的麻小，老公帮你剥……"

易燕子好奇地看着张亚奇把冰壶点上，如白矾一样的晶体慢慢化作白烟，从冰壶细小的口里袅袅而出，当烟雾进入肺腑，毫无来由的兴奋立刻贯通全身，连毛孔都散发出无边的欲望。

她不停地说着，似乎要把一辈子的话都放在今天说完；她放肆地笑着，一双明眸笑成弯月；她捧起张亚奇的脸，说我是你最亲爱的人，你以后都不许欺负我，我和你，一辈子在一起。

张亚奇拥她入怀，轻吻着她的耳垂："我知道你还是爱我的，我知道，真的老婆，我知道。"

他们用湿毛巾把大门门缝堵严，以防邻居发现端倪，整整两天两夜，他们都没有迈出大门一步。

饮水机里的水喝完了，只好自己烧水，燕子不饿也不疲惫，除了小憩，夫妻俩一直在聊，天南海北，明星八卦……有对往事的回忆，也有对未来的憧憬；有对过去的忏悔，也有脉脉温情海誓山盟。

渐渐地，所有的警惕和疑虑烟消云散，张亚奇断断续续地道出了实情。

离开北京来到了炎热的菲律宾，张亚奇一直在大哥的赌场里忙碌着，他想用最快的速度尽可能地挣到最多的钱，他想早日回到燕子的身边，他固执地以为，他和她之间，一切都可以修补。

赌客里有一个叫通差的泰国人，赌注时常大得令人瞠目，他能说一口流利的普通话，前呼后拥，派头十足。张亚奇竭尽全力巴结着这位豪客，鞍前马后，各种服侍极其尽心。通差渐渐注意到他，也越来越看重这个头脑伶俐又勤快的年轻人，赌博之余经常带着张亚奇出入各大夜总会。一年以后，取得了通差信任的张亚奇摇身一变成为他的马仔，并跟随他回到泰国，张亚奇心里也意识到通差实际做的是毒品生意，但马无夜草不肥，他早就横了一条心，即便是铤而走险，却也是挣钱最快的捷径。

通差的毒品关系网相当庞大，张亚奇只是跟了一条冰毒的线，负责联络中国境内的几个固定买家，但对于货源等一概不知也不问，短短不到两年的时间，他的钱越挣越多，一旦走上了这条路，停也停不下来。

"老公，这贩毒……可是重罪啊……万一被抓到……我害怕……"

"不怕，宝儿，等再干几单老公就收手了，咱好好过日子。"

"能收得了吗？"

"放心吧，我心里有数。"张亚奇爱抚着妻子的长发，眼神里却闪过一丝恐惧和忧虑。

"那你千万要小心一点儿。"

"嗯，傻丫头，还是你疼老公。这些事儿，今天你听了回头就得忘了，其实我不应该跟你说的，知道得越多越不好。你就当什么都不知道，好好当你的张太太就行，好日子在后头呢。"

"劲儿好像过了，老公，冰还有吗？"

"你少溜点儿吧……"

"就再来一点儿行不？就这一次？"

"尝尝鲜得了，咱还得要孩子呢。"

"反正这两个月左右也是歇着，大夫又不让亲热，你再拿一小块嘛。"

"唉，你呀！"张亚奇捏了她的鼻子，"也就是老公惯着你。"说罢他站起身朝客房走去，见燕子跟在身后，他脚步迟疑了半秒，一任燕子拽了他的手尾随进来。

张亚奇从床底拿出梯子架好爬上去，伸手在天花板摸索着，然后从最里侧够出来一个密封袋，燕子惊愕地发现那竟是一大包沉甸甸的、如碎冰糖般的冰毒，微微散发出一种极淡极淡的蓝色。张亚奇从袋子里拿出一小块，又把东西原封放回，他翻身下来揽住燕子的腰："一物降一物啊，你这个任性的小娘儿们，这辈子也就是你才能降得住我……"

"不好吗？省得你去祸祸别人。"燕子妩媚地看了他一眼。

"哎哟喂，好老婆，千万别勾引我了，这还得忍着呢。"张亚奇亲吻着她，"妈的我忍我忍……"


将近三天的不眠不休终于让张亚奇疲倦了，他闭上眼睛，把头埋在燕子的怀里，随即发出沉重的鼾声。

燕子的心狂跳不已，半响，她轻轻抽出被张亚奇压在身下的胳膊。

"老公……老公……亚奇……"她轻轻地叫了两声，见他依然熟睡着，她尽可能地轻声下床，只是往睡袍里套了条裤子，然后拿上外套蹑手蹑脚地出了门。

警察来的时候张亚奇尚在梦中，也许还是个美梦。他们在天花板的横槽里一共搜出冰毒三百八十六克、大麻三十克。

张亚奇被带走时居然没有骂也没有跳，甚至没有怨恨，他深深地盯着燕子的眼睛，动了动嘴唇，凄然一笑。

此案牵扯重大，案件审讯及侦破一直持续了将近一年，一审张亚奇被判处死刑，缓期两年执行，并处没收全部个人财产。

他以前的大哥也因四年前的组织赌博罪被判处有期徒刑三年。

法网恢恢，疏而不漏。

燕子从派出所出来的第一件事就是去中介卖掉这个承载了太多耻辱和痛苦回忆的房子。

自此，她洗澡时添了个毛病，每次都会洗好久，直到把手脚搓出血点才会甘休。

之后她去了美国。

我猜她一定会去洛杉矶的环球影城，那个曾经见到叶凡最后一面的地方。

# 第五十八章　缘起缘灭，缘来有你

四季轮换，又是一年。

多少人被封印了，禁锢在我们根本不想要的生活里，仓皇又无奈。

年少的轻狂，青春的热血，早已被岁月蹉跎得锈迹斑斑、狼狈不堪。

我也一样，滚滚红尘，我死守着最后的幸福，举步维艰。

这段日子，我总是反复想起一家人在院里散步的情景，夕阳西下，红霞漫染天边，两大两小四个身影相互依偎，那种满足，仿佛我已经赢得了全世界。

去年夏天发生的一切还像锥子般扎在我心里，不敢碰，不能碰，怕疼。

看在孩子的面上我同意了洛然的请求——暂时搁置离婚事宜，但从此分房而眠。我们有时会一起带着儿女过假期，尽量让他们在完整平静的家庭环境中成长，他也答应了我的条件，等子俊过了十岁生日就去办理离婚手续。

9月5日的结婚纪念日，洛然把足有一百平方米的客厅里摆满了红粉相间的玫瑰花，几乎连插脚的地方都没剩下。它们却在我眼前幻化成大片大片的血红色罂粟花，我大口地喘息着，然后疯了一般手脚并用，我不停地踩着碾着揉碎着，手指上满是玫瑰的汁液，我回头恶狠狠地盯着洛然的眼睛，泪流满面。

他看着我，然后默默地转身，突然头一低，背驼得像个小老头。

洛然，你的心，是否和我一样疼?!

我再也没有登过洛家父母的大门，只知道洛伟德身体每况愈下，洛氏集团依然把控在洛丽手中，也依然没有上市。

燕子终于恢复了自由身；蒋菲儿夫妇在经历了一番痛彻心扉的变故之后再次恩爱如初；而方沁已经怀孕，正准备与比自己小十四岁的潘昱齐登记结婚。

似乎她们每个人的人生都翻开了新的篇章，除了我。


又到万圣节。

六年前的今天，叶凡当着成百上千人的面向燕子求婚，还一时高兴得失了态，在舞池里连翻了两个跟头。

六年之中，发生了太多的事，再回首时，红颜已锈，物是人非。

由因及果，是非报应，岁月谁都不曾放过。

我们四个晚上约在了丽都的梧桐吃饭。

燕子和方沁前后脚到，我把菜单递给她们，燕子说等菲儿来了再说吧，咱们先喝点儿东西，随手招呼服务员点了两杯饮料。

闲聊了一会儿，不免又提到洛然，看我无精打采的模样她们也不敢深问，我说燕子你就别操心我了，操心一下你自己吧，咱们都不年轻了，你好不容易摆脱了那个谁，怎么也该找个合适的人了。

她说哪有那么容易，可遇不可求的事儿。

"今天万圣节……唉，说起来这都多少年了，你有没有想过联系叶凡？"方沁问。

她摇摇头："人家有家有业的，就别打扰了，我也没那么大脸。"

"话是这么说，真就是阴差阳错的，本来好好的一对儿，可就是凑不到一块儿。"

"命吧。谁像你那么有魅力，离了离了还能找到个知冷知热的小鲜肉。不如方沁你也教教我，怎么就一下子找到小齐了？"

"我哪知道？命这东西，不信不行。有时候我想，赵大维这是给小齐腾地儿呢，当年要不是他执意离婚，我还不是照样居家过日子。"方沁的笑容里藏着太多的内容，"刚开始碰到小齐，其实我还真就没想怎么着，反正寻思婚也离了，索性就由着自己的性子来，结果后来发现谁也离不开谁，这不一怀孕，干脆结了得了。"

"你就不怕他冲着别的来的？"

"他能冲什么？我现在就连房子都是租的，真实情况他都知道，我可没在他面前充过富婆，好歹他自己也有个小店，我也还有事儿做，努力生活呗，等攒够了钱付个首付，总会好起来的。"

"在北京折腾了近二十年，你又要重新奋斗了。"我不免有些心疼。

"那倒也没什么，有个可心的人在旁边苦日子也能调出蜜来。我这三十多年都在为别人活着，就像菲儿当初嫁给左骁时说过的，他以后怎么样我不知道，但我知道至少现在我们相爱，如果两个人相爱不在一起就是白白浪费了造化。至于太长远的事，想多了也是白搭。那句歌词怎么唱来着？命里有时终须有，命里没时莫强求。"

"你开心就好，咱们这些年都经历了太多事，只要有希望，人生就有奔头。"

"对，先把自己整开心了比什么都重要……哎，菲儿呢，怎么还没到，问她一下。"

正待发微信，菲儿朝我们走来，脚跟还没站稳就一脸兴奋地问："你们猜猜，我碰上谁了？"

"谁？比尔·盖茨？"我笑道。

"去你的，"她斜我一眼，"叶凡，叶凡！真的，我碰到了叶凡！"

"啊？真的？"我和方沁异口同声，都不由自主地把头扭向燕子，燕子一怔，伸手拽住菲儿的衣袖，连呼吸都紧张起来。

"就在外头停车场，"菲儿顺手指了指，"我为什么来晚了？跟他站那儿聊半天呢，哎燕子，天大的喜讯哪，守得云开见月明了，叶凡离婚了你知道吗……"

"啊？真的呀？"

"你俩别一惊一乍的，听菲儿说完！"燕子果断地阻止了我和方沁又一次的异口同声。

"叶凡自己说的，前年的事儿了，他不是闪婚嘛，估计两个人的感情也没多深……"

"那不一定，燕子当初跟叶凡认识才三个月就订婚了，要是当初结了不也算闪婚？"

"哎呀，那不一样，燕子他俩是一见钟情，叶凡后来闪婚是因为受了燕子的打击呀，方沁，你别老打岔……那什么，我说哪儿了？哦，叶凡不是后来被公司派到美国了嘛，他老婆开始去待了一两个月，后来烦了就回国了，可能耐不住寂寞又跟前男友勾搭到一块儿了……后来叶凡就发现了，再后来就离婚了。"

"那女的我在美国见过，应该就是那个吧？燕子也见过的……哎呀，这人算不如天算，还真是巧。"我说。

"好啊好啊，这可是好事儿……哎，我们是不是有点儿太幸灾乐祸了？都低调点儿都低调点儿，"方沁一脸笑意，"我们刚才还说呢，他俩本来就是天生一对地造一双，当年没成太可惜了，你看看你看看，上天自有安排……"

"你们净瞎胡闹，他当初是有多恨我你们又不是不知道，上次在美国碰见的时候连看都没看过我一眼，就像完全不认识一样，就算他离婚了，又能怎么样……"燕子摇摇头。

"不见得，有些感情一辈子也冲淡不了，燕子，你别太多顾虑，菲儿，"我说，"叶凡现在人呢？在哪儿？"

"他说就在拐弯那家吃日料。"

"那加他微信了吗？"

"这个……"菲儿的眼神躲避着我们，把外套反手搭在椅背上，"怎么说呢，我让他加我来着，但他说算了……可我寻思着……"

"算了是什么意思？你没跟他说燕子的情况？"

"我说了……一直聊呢。你们……梅兰你也没有叶凡的微信吗？"

"有的话早就跟他联系了，那时候他把我们所有人都删光了。"

满满的热情被兜头浇了一大盆凉水，燕子的眼神黯淡下来，大家都沉默了，我想起叶凡说过的那句"此生不相往来"，不由得心下一沉。

期盼和现实，差距总是那么大。

爱有多深，恨就有多重，就像我和洛然，菲儿和左骁，抑或是以前的方沁和陆青平。

燕子呆坐着，半天，她把菜单推给菲儿："我想去门口抽支烟，你们先点菜吧。"

"我跟你去，方沁你们点。"我从包里拿出香烟，挽起燕子的胳膊。

华灯初上，寒意已深，北京的深秋夜色旖旎，我和她各自点上一支烟，看灰色的烟雾在眼前袅袅上升，最后飘散得无影无踪。

远远地，有一个高大的身影一步一步走来，他的脚步很慢很缓，却透着异常的坚定。

叶凡站在我们面前，几年未见，黑发中已隐现少许白丝。他静静地看着燕子，似乎整个世界，除了眼前这个曾经的爱人，全都已经化为乌有。

燕子的泪水汹涌而至，双唇颤抖，欲言又止。良久，她扑进他的怀里，叶凡闭上眼睛，把脸一遍又一遍在燕子的头发上摩挲着，多少恩恩怨怨、风风雨雨，就在这深情的拥抱和摩挲中渐渐融化。

我低头笑了，轻轻从燕子手里拿过还未燃尽的香烟，拍了拍叶凡的肩膀，走回餐厅。

尽在不言。

第五十八章 缘起缘灭，缘来有你

# 第五十九章　尾声

由于与叶凡的不期而遇，梅、燕、方、菲的这次聚会提前结束。

把车停到地库，我坐着发呆，看看表还不到九点，估计洛然此刻一定是在给子玲讲睡前故事。

不想面对他，可也不想面对以后没有他的日子。

真希望时光再慢一点、再慢一点，也希望奇迹出现，可以让我释怀关于高珊的一切。

长相厮守，共一人白头，原是我今生最大的愿望。

又在车里磨叽了一会儿，只觉得脑子里依然混乱不堪，当那个女人如幽灵般出现又离开，就这么留下了一个无从下手的烂摊子。

这难道正是她想要的吗？用别人的婚姻祭奠自己无处安放的灵魂。

不想了，我甩甩头，妄图把心事甩出脑海。下车锁门，路过信箱的时候我停下了脚步，现在通信太发达，以至于传统的东西大多都用不到了，这信箱都至少有一年多没开过了。我输入密码，从里面拿出一沓沾了灰尘的信封，应该都是信用卡账单或者交通违章通知什么的。

洛然果然在哄孩子睡觉，我径直走回卧室，随手把那沓信件放在床头柜上，然后卸妆洗澡又抱着手机跟方沁她们在群里聊了半天，燕子没有出现，想来这会儿正在和叶凡互诉衷肠吧。

若是能重续旧缘，那也算没白转了这么大一个圈儿。

有一搭没一搭地看了会儿《如懿传》，正演到如懿失去了她的少年郎，而我又何尝不是呢？历史太多戏说，真实的人生怕是比之更加残酷。

人生中一层又一层的欲望，总是层层叠加，无休无止，推着我们步步前行，毫无退路。

我顺手拿过旁边的信封——拆开，又把账单和通知上的个人信息撕碎扔进垃圾桶，我机械地重复着手里的动作，直到看到一封真正的来信。

一封高珊写给我的信。

手指被那两个字的署名扎得生疼，我的心脏顿时好像一台失控的发电机，"突突"地狂跳着，看邮戳是去年那个夏末寄出的，难道她死了都还不肯放过我吗？我抑制住要把整封信撕个粉碎的强烈冲动，许久许久，才颤巍巍地拆开它。

梅兰：

当你看到这封信的时候，我已经走了。

也许对于我，甚至对于所有人而言，死亡都是我最好的结局。

我必须承认内心的自私，正是这种强烈的自私支撑着我来到北京，也是这种自私促使我逼迫洛然兑现久远以前的那个誓言，更是这种自私，让你们原本美满的婚姻几近崩离。

梅兰，对不起。

我和洛然在年轻时曾有过美好的回忆，但时光流转，爱情从来就不会永恒，当他怀着报恩的心提出要为我披上婚纱时，我在他眼里看到的只有愧疚和怜悯。

而我又怎么忍心阻止他呢？嫁给他，是我今生最渴望的事，也是自己最难了的心愿。

当我被病魔折磨得青丝已尽，皱纹堆垒，我知道自己早已不是二十年前的高珊了。

生命如烛火摇曳，眼看就要熄灭，我享受并珍惜着洛然在侧的每分每秒，为了不让自己内疚，我从来不敢想到你。

请原谅我在最后的光阴里硬下心肠，努力为自己活了一回。

在这段日子里，多少个夜晚我偷眼看见洛然悄悄捧着手机里的全家福叹息，又有多少个夜晚，他背身而立在窗前发呆。我明白他在强颜欢笑，其实待在我身边的每一刻，他都痛苦不堪。

这份痛苦，源于他对你无尽的思念。

而我们之间，除了记忆和那份泛黄的许诺，什么都没剩下。

爱，不是因为色衰而弛，而是因为在他心里，再也没有人能够取代你。

我后悔了，我本该在角落里祝福自己的至爱快乐无忧，而不是用将死的躯壳和旧日的恩情逼迫他陪我走完最后一程。

为了实现自己的毕生心愿，却让你们永远都活在我的阴影里，这是我的原罪。

我深知，带给你的伤痛已经不可弥补，但依然想给你寄出这封信，希望你知道洛然的心。

能不能原谅他，在你。

梅兰，他是一个好人，只有好人才会兑现久远以前的承诺，尽管这承诺让他失去了深爱的一切。

我累了，也准备走了，去看看彼岸花和忘川河，不知道那儿冷不冷，真希望自己没有出现过，真希望还能看到你和洛然幸福的笑。

好像也没有什么了吧，突然舍不得搁笔，这一别，便是永远。

再道一声对不起，梅兰，你是一个有福气的人，好好珍惜，世间一切，最怕就是失去了找不回来。

来生，希望不要再遇见他。

高珊

2017 年 8 月 27 日


泪水打湿了高珊娟秀的笔迹，我抹了抹脸，披衣而起。

打开卧室，穿过走廊，走廊的路第一次变得那么长、那么长。

伸出手去，我推开了洛然的房门。